SEM OFENSAS

Obras da autora publicadas pela Editora Record

Avalon High
Avalon High – A coroação: a profecia de Merlin
Cabeça de vento
Sendo Nikki
Na passarela
Como ser popular
Ela foi até o fim
A garota americana
Quase pronta
O garoto da casa ao lado
Garoto encontra garota
A noiva é tamanho 42
Todo garoto tem
Ídolo teen
Pegando fogo!
A rainha da fofoca
A rainha da fofoca em Nova York
A rainha da fofoca: fisgada
Sorte ou azar?
Tamanho 42 não é gorda
Tamanho 44 também não é gorda
Tamanho não importa
Tamanho 42 e pronta para arrasar
Liberte meu coração
Insaciável
Mordida
Sem julgamentos
Sem ofensas

***Série* Desaparecidos**
Quando cai o raio
Codinome Cassandra
Esconderijo perfeito
Santuário

***Série* O Diário da Princesa**
O diário da princesa
Princesa sob os refletores
Princesa apaixonada
Princesa à espera
Princesa de rosa-shocking
Princesa em treinamento
Princesa na balada
Princesa no limite
Princesa Mia
Princesa para sempre
O casamento da princesa
Lições de princesa
O presente da princesa

***Série* As leis de Allie Finkle para meninas**
Dia da mudança
A garota nova
Melhores amigas para sempre?
Medo de palco
Garotas, glitter e a grande fraude
De volta ao presente

***Série* A Mediadora**
A terra das sombras
O arcano nove
Reunião
A hora mais sombria
Assombrado
Crepúsculo

***Série* Abandono**
Abandono
Inferno
Despertar

MEG CABOT

SEM OFENSAS

Tradução
Raquel Zampil

1ª edição

EDITORA RECORD
RIO DE JANEIRO • SÃO PAULO
2023

CIP-BRASIL. CATALOGAÇÃO NA PUBLICAÇÃO
SINDICATO NACIONAL DOS EDITORES DE LIVROS, RJ

C116s Cabot, Meg, 1967-
Sem ofensas / Meg Cabot ; tradução Raquel Zampil. – 1. ed. – Rio de Janeiro : Record, 2023.

Tradução de: No offense
ISBN 978-65-5587-480-8
1. Ficção americana. I. Zampil, Raquel. II. Título.

23-82747 CDD: 813
CDU: 82-3(73)

Gabriela Faray Ferreira Lopes – Bibliotecária – CRB-7/6643

Texto revisado segundo o Acordo Ortográfico da Língua Portuguesa de 1990.

Direitos exclusivos de publicação em língua portuguesa somente para o Brasil adquiridos pela
EDITORA RECORD LTDA.
Rua Argentina, 171 – Rio de Janeiro, RJ – 20921-380 – Tel.: (21) 2585-2000,
que se reserva a propriedade literária desta tradução.

Impresso no Brasil

ISBN 978-65-5587-480-8

Atendimento e venda direta ao leitor:
sac@record.com.br

CAPÍTULO 1

• Molly •

A atividade não estava saindo como Molly havia planejado.

Ah, sim, as crianças estavam encantadas e se divertiam aplicando a cobertura nos biscoitos de gengibre da Padaria da Ilha e decorando-os com confeitos coloridos. Elas acabavam comendo a maioria, é verdade, mas tudo bem. Esse não era o problema.

O problema era quem também havia aparecido para a atividade além das crianças e dos pais.

— Tchaca na butchaca — disse Elijah Trujos, pegando um biscoito de gengibre no formato de homenzinho que ele havia decorado para parecer um ator pornô muitíssimo bem-dotado e encenando com ele um beijo de língua em uma mulherzinha de gengibre igualmente bem-dotada. — Se liguem nisso, crianças!

Os pequenos, sem ter a menor ideia do que Elijah estava fazendo, riam, encantados.

Os poucos pais que haviam se espremido nas minúsculas cadeiras para crianças em torno da mesa de atividades na seção infantil da Biblioteca Pública da Ilha de Little Bridge não estavam achando aquilo engraçado. Eles olhavam, horrorizados, para o adolescente.

— Elijah — disse Molly em um tom firme. — Posso dar uma palavrinha com você em particular, por favor?

— Agora não, Srta. Molly — replicou Elijah, forçando seus biscoitos de gengibre a desempenhar um ato sexual que Molly tinha quase certeza de que era ilegal, mesmo no estado da Flórida. — Estou ocupado curtindo essa atividade maravilhosa que você organizou.

Trincando os dentes, Molly desejou ter escutado Phyllis Robinette, sua mentora e antecessora, que a advertira: "Nada de atividades envolvendo comida para as crianças. Isso nunca termina bem."

Mas o que poderia dar errado com decoração de biscoitos?, Molly havia se perguntado. Os biscoitos que ela encomendou não continham glúten, laticínios, castanhas nem nozes e, portanto, não desencadeariam nenhuma alergia em seus leitores.

Além disso, a massa assada tinha sido cortada no formato de corpo humano — completamente andrógino. Ela tivera até o cuidado de não pedir mulheres de gengibre (de saia), pois isso poderia ser visto como sexista. Seus bonecos de gengibre eram completamente neutros em termos de gênero.

Mas, de alguma forma, Elijah Trujos havia encontrado uma maneira de driblar isso.

Ela se inclinou sobre o ombro de Elijah e disse, com toda a paciência que ainda lhe restava:

— Esse é o problema, Elijah. Essa atividade é para *crianças*. Você tem dezesseis anos, ou seja, tecnicamente, é um jovem adulto. Não acha que ficaria mais confortável na *seção de jovens adultos*?

— E em que idade deixamos de ser criança, Srta. Molly? — perguntou Elijah, interrompendo os movimentos giratórios nos quais ele retorcia seus biscoitos decorados a fim de lançar um olhar pensativo para a pintura de fazendinha no teto da sala das crianças. — Para a fé judaica, a infância termina aos treze anos, quando um menino atinge a maioridade por meio de seu *bar mitzvah*. Aqui na Flórida, dezoito anos é considerada a idade legal de consentimento, quando também podemos votar e nos alistar no Exército para sacrificar nossa vida pelo país. Mas os neurologistas agora dizem que o cérebro humano não está totalmente maduro até os vinte e seis anos. Então a Biblioteca Pública da Ilha de Little Bridge não deveria permitir que seus frequentadores permanecessem na seção infantil até pelo menos essa idade?

Molly semicerrou os olhos, e não só porque Elijah estava usando uma quantidade excessiva de colônia. Ela já tinha ouvido os discursos dele inúmeras vezes.

— Você sabe que, se o frequentador estiver fazendo baderna, o bibliotecário tem o direito de pedir que ele se retire, né?

— E eu por acaso estou fazendo baderna? — perguntou Elijah. — Estou apenas seguindo as regras da atividade: decorando biscoitos. — Ele ergueu o obsceno casal de biscoitos de gengibre. — Mesmo que eu esteja um pouco chateado com o fato de *você* estar tão ofendida com a minha brincadeira, Srta. Molly. Você precisa relaxar.

Molly conteve o impulso de dizer algo do qual depois se arrependeria. Essa não era sua primeira rusga com Elijah Trujos nos cinco meses desde que assumiu o cargo de bibliotecária responsável pela seção infantil na Biblioteca Pública da Ilha de Little Bridge.

Mas estava determinada a fazer com que fosse a última.

— Muito bem, Elijah — disse ela calmamente. — Se é assim que você quer...

Então ela foi até sua mesa e pegou o telefone.

— Aaaah — exclamou Elijah, animado. — Vai chamar os polícia, é? Vai mandar me prender por pornografia de biscoitos? Não acha que está exagerando?

Molly hesitou. Como Elijah podia pensar que ela estava ligando para a polícia? Ele já não a conhecia o suficiente para saber que ela nunca denunciaria um menor de idade, principalmente alguém que não estava sendo violento? Logo *ele*? A mãe de Elijah já tinha confidenciado a Molly quão grata ela estava pela bibliotecária permitir que ele frequentasse a seção infantil, pois — agora que o pai dele e ela estavam divorciados —, quando não estava na biblioteca, Elijah passava a maior parte do tempo no quarto, jogando vídeo game. A mãe preferia quando ele ficava na biblioteca. (A Sra. Trujos parecia não saber que a biblioteca tinha uma ampla e extensa coleção de vídeo games e consoles de jogos.)

Verdade seja dita, Molly achava Elijah divertido... Até a coisa do biscoito era meio engraçada. Em outras circunstâncias, ela teria rido.

Mas os pais das crianças pequenas na mesa de atividades não pareciam ver nada de engraçado na história do biscoito nem achar que ela estava exagerando. Todos eles encaravam Molly com ar de aprovação enquanto ela apertava as teclas do telefone. Elijah parecia um pouco menos seguro de si, embora mantivesse seu ar de indignação.

— Vá em frente, Srta. Molly — desafiou ele, a boca cheia de balas de canela e granulado. — Chame a polícia! Do que eles vão me acusar... de ser a única pessoa aqui com senso de humor?

— Sim, alô — disse Molly, quando alguém do outro lado da linha atendeu. — Aqui é Molly Montgomery, da seção infantil da Biblioteca Pública da Ilha de Little Bridge. Temos um indivíduo aqui que está sendo...

— ... hilário! — gritou Elijah. — Precisamos que um policial venha até aqui e o prenda por estar fazendo a alegria de todo mundo!

Molly lançava um olhar severo para Elijah enquanto descrevia seu jeans *skinny*, o casaco de capuz preto, a mochila camuflada, o boné, os cabelos castanhos desgrenhados, a altura e o peso aproximados.

Então, no mesmo instante, Elijah começou a devorar a prova que tinham contra ele.

— A polícia — exclamou ele, cuspindo farelos de biscoito para todo lado. — A polícia nunca vai me pegar!

— Não seria mais fácil você ir embora? — perguntou um dos pais de aspecto cansado a Elijah.

— Tenho tanto direito de ficar aqui quanto você, cara — disse Elijah, mordendo a cabeça do homenzinho de biscoito de gengibre.

— Não, não tem — replicou o pai. — Estou aqui com meu filho de quatro anos. E não estou submetendo ninguém à pornografia.

— *Ponogafia* — ecoou uma das criancinhas à mesa de atividades em um tom de voz alegre.

— A Primeira Emenda defende meu direito de liberdade de expressão! — exclamou Elijah.

— Não na frente do meu filho — disse a mãe da criança que tentou repetir a palavra *pornografia*. — No meio de uma atividade de decoração de biscoitos na seção infantil de uma biblioteca pública.

Molly mal tinha desligado o telefone quando Henry, do balcão de informações, entrou correndo, pálido, porém com ar determinado.

— Recebi seu recado — disse a ela. Seu olhar fixou-se na nuca de Elijah. — É esse o garoto? — Então, quando Elijah se virou, os ombros enormes de Henry se curvaram para a frente. — Ah, é *você*.

Elijah, que estava lambendo o glacê dos dedos, pareceu igualmente desapontado.

— Espera aí — disse ele, lançando a Molly um olhar indignado. — Você ligou pro *Henry*?

— Não queria ter que fazer isso — disse Molly. — Mas você acabou com a minha paciência dessa vez.

Elijah deu uma gargalhada.

— Eu devia imaginar que você nunca chamaria a polícia por causa de um garoto.

— Não — disse Molly. — Eu não faria isso. Mas da próxima vez, Elijah, eu vou ligar para a sua mãe.

Ele revirou os olhos, indiferente.

— Não acredito que comi aquela cobertura toda por causa do *Henry*. Agora estou enjoado.

— Bem feito — disse Molly.

Henry pousou a mão pesada no ombro de Elijah.

— Vamos, garoto. Vou levar você de volta para a seção de jovens adultos.

Elijah não tinha mais forças para rebater. Ele e Henry, do balcão de informações, haviam se desentendido muitas vezes no passado, e Henry sempre acabava ganhando a discussão, não só porque tinha quase cinquenta quilos a mais que o garoto — a maior parte músculos —, mas também por ter uma paciência inesgotável.

— Tudo bem — disse Elijah, levantando-se da cadeira. — Mas quero que todos saibam que o que vocês acabaram de testemunhar foi uma das melhores performances de Elijah Trujos, e um dia, quando eu tiver meu próprio especial de humor na Netflix, vocês dirão para si mesmos: Eu conheci aquele garoto quando ele fazia pornografia de biscoitos na biblioteca.

— Tenho certeza que sim, Elijah — disse Henry, ainda com a mão no ombro do garoto. — Não esqueça sua mochila.

— Eu gostei do show, Elijah — Molly não pôde deixar de dizer quando ele já estava saindo. — Só não era apropriado para um público tão jovem.

— Ingratos — disse Elijah, deixando-se conduzir para fora da seção infantil no instante que uma voz chamou:

— Srta. Molly?

A mãe de uma das crianças menores acenava para Molly da direção dos banheiros.

Molly se perguntou o que poderia ter dado errado agora. Essa não era a primeira vez, é claro, que os pais das crianças se mostravam preocupados com as condições dos banheiros, embora a expressão dessa jovem mãe estivesse mais apreensiva do que o normal.

— Sim, Sra. Cheeseman? — disse ela.

— Ah, Srta. Molly. — A Sra. Cheeseman levou Bella, sua filha de cinco anos, de volta à mesa de atividades. — Tem alguma coisa errada no banheiro feminino. A porta da última cabine estava trancada, mas não tinha ninguém lá dentro. Não consegui ver nenhum pé pelo espaço entre a porta e o piso, e ninguém respondeu quando eu bati.

Molly forçou um sorriso.

— Claro, Sra. Cheeseman — disse ela. — Vou dar uma olhada nisso. — Molly já havia percebido, pela expressão da Sra. Cheeseman, que não era a falta de papel higiênico ou de sabonete líquido que a estava incomodando, e sim algo mais sério.

O cidadão comum provavelmente ficaria surpreso se soubesse com que frequência os bibliotecários — muitos dos quais tinham mestrado — precisavam descartar fraldas ou desentupir vasos sanitários, embora isso não estivesse listado na descrição do cargo. Geralmente acontecia porque ninguém mais faria isso. A equipe da limpeza da biblioteca de Molly, por exemplo, alegava que os regulamentos sindicais não permitiam que eles chegassem perto de materiais de risco biológico, ou seja, basicamente todo tipo de fluido corporal.

Logo, se uma fralda não fosse descartada da forma correta, Molly, como chefe de seu departamento, geralmente acabava sendo obrigada a fazer isso. Ela não tinha coragem de pedir a um subordinado que fizesse esse trabalho, e ao mesmo tempo odiava a bagunça.

O fato de a porta da cabine estar trancada era um indício de que Molly estava lidando com um Alerta nível 2 envolvendo fraldas, ou algo provavelmente pior — o que poderia incluir uma pessoa embriagada ou algum desabrigado dormindo no banheiro. A Ilha de Little Bridge, um charmoso destino turístico no sul da Flórida, era conhecida por seu clima quente o ano todo... Mas esse mesmo clima quente atraía uma grande população indigente que, de vez em quando, usava os banheiros da biblioteca local de uma maneira não muito convencional.

Assim que Molly entrou no banheiro feminino, o sorriso falso desapareceu de seu rosto. Ela estremeceu ao ver seu reflexo no espelho enorme que havia acima das três pias ao lado dos reservados de metal laranja horrendos, cercados por azulejos laranja igualmente horrendos, que estavam ali desde os anos 1990. Ela passou a manhã toda trabalhando tanto na preparação da atividade que não lembrou de retocar o rímel, que agora estava todo borrado, deixando-a igual a um guaxinim.

O fato de ela, desde que tinha vindo morar em Little Bridge, ficar acordada até tarde — mesmo quando não precisava —, assistindo a séries de *true crime*, tomando sorvete na cama e tentando não entrar no Instagram de Ashley, a nova noiva de seu ex, para ver as fotos da festa de noivado deles, também não ajudava na questão das olheiras. Molly não conseguia acreditar que Eric já estava noivo. Será que ela deveria entrar em contato com Ashley e avisá-la sobre a enrascada em que estava se metendo? Era possível que ela não fizesse ideia do tipo de pessoa que Eric era de fato. Afinal, ela, Molly, demorou anos para descobrir.

Mas e se Ashley soubesse e gostasse desse tipo de coisa? E se ela mal pudesse esperar para largar o emprego e passar o resto da vida limpando a casa e cozinhando para Eric (o que Molly acabou descobrindo ser o que ele realmente queria que ela fizesse)?

Molly devia ter ficado aliviada com sua sorte em conseguir escapar. Em vez disso, tinha círculos escuros sob os olhos e, de alguma forma, tinha sujado a blusa nova de glacê. Parecia ter um pouco no cabelo também.

Ah, Deus. Talvez ela realmente estivesse se transformando no clichê da bibliotecária solteirona, como sua irmã sempre dizia. Ela não tinha coragem nem de chamar a polícia quando se tratava de uma criança.

Mas como poderia? Parte do seu trabalho era ajudar e proteger seus leitores.

E, de qualquer forma, ser solteirona era legal. O termo depreciativo era de uma época em que a sociedade acreditava que as mulheres deveriam estar casadas até determinada idade, se não quisessem ficar solteiras para sempre. Hoje essa limitação não existe mais.

— Olá?

Molly tinha certeza de que ouvira um barulho... uma espécie de fungada, semelhante a um soluço.

Havia, é claro, uma terceira razão pela qual a porta da cabine poderia estar trancada, e não se tratava de alguém desmaiado ou tentando esconder uma bagunça da qual se envergonhava, mas uma criança — uma criança sentada no vaso sanitário, as perninhas curtas demais para que os pés alcançassem o chão. De vez em quando Molly encontrava uma criança emburrada — às vezes até lendo — nos reservados quando ia checar os banheiros antes de trancar a biblioteca à noite.

Quando perguntava à criança por que havia escolhido se sentar ali em vez de nos móveis (reconhecidamente gastos) específicos para isso em uma das salas de leitura, a resposta era sempre: "Eu queria ficar sozinho."

Molly entendia perfeitamente esse sentimento.

— Oi, é a Srta. Molly, a bibliotecária da seção infantil — disse ela com uma voz gentil através da porta do reservado. —

Não quero te incomodar. Só quero ter certeza de que você está bem. Se disser que está, deixo você em paz.

Nenhuma resposta. Apenas outra leve fungada.

Molly não foi contratada para bancar a babá nem a faxineira, mas, na maior parte dos dias, ela se via fazendo as duas coisas, de certa forma. Era o preço que pagava para ganhar a vida fazendo o que amava.

Então, com um suspiro, ela se deitou no chão do banheiro — linóleo antigo, mas quase sem manchas, pois a equipe de limpeza o esfregava todas as noites — e espiou por baixo do espaço de quase cinquenta centímetros entre a porta do reservado e o piso.

Não havia ninguém lá.

Havia, no entanto, uma caixa bem grande de sacos de lixo de tamanho industrial no assento do vaso sanitário. A fungada parecia vir de dentro dela.

O coração de Molly acelerou de empolgação. Seu primeiro pensamento — ridículo, ela percebeu mais tarde — foi: *Gatinhos!*

Alguém havia deixado uma caixa com gatinhos fofinhos no banheiro para ser encontrada por ela.

Por que não? Todo mundo sabia que Molly adorava gatos, e, desde sua chegada, ela vinha fazendo a cabeça das pessoas para que permitissem um gato na biblioteca. A mudança era a única razão pela qual o restante da equipe ainda não tinha aceitado a ideia. Fazia mais sentido esperar até que estivessem no novo endereço.

Ainda assim, não seria culpa *dela* se alguém decidisse que a biblioteca era o lugar perfeito para deixar uma ninhada de gatinhos.

Rapidamente, fantasiando sobre os nomes que daria aos filhotes — é claro que ficariam apenas com um; era difícil justificar a existência de mais de um gato com o número de leitores que alegavam ser alérgicos a pelo —, Molly passou por baixo da porta da cabine e, de forma desajeitada, conseguiu ficar de pé, olhando então o interior da caixa.

No entanto, em vez dos fofíssimos gatinhos do tipo frajola ou até aquelas coisinhas lindas alaranjadas, que Molly esperava encontrar, ela viu uma boneca enrolada em uma toalha de praia azul e branca.

Ah, não, pensou, erguendo a ponta da toalha para dar uma olhada melhor na boneca. *Preciso encontrar a dona desta boneca. Ela vai sentir falta dela...*

Foi só quando a boneca se mexeu que Molly percebeu o que estava vendo de fato.

E, de repente, pela primeira vez em sua carreira, ela se viu chamando a polícia por causa de uma criança.

CAPÍTULO 2

• John •

O delegado John Hartwell estava almoçando no Café Sereia quando o telefone tocou.

Mais precisamente, ele estava tentando decidir entre um Arpoador — meio quilo de carne moída de primeira, com bacon, cebola grelhada e queijo de sua preferência — ou uma salada Sereia.

Obviamente, a salada era a opção mais saudável, embora ele estivesse em dúvida sobre o queijo azul e o bacon.

No fundo, o que ele queria era o famoso bife ancho da Churrascaria da Ilha, mas eles não estavam abertos para o almoço e, além disso, o Dr. Alverez já tinha conversado com ele sobre a necessidade de pegar mais leve na alimentação. Seu peso não era o problema, mas o colesterol sim, e, se continuasse desse jeito, dissera o médico, logo teria de começar a tomar remédio.

O que John não mencionou ao médico foi sua suspeita de que seus hábitos alimentares não eram os responsáveis pelos seus altos níveis de colesterol, e sim o estresse. Estresse com, por exemplo, a recente onda de assaltos a residências próximas à antiga escola — algo não tão surpreendente, uma vez que metade dos moradores da ilha é negligente a ponto de não trancar as portas à noite (ou a qualquer hora).

Até mesmo sua vida pessoal era estressante — mais estressante, na verdade, do que ser o delegado mais jovem da história de Little Bridge, ou do que frequentemente ter de apartar brigas no Bar do Ron. John preferia mil vezes intervir em brigas de bêbados a ser pai solo de uma filha adolescente.

— Oi, delegado. — Bree Beckham, a garçonete mais popular do Sereia, graças aos cabelos cor-de-rosa e ao sorriso contagiante, foi até o balcão para atendê-lo. — O que vai ser hoje? Hambúrguer?

John olhou o cardápio e suspirou. Quem ele estava enganando? Ele nunca almoçaria salada, nem mesmo uma que tivesse camarão pescado na região.

Bree pareceu entender o dilema dele.

— Que tal o sanduíche de peixe?

Bem, ele podia ceder desta vez. Vai que o médico tem razão...

— Qual é o peixe do dia? — perguntou John.

— Pargo — respondeu Bree, com um aceno de aprovação diante da cautela de John. — Pescado esta manhã. Podemos fritar, empanar ou grelhar para você.

John não precisou tomar uma decisão — obviamente ele preferia frito, mas nem sua filha, Katie, nem seu médico aprovariam isso — por causa do rádio, que crepitou.

— Chefe — disse Marguerite, na delegacia —, você está no Sereia?

— Com licença, Bree — murmurou John, pegando o rádio de mão em seu ombro e o levando até a boca. — Sim, estou, Marg. E pare de me chamar de chefe. O que aconteceu?

— Desculpa, delegado. Mas é a coisa mais louca que já vi. Acabamos de receber uma ligação sobre um bebê abandonado em um banheiro da biblioteca. Os paramédicos já estão a caminho, mas...

— Estou indo para lá — disse John, e dirigiu a Bree um sorriso de desculpas enquanto tornava a prender o rádio no ombro. — Vou ter que deixar o sanduíche de peixe para outra hora.

— Um *bebê*? — Bree balançou a cabeça, sem nem tentar disfarçar o fato de estar escutando a conversa. Isso era típico de

Little Bridge. Em uma ilha com uma população de quase cinco mil pessoas, todos ficavam sabendo da vida uns dos outros. — Que tipo de pessoa abandona um bebê numa biblioteca? Só pode ter sido um turista.

John não queria irritar ninguém mencionando que, pelo que ele já tinha visto em seus anos de profissão, os casos de abandono de menores em Little Bridge se davam tanto por turistas como por moradores locais, com a mesma frequência. Então apenas murmurou um lacônico "Sim" e entregou uma nota de cinco dólares para pagar pelo café com leite que tinha consumido enquanto olhava o cardápio.

— Ah, delegado. — Bree devolveu a nota para ele. — Você sabe que para você é por conta da casa.

John sorriu ao colocar o chapéu de abas largas.

— Pode colocar no pote de doação para aqueles animais que você gosta de salvar, então. E manda um abraço para o Drew.

Bree sorriu alegremente com a menção ao namorado e colocou o dinheiro no bolso.

— Farei isso. Obrigada, delegado.

A biblioteca ficava a apenas uma quadra dali, mas John resolveu ir de carro, com as luzes piscando e a sirene ligada, porque um bebê abandonado era uma emergência. Sendo assim, menos de um minuto depois, ele estava diante do edifício meio atarracado, que parecia um prédio comercial e destoava completamente de seus vizinhos majestosos. A biblioteca municipal, por algum acaso no planejamento urbano, acabou no meio de um dos bairros residenciais mais antigos e caros da Ilha de Little Bridge, cujas casas de estilo vitoriano eram cercadas por varandas com balaústres de madeira ornamentada, com sofás e cadeiras de vime confortáveis (a respeito dos quais sua filha, que viveu seus primeiros anos na cidade grande, uma vez perguntara: "Por que ninguém rouba essas coisas, papai?").

Os proprietários dessas casas nem disfarçavam a empolgação com o fato de a biblioteca — um horror arquitetônico construído na década de 1960 — estar com sua demolição programada para dali a poucos meses. Graças à generosidade de uma doadora muito rica, a excêntrica, mas universalmente amada, viúva Dorothy Tifton, os livros logo seriam transferidos para a antiga escola, que estava sendo reformada para acomodá-los, e um centro dedicado à história da Flórida seria construído no lugar do antigo edifício.

Quando abriu as portas de vidro e metal e ouviu o familiar rangido de protesto, capturando o cheiro ainda mais familiar de mofo, papel e poeira, John se perguntou se os bibliotecários se sentiam tão melancólicos em relação a essa mudança quanto ele. É verdade que a velha biblioteca era pequena e pouco usual, e que a nova seria um grande avanço. Mas às vezes John tinha a sensação de que havia coisas demais mudando rápido demais... e não necessariamente para melhor.

— Olá — disse ele para a mulher bem velhinha sentada na recepção. John teve a sensação de que conhecia a bibliotecária do tempo em que ele era menino. Mas ela já era tão velha naquela época que certamente devia estar morta agora. — Sou o delegado Hartwell. Recebemos uma ligação sobre um...

A velhinha assentiu.

— Eu sei, John — disse ela com a voz frágil. — Mas suponho que eu deva chamar você de "delegado" agora.

Então *era* ela. Ela não estava morta! E se lembrava dele depois de todos esses anos. Ele devia ter causado uma impressão e tanto quando menino... e provavelmente nada boa.

— Obrigado, senhora — disse ele, educadamente tirando o chapéu. *Phyllis Robinette,* dizia o crachá preso na blusa dela.

É claro! Se Phyllis Robinette não o tivesse pegado pela mão naquele dia chuvoso tantos anos atrás, quando ele e seus amigos entraram aos tropeços na biblioteca, procurando algo para fazer (ou, para ser mais exato, destruir), e lhe mostrado a seção de biografias, John talvez nunca tivesse descoberto todos aqueles livros sobre as pessoas — heróis do esporte, heróis militares, aviadores e homens da lei — que mais tarde se tornaram exemplos para ele.

Foi graças a essa mulher que ele havia descoberto o gosto pela leitura. Isso o levara a ter um melhor desempenho na escola, tirando notas boas o suficiente para entrar na faculdade, estudar criminologia e se tornar o que era hoje... o delegado do condado.

Será que deveria comentar o impacto extraordinário que ela havia causado nele?

— Será que vocês poderiam agilizar isso? — perguntou a velhinha, sarcástica. — A presença de tantas pessoas portando armas de fogo vai deixar alguns de nossos leitores nervosos.

Não, ele não ia dizer nada a ela. Não hoje, pelo menos.

— Tenho certeza de que resolveremos tudo o mais rápido possível, senhora.

— Hum-hum. Do mesmo jeito que *resolveu* a situação do Ladrão do Colégio?

Ele não se abalou com a crítica. Não era a primeira vez que ouvia aquilo.

— Nós fazemos o nosso melhor, senhora. Esses arrombamentos especificamente...

Ela não esperou que ele terminasse.

— É logo ali, John. Você sabe o caminho.

Dispensado, ele se virou e seguiu na direção que a Sra. Robinette apontava. Uma nova onda de nostalgia o invadiu quando ele entrou na sala onde passara tantas horas quando garoto. O lugar tinha exatamente a aparência — e o cheiro — da época de sua infância, o papel de parede no teto com os simpáticos animais da fazenda, inclusive, era o mesmo. (Por que animais de fazenda em uma ilha no sul da Flórida que estava mais perto de Cuba do que dos Estados Unidos, ele sempre havia se perguntado. Por que não criaturas marinhas? Talvez o motivo fosse o fato de as crianças que crescem em Little Bridge saberem como evitar ferimentos de águas-vivas, mas não que o leite vinha de vacas.)

Os paramédicos já estavam lá. John ficou satisfeito ao ver que era uma equipe particularmente competente, que trabalhava bem em conjunto e raramente dava qualquer tipo de problema a seus policiais.

Max, o barbudo tatuado, estava ajoelhado ao lado de uma jovem bonita que John nunca vira — o que era incomum, pois, afora os turistas, ele conhecia pelo menos de vista quase todos na ilha. A jovem segurava um bebê no colo. Max pressionava um estetoscópio no peito do bebê.

— Ótimo, boa frequência cardíaca — disse Max depois de um momento.

— Graças a Deus — replicou a jovem.

As pessoas reunidas à sua volta — homens e mulheres, meninos e meninas, muitos deles, por algum motivo, segurando bonecos de gengibre exageradamente decorados —, todas ecoaram o sentimento, soltando um suspiro coletivo de alívio.

— Wade — disse John baixinho, considerando que estava em uma biblioteca e que havia um bebê ali, além de Max aparentemente ter a situação sob controle. O bebê nem estava chorando, mas John tinha experiência suficiente com bebês para não interpretar isso como um sinal positivo. Wade o avistou e rapidamente se aproximou.

— Ei, delegado — sussurrou ele. — Dá para acreditar nisso?

— Não tenho certeza — disse John. — Acreditar no *quê*, exatamente?

— Um bebê, abandonado. A nova bibliotecária o encontrou — respondeu Wade, acenando na direção da jovem bonita. — Molly, hã, Montgomery, acho que é esse o nome dela... Seja como for, alguém colocou o bebê em uma caixa e o deixou em um dos reservados no banheiro feminino.

— Hummm. — John semicerrou os olhos. Havia uma caixa com um rótulo de sacos de lixo para uso industrial em cima de uma mesa pequena para crianças, a poucos metros de onde estavam. — Aquela caixa ali?

— Isso. Quem quer que tenha feito isso enrolou o bebê em uma toalha, o que não ajudou muito na questão do frio por causa do ar condicionado daqui. A bibliotecária fez a coisa certa ao pegar a criança no colo e tentar mantê-la aquecida até chegarmos. Vamos levá-la para o hospital agora, mas parece que está tudo bem, levando em conta as circunstâncias.

John assentiu.

— Ótimo. Qual a idade, na sua opinião?

— Recém-nascido. Horas. Não mais do que um dia, com certeza.

John tornou a assentir. Ele tinha dito "*Ótimo*", mas na verdade não achava nada disso ótimo. Já era bem ruim abandonar um bebê, mas abandoná-lo em uma caixa destinada a sacos de lixo e em uma *biblioteca*? Principalmente quando o quartel dos bombeiros, um porto seguro designado pelo Estado para recém-nascidos com menos de uma semana de idade, ficava na mesma rua, apenas um pouco mais adiante.

Ele contou uma dúzia de pessoas na sala, excluindo os paramédicos e ele próprio. Dessas, seis aparentavam ser mulheres em idade fértil. Pelo comportamento delas, era pouco provável que uma delas fosse a mãe, mas ele precisaria interrogar todas.

Isso incluía a bibliotecária. Ela entregou o recém-nascido a Max, e no mesmo instante o paramédico começou a imitar voz de bebê. John sabia que Max tinha dois cachorros em casa e os adorava, então fazer voz de bebê com qualquer criatura menor que ele não era nada incomum.

No entanto, a bibliotecária aparentemente não sabia disso. Ela pareceu um pouco preocupada enquanto observava Max enrolar o bebê em um cobertor térmico de emergência que trouxera na ambulância. Com trinta e poucos anos, Molly Montgomery estava elegantemente vestida com calça de alfaiataria preta e blusa floral, os cabelos escuros cortados no estilo que a filha fashionista de John costumava chamar de *bob*. A bibliotecária tinha uma compleição esguia, não parecia uma mulher que havia parido recentemente, e seria estranho — embora não inédito — alguém que acabou de dar à luz um bebê chamar a polícia e dizer que o "encontrou".

Mas nada disso era suficiente para John descartá-la como sendo a mãe. Ele teria de interrogá-la. Teria de interrogá-la com mais cuidado do que todas as outras.

— Marg — disse ele no rádio em seu ombro. — Vou precisar de ajuda aqui na biblioteca. — Ele olhou para a multidão à sua volta, notando que todos ainda tinham o olhar fixo no bebê. As pessoas realmente ficavam loucas com bebês. — Muita.

A voz de sua sargento favorita soou serena como sempre.

— Pode deixar, delegado. Castillo e Martinez estão a caminho.

Depois de resolver esse assunto, John avançou, decidido a começar com a nova bibliotecária, visto que foi ela quem encontrou o bebê; não tinha nada a ver com o fato de ela ser muito atraente e uma possível, embora improvável, suspeita.

— Senhorita, hã, moça? — Recentemente, seu departamento havia passado por um treinamento de quatro horas de conscientização sobre assédio sexual, a pedido do próprio John, depois do que acontecera com o último delegado. Mas, mesmo com o treinamento e uma filha adolescente em casa para alertá-lo constantemente quando ele dizia algo que poderia ser interpretado como sexista, John nunca tinha certeza de quando suas palavras poderiam ofender alguém. — Sra. Montgomery?

Quando a bibliotecária desviou o olhar do bebê e encarou o rosto dele, John ficou impressionado com o quanto os olhos dela eram grandes e escuros. Isso tinha de ser algum truque de maquiagem. Ninguém tinha olhos tão grandes e bonitos naturalmente.

— Sim?

— Delegado John Hartwell. — John tocou a aba de seu chapéu, assentindo educadamente, cumprimento que fazia com o público em geral. — Soube que foi você quem encontrou o bebê. Eu poderia lhe fazer algumas perguntas?

— Ah, claro. — A bibliotecária deu as costas ao bebê e se dirigiu a uma mesa abarrotada a poucos metros de distância.

— Obrigado, moça.

John percebeu várias coisas de imediato. A primeira foi que a voz de Molly Montgomery era calma, mas agradavelmente melódica, exatamente como a voz de uma bibliotecária da seção infantil deveria soar. A voz da Sra. Robinette era assim, antes que o tempo e um fluxo constante de crianças malcomportadas como ele e seus amigos lhe roubassem a vitalidade da juventude.

A segunda era que a mesa dela era uma das mais bagunçadas que ele já tinha visto; estava repleta de pilhas altas de livros de todos os tamanhos e espessuras, além de papeizinhos coloridos e lápis curtos do tipo que as pessoas recebiam nas pistas de boliche e em campos de golfe para preencher seus cartões de pontuação.

Mais perturbador ainda para um indivíduo como ele, de personalidade tipo A, era a infinidade de *post-its* de cores vivas espalhados por todos os lugares, inclusive na tela do computador da bibliotecária. *Post-its* como aqueles deixariam um resíduo pegajoso em um monitor de computador que poderia ser difícil de limpar.

Se a mesa de algum de seus encarregados no departamento estivesse, mesmo remotamente, tão desorganizada, ele encaminharia a pessoa imediatamente ao RH para aconselhamento.

Mas nenhuma dessas coisas foi a mais desconcertante que John observou. O que mais o deixou desconcertado foi notar que as costas da bibliotecária eram tão atraentes quanto a frente.

No entanto, ele rapidamente desviou o olhar, pois sabia, tanto por seu treinamento sobre assédio sexual quanto por seus muitos anos de experiência no trabalho, que observar os atributos físicos das testemunhas era inapropriado.

— Quer se sentar? — perguntou a bibliotecária, apontando para uma cadeira vazia ao lado de sua mesa. Infelizmente, era uma cadeira infantil. Tudo na seção infantil era pequeno, exceto a mesa da bibliotecária. — Ou quer beber alguma coisa? Temos suco de maçã gaseificado hoje. Estávamos fazendo uma atividade de decoração de biscoitos quando uma das mães me disse que reparou em algo estranho no banheiro.

— Hum. — Ele olhou para a pequena mesa cheia de biscoitos e glacê. — Decoração de biscoitos de gengibre? Em abril?

— Ah. — Ela olhou na direção da mesa e deu um sorrisinho pesaroso. — Sim, então... eu ainda não estava aqui no Natal. E eu sempre tive vontade de organizar uma atividade de decoração de biscoitos. Então foi uma festa de decoração de biscoitos sem tema natalino. Embora eu não tenha certeza agora de que foi a melhor ideia.

Ele ergueu as sobrancelhas.

— Por que não?

— Bem, fez mais bagunça do que eu esperava. — Ela apontou para o piso de ladrilhos embaixo da mesa, cheio de migalhas de biscoito e granulados coloridos. — E, embora a atividade fosse destinada a crianças mais novas, uma pessoa mais velha acabou aparecendo, o que normalmente teria sido bom, mas esse alguém em particular...

Não poderia ser tão fácil assim.

— Alguma ideia do nome dela? — Ele tirou o bloco do cinto.

— Ah, não. — Sorrindo e balançando a cabeça, ela disse: — Elijah é ele. E o bebê não poderia ser dele. Elijah tem dezesseis anos, mas de jeito nenhum ele... Quer dizer... — A bibliotecária afundou na cadeira atrás da mesa, o sorriso havia desaparecido e as mãos estavam agitadas, nervosas. — Desculpa. O que eu quis dizer é que Elijah é um menino maravilhoso, mas ele com certeza não tem nada a ver com esse bebê. Ele quase não tem amigos, muito menos uma namorada. Além disso, ele estava aqui comigo o tempo todo.

John assentiu. Claro que ela estava nervosa — não porque ela fosse culpada de alguma coisa, mas por causa do que passou. Não é todo dia que alguém encontra um bebê recém-nascido no banheiro do trabalho e depois é interrogado pelas autoridades.

John sabia que o fato de ele estar olhando para ela de cima, com seu uniforme, não ajudava. Era hora de se sentar, embora todos os seus ossos gritassem só de ele pensar na ideia de espremer seu corpo de um metro e noventa naquela cadeirinha ao lado da mesa... especialmente ao lembrar que, vinte e poucos anos antes, ele cabia facilmente em cadeiras semelhantes desta mesma sala. Agora a cadeira rangia sob seu peso.

No entanto, a bibliotecária não pareceu notar o grande sacrifício que ele estava fazendo, assim como também não tinha notado que havia glacê branco espalhado em sua blusa floral preta, e um pouco em seus cabelos escuros também. Ela parecia estar com muita coisa na cabeça agora.

— Ela vai ficar bem, não vai? — perguntou ela, ansiosa. — A bebê?

— Ah, sim — disse ele, equilibrando seu peso na pequena cadeira. — Com certeza vai. Há câmeras de segurança neste prédio?

Ela assentiu.

— Sim, claro...

O coração dele disparou, até que ela acrescentou:

— Mas não funcionam.

— Como assim?

— Estamos instalando câmeras de última geração na nova sede da biblioteca, é claro, para ajudar a aumentar a segurança dos nossos leitores e evitar roubos e vandalismo. Mas as câmeras daqui são antigas e pararam de funcionar há muito tempo. Então, como estamos de mudança, pensamos: por que gastar dinheiro com equipamento novo...?

Ele concluiu que era melhor passar para a próxima pergunta.

— E você não notou nada... nem ninguém... fora do comum esta manhã?

— Não. Mas eu estava muito ocupada, por causa da atividade com os biscoitos. E, sinceramente, qualquer um poderia entrar a qualquer momento carregando uma caixa desse tamanho que não chamaria minha atenção. Aceitamos doações o ano todo. — Ela deve ter notado a confusão no olhar dele, pois explicou: — De livros. Temos uma feira de livros usados em fins de semana alternados, então toda hora tem alguém trazendo uma caixa com livros. Com tantos turistas passando férias aqui, acabamos tendo muita demanda, especialmente de romances e suspenses.

Ele assentiu como se soubesse do que ela estava falando.

— E tem certeza de que a caixa não estava lá quando você chegou esta manhã? — perguntou ele, abrindo o bloco para registrar a resposta, tentando parecer profissional em sua posição ridícula na cadeira infantil, com os joelhos mais altos que os cotovelos.

— Ah, sim — respondeu ela, os olhos grandes arregalados. — Sempre verifico todos os cômodos quando chego, só para ter certeza de que não há uma situação do tipo *Dos arquivos misturados da Sra. Basil E. Frankweiler* acontecendo. E tenho certeza de que a caixa não estava aqui.

— Situação tipo *o quê*? — perguntou ele, mais confuso do que nunca.

— *Dos arquivos misturados da*... ah. — Molly corou ligeiramente quando percebeu que ele não sabia do que ela estava falando. — Deixa pra lá. É um livro infantil sobre um casal de irmãos que foge e se esconde... Mas não importa. A caixa não estava aqui, e o pessoal da limpeza veio durante a noite. Até agora, desde que vim para cá, eles nunca faltaram ao trabalho.

Essa era sua chance de descobrir por que nunca a tinha visto por aí antes.

— E há quanto tempo você está aqui?

— Ah, não muito. — Ela sacudiu a cabeça, e as pontas dos cabelos pretos, algumas das quais estavam sujas de glacê, balançaram. — Só consegui esse emprego no fim de dezembro.

— E antes disso você estava...

Ele disse a si mesmo que não estava fazendo essa pergunta por interesse pessoal. Obviamente era importante para a investigação. A julgar pelo sotaque dela — pouco marcado e sem inflexões —, suspeitava que fosse de algum lugar do Meio-Oeste, e por isso não ficou surpreso quando ela respondeu:

— Em Denver. Conheço Phyllis... a Sra. Robinette, a antiga bibliotecária da seção infantil... há anos. Nós nos conhecemos na AAB. — Ela falou isso como se o significado fosse óbvio, mas ele não tinha a menor ideia do que se tratava. Associação Americana de Babás? Alcoólicos Anônimos nas Bibliotecas? — A Phyllis me disse que queria se aposentar, mas estava tendo problemas para encontrar um substituto por causa do furacão Marilyn... Mais do que ninguém, você deve saber sobre a escassez de moradias aqui desde a tempestade... Bem, aí eu aproveitei a chance e me candidatei, especialmente porque a melhor amiga da minha mãe, Joanne Larson, é a proprietária da Pousada Papagaio Preguiçoso. O marido dela, Carl, não está muito bem de saúde ultimamente, e eles precisavam de uma ajuda extra. Eles estão com um quarto vago desde que o gerente noturno saiu e, bem, tudo conspirou a favor. Quem não gostaria de morar e trabalhar no paraíso? Especialmente agora, com a nova sede da biblioteca prestes a abrir.

— Sim — disse ele, mais uma vez balançando a cabeça como se tivesse entendido alguma coisa do que ela tinha dito. — Com certeza. — Exceto pela parte sobre a Papagaio Preguiçoso... Era verdade que Joanne e Carl Larson haviam perdido o gerente noturno havia um tempo. O próprio John o tinha prendido por um pequeno furto... E sabia também sobre a Sra. Robinette. Ela era do tipo que continuaria trabalhando como voluntária muito depois de se "aposentar", para garantir que tudo continuasse andando nos trilhos, o que explicava o fato de ela o ter atendido na recepção.

A escuridão dos olhos enormes de Molly Montgomery também fazia sentido agora. Não era apenas resultado da maquiagem, mas também das sombras púrpuras que vinham da falta de sono, trabalhando como bibliotecária da seção infantil durante o dia e gerente noturna em uma popular pousada local.

No entanto, havia algo mais em sua história, algo que ela guardou para si. Aquela tênue linha branca em seu dedo anelar esquerdo atestava isso. Ele havia notado, especialmente porque era igual à dele.

Embora estivesse muito curioso, não ia mencionar o assunto. Não era pertinente à investigação.

— Bem, Sra. Montgomery — começou ele, mas foi imediatamente interrompido por ela.

— Ah, por favor, me chame de Molly. Ou Srta. Molly. Todo mundo aqui me chama assim.

— Ok, bem, Molly, então...

— O que vai acontecer com a bebê? — Seu olhar preocupado seguia a criança, que Max levava para a ambulância. — Para onde ela vai ser levada?

— Para o hospital. Vão examiná-la e, se ela estiver bem... o que os paramédicos parecem acreditar que está... ela será encaminhada para os Serviços de Proteção à Criança e depois para um lar temporário.

A bibliotecária pareceu preocupada.

— Mas... e a mãe dela?

— Bem, é claro que vamos tentar localizá-la para que possamos interrogá-la.

Esta era claramente a coisa errada a dizer, pois aqueles grandes olhos escuros se tornaram ainda maiores, e ela ficou visivelmente tensa.

— Interrogá-la? Sobre o quê?

— Bem, para começar, sobre a razão de ela ter abandonado a bebê em uma caixa de lixo vazia no banheiro da biblioteca.

— Mas você não sabe se ela a abandonou. Aquela bebê pode ter sido sequestrada.

— Sequestrada? — John achava que já tinha ouvido todo tipo de coisa em seu trabalho, mas isso superava tudo. — E os sequestradores simplesmente esqueceram a criança no banheiro da sua biblioteca?

Ela o fuzilou com os olhos.

— Coisas ainda mais estranhas já aconteceram nessa cidade, pelo que ouvi dizer.

Ele não ia discutir, já que isso era verdade. Afinal, estavam na Flórida.

— Bem, se foi isso o que aconteceu, vamos descobrir... depois que encontrarmos a mãe e a interrogarmos.

— Mas, mesmo que ela tenha deixado a neném aqui, tenho certeza de que foi por uma boa razão... Obviamente, ela não se sente capaz de cuidar da criança nesse momento. Eu sei que não trabalho aqui há tanto tempo assim, mas talvez essa biblioteca seja um lugar onde ela sempre se sentiu segura, o que a fez pensar que a filha estaria segura aqui também.

— Ah — disse John, lutando para encontrar uma resposta para isso. — Bem, agora...

— E ela *estava*. Nós a encontramos e nos certificamos de que ela recebesse a ajuda de que precisava. Sabe, delegado... as pessoas não vêm mais à biblioteca só para pegar livros. Elas vêm por diversas razões: para usar nossos computadores, para procurar emprego, para ter aulas, para socializar e até mesmo para obter ajuda quando estão sofrendo ou sentem que estão em perigo. Ajudá-las nessas situações não é exatamente uma tarefa para a qual fomos treinados, mas é nosso trabalho mesmo assim. Tenho certeza de que a mãe da neném deve estar se sentindo muito assustada e sozinha agora, onde quer que ela esteja. Então, espero que, se você a encontrar, não a indicie. Eu, pessoalmente, sinto muito por ela.

John pigarreou. Aquele tinha sido um discurso e tanto, e certamente o colocara em seu lugar.

O pior, ele percebeu, consternado, era que ela ficava ainda mais bonita quando estava com raiva.

— Bem, eu também — disse ele, por fim. — E é claro que vou investigar todas as possibilidades, incluindo a de que a bebê tenha sido sequestrada, tirada de sua mãe e depois abandonada aqui em sua biblioteca. — Embora nada semelhante tenha acontecido em todos esses anos de trabalho de John com a lei. — Mas, independentemente do quanto estivesse assustada ou do quanto se sentisse incapaz de cuidar da filha, a mãe poderia facilmente ter deixado a menina no hospital ou na minha delegacia ou até mesmo no corpo de bombeiros, que fica nessa mesma rua. Todos esses lugares são refúgios seguros legalmente apontados para quem se sente sobrecarregado com um recém-nascido, e ninguém faria perguntas. Mas a biblioteca, não.

— Mas...

— *Mas* ela não fez nada disso, fez? Ela... ou alguém... colocou aquela bebê em uma caixa de sacos de lixo vazia e a abandonou em um banheiro frio da biblioteca. Isso é crime. E é meu dever investigar quando alguém comete um crime, e é isso que pretendo fazer, se você estiver de acordo, Srta. Montgomery.

A boca da bibliotecária se contraiu em uma linha fina e reta, como se ela estivesse se esforçando para não dizer algo de que, no futuro, se arrependeria.

— Claro que estou de acordo.

— Bem — disse ele. — Ótimo.

— Ótimo — repetiu ela. — Espero que você tenha mais sorte para resolver esse mistério do que teve com o caso do Ladrão do Colégio.

Ele sentiu a mandíbula se contrair. De todos os golpes que ela poderia ter aplicado, esse era o mais baixo, e ele duvidava que ela sequer soubesse disso.

— Obrigado — disse ele. — Tenho certeza de que teremos, considerando que o Ladrão do Colégio não deixou um único fragmento de DNA como evidência.

— Excelente. — Ela saiu de trás de sua mesa com uma imponência que lembrou a John sua chefe supostamente aposentada, Phyllis Robinette. Molly provavelmente aprendera com ela. — Por favor, me informe se houver mais alguma coisa que eu ou os funcionários da biblioteca possamos fazer para ajudar. Agora, se você não tiver mais perguntas, eu realmente preciso voltar aos meus leitores.

John sabia que tinha metido os pés pelas mãos com a bela bibliotecária. Ele não tinha certeza de como, exatamente, exceto ao dizer que pretendia fazer seu trabalho.

Mas, como ela era uma mulher, e ele parecia sempre se atrapalhar com as mulheres, não ficou surpreso.

John não tinha ideia do que fazer naquela situação, então simplesmente se levantou da cadeirinha infantil — tarde demais, pois Molly já havia marchado para onde seus leitores estavam sendo questionados pelo policial mais competente da delegacia, Ryan Martinez.

Bem, essa não seria a última vez que ele a veria, supôs. Ele poderia voltar trazendo uma atualização sobre o caso. Ninguém abandonaria uma bebê em uma ilha tão pequena quanto Little Bridge e conseguiria escapar impune. Ele voltaria a ver Molly Montgomery e, da próxima vez, tomaria mais cuidado para não dizer a coisa errada.

O que quer que fosse.

CAPÍTULO 3

• Molly •

A notícia da bebê abandonada na biblioteca se espalhou mais rápido pela ilha do que a de um novo *food truck* de tacos. Quando Molly saiu do trabalho naquele dia, parecia que todo mundo já sabia, inclusive os turistas hospedados na pousada onde ela morava (e trabalhava durante meio período) provisoriamente até encontrar um apartamento cujo aluguel fosse um pouco mais acessível.

— É verdade? — perguntou uma das hóspedes deitada em uma espreguiçadeira quando Molly passava pela piscina a caminho da cozinha, onde ajudaria a Sra. Larson a fazer os *hors d'oeuvres* para o happy hour. — A mãe deixou mesmo o bebê na privada?

Molly quase deixou cair a bolsa de compras que trazia do empório do Frank.

— Não, isso não é verdade — disse ela. — A bebê estava em cima da privada, dentro de uma caixa.

A turista — a Sra. Filmore, uma hóspede assídua que frequentava a pousada sempre na mesma semana havia anos — dirigiu ao marido um olhar triunfante.

— Eu te disse! É por isso que estão chamando ele de Bebê do Saco... Por causa dos sacos de lixo. Era uma caixa de sacos de lixo.

Molly estava abismada, mas achou melhor não falar nada. O hóspede sempre tem razão — até mesmo hóspedes como a Sra. Filmore, que limpava suas muitas camadas de maquiagem nas toalhas brancas em vez de usar as toalhas pretas ou os lenços umedecidos hipoalergênicos demaquilantes que os Larson forneciam para esse propósito. Molly sabia disso porque via as toalhas de rosto manchadas de batom vermelho e rímel na lavanderia todas as manhãs. Isso a fazia se lembrar do palhaço assustador de *It: A coisa*, de Stephen King (uma leitura problemática, mas ainda muito popular, mesmo que ligeiramente datada. Ela precisava se lembrar de mostrar esse livro a Elijah. Talvez ele se interessasse, visto que era tanto cômico quanto sangrento, e protagonizado por jovens que encontraram sua verdadeira vocação ao ajudar outras pessoas).

— Moisés! — gritou o Sr. Filmore do outro lado da piscina.

Molly estava se dirigindo para a cozinha novamente, mas se deteve. O Sr. Filmore raramente falava, talvez porque fosse mais fácil deixar a esposa fofoqueira falar por ele. Assim, quando ele abria a boca para falar algo, geralmente valia a pena escutar.

— Como? — perguntou Molly.

— Moisés. — O Sr. Filmore levou seu drinque até a boca. Molly não sabia exatamente o que era, mas tinha um enfeite de guarda-chuva e um pedaço de limão preso à lateral do copo, então era possível que fosse uma margarita. — Deviam chamar o bebê de Moisés, por ter sido achado na água.

— Ah, Mel. — A Sra. Filmore, brincando, jogou água da piscina nele. — Você não ouviu? Ele foi achado numa privada, não na água.

— As privadas não têm água dentro delas? Deviam chamá-lo de Moisés. Melhor do que Bebê do Saco. Saco nem é um nome de verdade.

A Sra. Filmore balançou a cabeça, claramente indignada com a piada do marido. Mas, enquanto Molly retornava à cozinha, onde Joanne estava atarefada preparando os canapés, ela se perguntou se a piada do Sr. Filmore não tinha um quê de verdade. Exceto, claro, que o bebê era uma menina, não um menino.

— Ah, graças a Deus você chegou. — Joanne era uma mulher pequena e delicada e usava uma saída de praia cor-de-rosa e leggings combinando. Era impossível determinar sua idade, pois ela havia passado tempo suficiente no sol, se bronzeando. Podia estar em qualquer ponto entre quarenta e setenta, apesar da voz rouca de cigarro e da pele curtida do peito indicarem que estava mais próxima dos setenta mesmo. — Você comprou tudo?

— Comprei. — Molly colocou a bolsa de compras no balcão onde Joanne já havia disposto várias bandejas de queijos e *crudité* de aparência tentadora. — Mas tem certeza de que precisa disso? Acho que tem mais do que o suficiente aí.

Joanne bufou.

— Está brincando comigo? Aquele grupo que foi velejar ao pôr do sol vai voltar faminto. Sem falar dos Walter. Eles foram para alto-mar em um barco de pesca fretado.

Molly tirou da bolsa um dos pepinos que comprara para a Sra. Larson.

— Mas todos eles têm reservas para o jantar. Eu sei porque ajudei alguns deles a fazê-las ontem à noite.

— Claro, mas eles não podem sair para jantar com fome e irritados. Gosto de mantê-los bem alimentados e felizes para que se comportem quando forem à cidade. Assim, não recebo reclamações dos meus colegas comerciantes sobre eu não estar cuidando direito dos meus hóspedes.

— Faz sentido. — Molly já estava na Papagaio Preguiçoso, cujos donos estavam longe de serem preguiçosos, por tempo suficiente para saber como ajudar quando necessário. Ela vestiu um avental por cima das roupas de trabalho e começou a picar um dos pepinos, que mais tarde seriam servidos com molho de peixe caseiro, enquanto Joanne abria o forno para verificar o tabuleiro de torta de queijo de cabra. — Imagino que você ficou sabendo do que aconteceu na biblioteca hoje.

Molly não queria falar sobre isso, mas, ao mesmo tempo, também estava louca para comentar o assunto — especialmente com alguém que entenderia quanto o incidente a tinha afetado. Se ela estivesse em Denver, teria digerido a situação tomando um drinque com os colegas do antigo emprego. Eles teriam ido ao Cruise Room em LoDo e saído de lá bem altos.

Mas ela não estava mais em Denver.

E, embora tanto Henry quanto Phyllis Robinette (abençoada seja!) tivessem perguntado se ela estava bem, e a convidado para ir ao Uva, o bar de vinhos próximo à biblioteca que eles costumavam frequentar depois do trabalho, Molly havia recusado, não só porque precisava voltar para a pousada e ajudar os Larson, mas também porque tinha programada pela manhã uma visita à nova sede da biblioteca com a arquiteta e a patrocinadora que estava viabilizando tudo, a Sra. Dorothy Tifton em pessoa (assim como a poodle toy, Daisy, que seguia a tutora por toda parte). Molly queria uma bebida, mas também queria ficar em casa e se preparar para essa reunião importante.

Como se tivesse lido os pensamentos de Molly, Joanne se virou, pegou uma garrafa de vinho tinto na adega climatizada e, com muita habilidade, a abriu.

— Pobrezinha — disse ela, servindo duas taças generosas antes de deslizar uma na direção de Molly. — Eu esqueci totalmente. Que coisa horrível. Aqui, beba. Ele foi mesmo achado em um saco de lixo?

Molly aceitou a taça, agradecida.

— É ela, no caso. E era uma caixa. Uma caixa de sacos de lixo. De onde as pessoas tiraram essa história de saco de lixo?

— É o que estão falando na comunidade do Facebook — disse Joanne, simplesmente.

Claro. Molly assentiu, então tomou um gole de vinho antes de voltar sua atenção para os pepinos. Ela sabia tudo sobre essa página. Supostamente era privada, administrada pela esposa do antigo prefeito e restrita apenas aos residentes de Little Bridge, mas qualquer pessoa podia acessá-la. Como a maioria das redes sociais, tendia a ter um pouco mais de fofocas do que Molly considerava saudável. E esse era o motivo pelo qual ela a amava e a odiava ao mesmo tempo, apesar de ter conseguido reduzir o tempo que passava olhando a página, da mesma forma que conseguira reduzir o tempo que ficava *stalkeando* seu ex-namorado e a nova noiva na internet.

Só que ela odiava chamar aquilo de *stalkear*. As pessoas daqueles programas de *true crime* ao qual ela gostava de assistir eram de fato *stalkers*. O que Molly tinha era apenas uma curiosidade saudável sobre os motivos por trás do repentino noivado do seu ex com essa mulher que ele só conhecia fazia dois meses, e que provavelmente não tinha a menor ideia de onde estava se metendo.

— Bem — disse Molly, dando um golpe particularmente cruel no pepino —, não se deve acreditar em tudo que se lê.

— Não. — Joanne estava desfrutando longos goles de vinho. — Claro que não. Ah! Era disso que eu estava precisando. Sabia que aquele representante de vinhos não ia me deixar na mão.

Molly fez um gesto com a cabeça em direção à garrafa.

— É muito bom.

Joanne sorriu.

— É por isso que eu guardo para mim... e para os funcionários, é claro. Eu não o desperdiçaria com os hóspedes, a não ser, é claro, se eles o pedissem, o que nunca fazem. Eles só querem saber de margaritas e cuba-libre. Mas não dá para culpá-los por isso, afinal vieram para cá passar férias. Enfim, soube que você conheceu o delegado. O que achou dele?

— Como assim? — A súbita mudança de assunto a fez pestanejar.

— Nosso novo delegado. O que achou dele? Na verdade, pensando bem, acho que ele não é tão novo assim. Mas é bem jovem, e muito melhor do que Wagner, o antigo delegado. Descobriram que ele tinha outra família em Tallahassee.

— O *quê?* — Isso parecia tanto com o roteiro das séries de *true crime* de que Molly gostava, que ela até deixou cair a faca sem querer.

— Ah, sim. Acontece que o Wagner estava desviando fundos do departamento para sustentá-los. O condado pediu a John Hartwell que deixasse seu emprego chique de detetive em Miami e viesse assumir o cargo de delegado porque todo mundo aqui havia perdido completamente a fé no antigo departamento de polícia. John cresceu aqui. Ele está no posto há uns dois anos só, mas tenho que admitir que está se saindo bem. Por isso estava me perguntando o que você achou dele quando o conheceu hoje.

Molly não pôde deixar de fechar a cara ao se lembrar do homem muito alto e muito presunçoso que conhecera.

— Você quer a minha opinião sincera? — perguntou enquanto jogava água na faca.

— Bem, claro que quero. Eu não teria perguntado se não quisesse, né?

Molly não se conteve. Com a velha amiga de sua mãe, ela não precisava.

— Não fui com a cara dele. Me pareceu bem arrogante.

— Sério? — Joanne parecia surpresa. — Já estive com ele várias vezes, e ele sempre me pareceu muito simpático.

Molly fez um muxoxo. Apesar de ter ficado tímida na presença dos Larson no começo, considerando que não os conhecia tão bem — Joanne e a mãe de Molly foram vizinhas na infância e adolescência, mas depois da faculdade Joanne se mudou e desde então só esteve em Denver para algumas poucas visitas —, durante os poucos meses que passou a viver com eles em Little Bridge, ela já os via como família.

— Você sabia que ele acha que a mãe daquela bebê, seja lá quem for, a abandonou naquele banheiro?

Joanne bebeu um gole do vinho antes de responder, sem olhar nos olhos de Molly.

— Bem, é provável que ele esteja certo. Eu li que, antes dos pais poderem doar seus filhos anonimamente, cerca de dez mil bebês eram abandonados por ano em Nova York...

— Mas isso é em Nova York! Eu tenho certeza de que ninguém em Little Bridge faria algo assim.

Joanne rapidamente começou a colocar os canapés que Molly havia montado na bandeja com os outros.

— Ah, meu bem, eu sei que você é nova aqui e que tem uma visão romantizada desse lugar. Isso é normal. Todo mundo se apaixona por Little Bridge assim que põe os pés aqui. Mas deixa eu te falar uma coisa: aqui acontecem crimes como em todos os outros lugares. Eles são apenas um pouco... mais *esquisitos*. Você ficou sabendo do ladrão que vimos rondando a antiga escola, que agora vai ser a nova sede da biblioteca... Ele entra nas casas das pessoas e faz o que bem entende... Passamos a trancar as portas depois disso, o que é uma vergonha. Aqui não é Mayberry. E, é claro, temos sorte de ele nunca ter machucado ninguém... Parece que ele só ataca durante a noite, quando todos estão dormindo, então nunca deram de cara com ele. Fora a história do nosso antigo delegado ter uma segunda família e estar usando o dinheiro dos nossos impostos para sustentá-la!

— Mas isso é diferente — disse Molly. — Sempre haverá ladrões, e homens... e mulheres... com poder que vão tentar tirar algum proveito do sistema. O que estou dizendo é que é difícil acreditar que alguém, intencionalmente, colocaria uma criança em perigo se não houvesse circunstâncias atenuantes...

— Olha só para você. — Joanne riu enquanto levantava uma bandeja de canapés. — Circunstâncias atenuantes. Você é mesmo filha da Patty. Ela sempre usava palavras difíceis assim quando éramos mais novas. Eu estou feliz de verdade por você estar aqui, Molly. É como ter a Patty como vizinha de novo. Me sinto cinquenta anos mais jovem. Agora seja uma boa menina e pegue aqueles guardanapos de coquetel, e vamos anotar os pedidos das bebidas desse pessoal.

— Claro, Jo. — Molly obedientemente fez uma pilha com os guardanapos de coquetel com o logotipo da Papagaio Preguiçoso, cada um deles mostrando um papagaio de cores brilhantes tirando uma soneca no poleiro em uma palmeira, com grandes letras Z saindo do bico.

— E não se preocupe com aquele bebê — foram as últimas palavras de Joanne para Molly enquanto saía de costas pela porta vaivém da cozinha, indo em direção à piscina. — Se existe alguém capaz de achar a mãe dessa criança, essa pessoa é John Hartwell.

Molly ficou feliz pela amiga de sua mãe não poder ver sua careta enquanto ela seguia, murmurando:

— É exatamente isso o que me preocupa.

CAPÍTULO 4

• John •

Enfrentar um drama entre mãe e filha era a última coisa para a qual John estava preparado naquela noite. Mas foi exatamente o que ele encontrou ao chegar à sua casa, embora a mãe de sua filha morasse a duzentos e quarenta quilômetros dali.

— Oi, pai. — Katie o esperava na sala de jantar. Isso era um mau sinal. Se não estava no quarto dela, ao celular, trocando mensagens com a prima Nevaeh, é porque algo estava errado.

John, como investigador experiente, além de pai, podia ver que esse algo estava mais errado do que o normal, pois Katie tinha cozinhado. Ela não gostava de cozinhar e normalmente comia na casa de Nevaeh ou esperava que ele chegasse trazendo comida.

Nesta noite, porém, ela obviamente queria algo dele, pois não só tinha posto a mesa na sala de jantar com a melhor louça que tinham — sua ex, Christina, sentindo-se culpada por deixá-lo com a guarda unilateral da filha, lhe deixara todos os presentes de casamento que tinham recebido e toda a mobília que haviam adquirido durante os treze anos de casamento —, como também colocara algo no forno que cheirava como a receita infalível de jantar saudável de emergência de Katie: frango marinado em molho de salada.

John se deu conta de que a noite seria longa, então tirou o chapéu e a gravata, desafivelou o cinto e dirigiu-se à geladeira para pegar uma cerveja.

— E aí, Katie?

— Pai. — Katie o seguiu até a cozinha. — Sei que você teve um dia agitado. Eu soube do bebê. Ele está bem?

— Ela. E, sim, a bebê está bem.

John abriu o forno e espiou lá dentro. Exato. Lá estava. Pedaços variados de frango boiando em molho de salada italiano *light* industrializado. Não que não fosse gostoso, mesmo sendo razoavelmente saudável. É que ela preparava isso apenas quando...

— Que bom. Ouvi dizer que as pessoas estão se referindo a ela como Bebê do Saco de Lixo...

— O quê? — John fez mais força do que o necessário para abrir a cerveja, surpreso com as palavras dela.

— Bebê do Saco de Lixo — repetiu Katie. — Porque ela foi encontrada na biblioteca em um saco de lixo.

— De todos os... — Agora John estava irritado. — Onde foi que você ouviu isso?

Katie encolheu os ombros magros.

— Só falam disso no Facebook.

— Bom, por favor, informe aos seus seguidores ou amigos do Facebook, ou seja lá o que forem, que a bebê não foi encontrada num saco de lixo, e sim numa caixa, e... ah, que inferno. — Ele tomou uma golada da cerveja. — Vou pedir a Marguerite que faça isso de manhã.

Além de ser uma excelente sargento, Marguerite Ruiz também administrava a página da web da delegacia, na qual John mantinha o público atualizado com informações importantes, como quem tinha sido preso recentemente e por qual motivo. A descoberta dessa bebê na biblioteca era uma dessas informações importantes. Ele não podia permitir que fatos equivocados circulassem por aí, especialmente porque, ao entrar em sua sala mais cedo, tinha se deparado com a mesa abarrotada de pacotes de fraldas, chupetas, roupinhas e brinquedos de bebê.

E não só a mesa dele, mas também a dos seus policiais, que pareciam considerar as doações uma piada hilária.

Mas elas não eram uma piada. As pessoas boas de Little Bridge — e mesmo das ilhas vizinhas — estavam doando essas coisas para a bebê à qual ele agora sabia que se referiam como Bebê do Saco de Lixo, ou alguma bobeira do tipo. Estavam doando por terem um coração generoso, é claro, mas aquilo não era necessário. A bebê estava em excelentes mãos na UTI neonatal, e, no momento que fosse considerada suficientemente sadia — algo que os médicos tinham assegurado que aconteceria em breve —, ela seria transferida para uma família acolhedora, provavelmente os Russell, que eram pessoas maravilhosas. Não havia necessidade de todas essas doações de fórmula e bonecos Elmo. Aquelas coisas certamente comprometiam o ar profissional da delegacia, especialmente porque os policiais não paravam de fazer cócegas nos bonecos, fazendo-os gargalhar.

— Isso é bom, pai — disse Katie, que o rodeava enquanto ele tirava as botas. — É ótimo ouvir isso. Vou garantir que todo mundo fique sabendo... Mas então, pai, vai ter uma dança na escola...

— Qual é o nome dele? — John se deu conta de que precisaria de mais uma cerveja. Ele tentava não beber mais de uma nos dias úteis, mas, se ia falar sobre a possibilidade de um garoto levar sua filha a um baile, talvez fossem necessárias duas para passar por aquilo, dependendo de quem fosse o garoto.

— Não é esse tipo de dança, pai — disse Katie com uma risada. — É uma apresentação de dança. Eu vou me apresentar, com as Parguitas.

John relaxou.

— Ah, seu grupo de dança. Ah, tudo bem, Katie, tudo bem. Parabéns. Quando vai ser? Estarei lá, sem falta.

Junto com seu cargo de delegado do condado vieram responsabilidades que John não tinha antes como detetive. Sua agenda social estava cheia, embora não do jeito que gostaria. Ele era constantemente convidado para eventos políticos e beneficentes que exigiam que usasse o uniforme de gala, muitas vezes ao ar livre, sob o calor escaldante. Ele não sabia onde arrumar tempo para resolver um crime, quanto mais os casos desafiadores — e complicados — como o do Ladrão do Colégio e o do Bebê do Saco de Lixo.

A apresentação de dança da filha seria um alívio bem-vindo — ele pediria a Marguerite que incluísse o compromisso em sua agenda como prioridade. Katie tinha talento para a dança, e o auditório da escola felizmente era refrigerado.

— Pai, você não está entendendo. É uma dança especial.

Katie se sentou em uma das cadeiras da sala de jantar ao lado dele. Christina insistira no tecido ultrasuede porque na época era elegante e disfarçava a sujeira, mesmo com o bebê — Katie. Como as cadeiras tinham sido impermeabilizadas, elas mantinham o aspecto de novas; além disso, eram da cor dos olhos de Katie, azuis como os dele, porém anos mais jovens e cheios de uma inocência que ele perdera havia muito tempo, de tanto olhar para cadáveres queimados nos lixões de Miami quando investigava homicídios lá.

— É uma dança de mãe e filha.

Ele quase se engasgou com a cerveja.

— Uma o quê?

— Uma dança de mãe e filha. Todos os anos as Parguitas antigas se reúnem e dançam no palco com as Parguitas atuais. A apresentação começa com um número bem antigo, tipo dos anos noventa, e depois as Parguitas atuais fazem o número no qual estão trabalhando no momento. É um dos eventos anuais que mais arrecada dinheiro.

John balançou a cabeça, confuso.

— Arrecadam dinheiro para o quê?

— Para as Parguitas, é claro. Você sabe que fomos convidadas para nos apresentar no Desfile do Dia de Ação de Graças da Macy's. É uma imensa honra, mas precisamos pagar passagens e hotel, além das roupas, para trinta garotas e oito acompanhantes. Precisamos de muito dinheiro.

John assentiu como se soubesse o que ela estava falando. Ultimamente parecia que ele só fazia isso. Depois que sua filha linda e alegre tinha sido aprovada na audição e entrado para o grupo feminino de dança da escola, ela estava mais feliz do que ele conseguia se lembrar de tê-la visto. Isso era bom, porque ela teve uma fase um pouco depressiva, primeiro por causa do divórcio, depois pela mudança para Little Bridge e, além disso, tinha o fato de sua melhor amiga ter arranjado um namorado, Marquis Fairweather, um ótimo rapaz que John aprovava porque era bom aluno, praticava esportes e se mantinha longe de confusões.

Embora Parguitas fosse um nome absurdo (literalmente, foram batizadas assim por causa de um peixe muito comum nas águas locais, o pargo) e elas ensaiassem um número exaustivo de horas, Katie amava as amizades e o fato de o grupo de dança da escola ser uma ótima maneira de expressar sua criatividade.

— A dança — ela informara a ele um dia, com ar sonhador, após outro exaustivo ensaio de quatro horas — é a minha vida, pai.

Então, o que era mais uma apresentação agora?

— Bem, querida — disse ele, tomando outro gole da cerveja —, por mim tudo bem. Estarei lá. Falta muito para comermos? Esse frango está tão cheiroso...

— Não, pai — disse Katie, com a testa franzida. — Acho que você não escutou o que eu disse. É uma dança de *mãe e filha*.

Ele ainda estava confuso.

— Não, eu ouvi, sim. E você pode ficar à vontade para convidar a sua mãe. Tenho certeza de que, se você falar com antecedência, ela vai poder...

— Pai, você não está entendendo. — A voz de Katie agora soava dura como uma pedra. — As mães e as filhas fazem a dança *juntas*. No palco. Os ensaios começam agora. E vão durar os próximos três meses. A apresentação é em junho.

Agora John se dava conta de qual era o problema. E por que ele provavelmente precisaria de uma segunda cerveja, afinal.

— Bem, querida — disse ele, com todo o cuidado —, isso não me parece muito justo com meninas como você, cujas mães não moram na ilha. O que fazem as meninas cujas mães são muito ocupadas e não podem passar três meses ensaiando para uma apresentação de dança?

Ele sabia que várias mães das meninas do grupo de dança de Katie se encaixavam nessa categoria. Como Molly Montgomery, por exemplo. Não que ela tivesse filhos — ele sabia disso porque tinha procurado o nome dela no Google e encontrou seu perfil numa rede social (ela só estava em uma). E ali ele soube que ela era totalmente dedicada ao seu trabalho de bibliotecária infantil. Ou, pelo menos, foi o que supôs, visto que ela só postava fotos de livros e links relacionados a livros, bibliotecas e leitura. Não havia fotos dela — nenhuma selfie, algo que as mulheres pareciam amar — nem uma única foto de quem quer que tivesse dado a ela a aliança que agora tinha desaparecido da mão esquerda.

Isso era um bom sinal. Do quê, ele não sabia.

— E as meninas que não têm mãe? — perguntou ele. — Ou que têm dois pais? Ou que têm mães que não sabem dançar? E se tiver uma menina que tem uma mãe como eu, com dois pés esquerdos? — Ele fez um passo de dança atrapalhado, tentando amenizar o clima. — Eles vão fazer essas mães se apresentarem mesmo assim?

Katie não sorriu.

— Claro que não. Ninguém espera que pessoas como a mãe da Leila, que tem um restaurante, ou a mãe da Sharmaine, que é cirurgiã, ou a da Kayla, que acabou de ter um bebê, participem. Algumas das antigas Parguitas vão substituí-las. Tudo bem. Vamos ficar bem. O problema é que...

John viu aqueles olhos azuis que ele tanto amava se encherem de lágrimas. Era exatamente o que ele temia. Alguma coisa estava errada.

— Qual é o problema, meu bem? — Ele estendeu a mão para afastar um cacho macio dos cabelos escuros quando ela curvou a cabeça.

— O problema é que perguntei à mamãe se ela dançaria com a gente, e ela disse que não. Disse que faria apenas uma doação.

Ele sabia que um dia isso aconteceria. Era óbvio que ela já tinha falado com Christina, e era óbvio que Christina tinha dito não. O que mais ela diria? Sua ex-mulher estava tocando um escritório de design bem-sucedido na cidade grande. De lá até Little Bridge eram três horas — e isso com trânsito bom —, e outras três para voltar. Ela não poderia passar tanto tempo dirigindo de lá para cá durante três meses de ensaios, várias vezes por semana.

E para quê? Um evento beneficente? Era mais simples mandar um cheque, que foi o que a prática e sensata Christina ofereceu — especialmente considerando-se tudo o que já tinham gastado com roupas de dança para Katie e as taxas de coreografia, o que estava se aproximando dos mil dólares por ano até o momento.

— Mas a questão não é essa — explicou Katie a John, que passara os braços ao redor da filha, puxando-a para um grande "abraço de urso" enquanto ela soluçava. — A questão não é o di-dinheiro!

— Eu sei — disse ele com os lábios colados nos cabelos dela, enquanto acariciava e embalava sua filha. — Eu sei. Mas já conversamos sobre isso antes. Sua mãe só não é...

— ... muito maternal. — Katie se afastou dele e enxugou os olhos. — Eu sei. Ela nunca foi como as outras mães. Ela me ama, mas do jeito dela.

John baixou os olhos para o rosto magoado da filha e desejou que houvesse alguma coisa que ele pudesse dizer que fizesse aquela mágoa desaparecer. Mas sabia que não havia. Deus sabe o tempo que ele tinha se dedicado à terapia de casal com Christina para, no fim das contas, entender que ela não tinha mais nada a oferecer para os dois, e que o cargo de delegado de Little Bridge era a melhor coisa que podia ter acontecido, pois deu aos dois a oportunidade de fazer uma separação tranquila.

— Mas — disse Katie, tirando o celular do bolso traseiro (ele nunca estava longe) e estudando seu reflexo nele para ver o dano que as lágrimas tinham causado ao seu delineador — o fato da mamãe não querer dançar não significa que está tudo perdido. Isso meio que me deu uma ideia.

— É? — John examinava a garrafa de cerveja. Se fosse devagar, seria suficiente para durar todo o jantar. — Qual ideia?

— Bem, acho que essa coisa de dança de mãe e filha é meio sexista, no fim das contas. Quer dizer, está *ultrapassado*, entende?

— Sim, concordo. O que eles acham? Que as mulheres não têm empregos? — Os pensamentos dele divagaram, mais uma vez, até a bela bibliotecária que conhecera mais cedo naquele dia. O que Molly Montgomery teria a dizer sobre a ideia de uma dança de mãe e filha? Muita coisa, imaginou. Ela certamente tinha muito a dizer sobre qualquer assunto, especialmente sobre o trabalho de John e o modo como ele o executava, o que, segundo ela, não era bom.

O timer do forno apitou na cozinha, indicando que o frango estava pronto. Katie se levantou correndo para tirá-lo do forno, de repente alegre outra vez. De vez em quando John invejava os adolescentes e sua capacidade de oscilar das profundezas da tristeza para os píncaros da felicidade em poucos segundos.

— Bem, comecei pensando: por que tem que ser uma dança de mãe e filha, afinal? — disse Katie, da cozinha. — As Parguitas tradicionalmente sempre foram um grupo de mulheres, mas isso não quer dizer que a gente não possa ter um Parguito, né? Não há nada no regulamento que impeça.

John assentiu, descascando distraidamente o rótulo da garrafa de cerveja.

— Sabia que o presidente George W. Bush foi líder de torcida? — perguntou ele. — E também Eisenhower. E Samuel L. Jackson. — Ele se perguntou se Molly Montgomery sabia disso. Provavelmente sim, considerando que ela era bibliotecária. Também se perguntou por que se importava tanto com o que Molly sabia. Duvidava que ela tivesse se dado ao trabalho de pensar uma única vez nele, exceto para xingá-lo, talvez. Com certeza ela não o tinha procurado nas redes sociais. Não que ele estivesse em alguma. Bom, tinha a conta da delegacia que Marguerite administrava. — Muitos dos grandes homens da nossa história foram líderes de torcida.

— Papai, toda hora tenho que repetir para você que as Parguitas são bailarinas, e não líderes de torcida. — Katie veio da cozinha com uma grande travessa de frango com um cheiro delicioso nas mãos protegidas pelas luvas de cozinha. — Então, a minha ideia é que, nos casos em que a mãe não pode estar presente na dança de mãe e filha, seja por qual motivo for, o pai deve poder assumir o lugar dela.

John olhou a pilha de frango que fumegava suavemente. Coxas e sobrecoxas eram suas favoritas, e tinha bastante delas, todas perfeitamente douradas e vertendo seus sucos na travessa diante de seus olhos.

— É uma excelente ideia, meu bem — concordou ele, inalando o aroma saboroso do frango. — Acho que você tem que fazer isso mesmo. Agora, por que não se senta e come comigo antes que o frango esfrie?

— Tem certeza, papai? — Katie se sentou em sua cadeira favorita, radiante. — Está falando sério?

— Claro que estou. O seu frango é o melhor da ilha.

— Não, estou falando sobre você topar participar da dança de mãe e filha no lugar da mamãe! Você sabe que todo mundo iria amar... por você ser o delegado e tudo mais, e seria ótimo para provar como a coisa toda é sexista. Fora que isso atrairia uma tonelada de dinheiro...

John cuspiu o gole de cerveja que tomara, o que foi uma tristeza, pois aquele era o último da garrafa.

— Pai? — chamou Katie. — Está tudo bem?

— Tudo bem — disse, num tom de voz que ele esperava que parecesse convincente.

— Isso significa que você topa participar?

Ele lhe dirigiu um sorriso sem graça ao se levantar da cadeira.

— Claro que vou fazer isso. Faço qualquer coisa por você, meu bem.

— Então aonde você está indo?

— Vou só pegar um negócio na geladeira.

Molly Montgomery o veria no palco com as Parguitas. Ele precisaria de mais uma cerveja.

CAPÍTULO 5

• Molly •

Se Molly tinha ficado com a sensação de que o dia seguinte ao que havia encontrado uma bebê abandonada em um dos banheiros da velha biblioteca pública tinha começado bem até demais, era porque... bem, tinha mesmo.

Molly havia ficado acordada até mais tarde na noite anterior — sem nenhuma necessidade, porque não aguardavam nenhum check-in tardio na Papagaio Preguiçoso — navegando na página do Facebook da comunidade da Ilha de Little Bridge, onde ela corrigiu cuidadosamente todas as informações equivocadas sobre a bebê encontrada na biblioteca.

Como fora ela que havia achado a bebê, Molly sentia que era a pessoa mais qualificada para corrigir não somente o sexo da criança, como também a maneira exata como ela fora encontrada.

Assim, Molly postou que não havia dúvidas de que era uma menininha, e não um menino, que havia sido encontrada no banheiro — em uma caixa, não em um saco — e que ela era uma coisinha adorável que merecia ser lembrada com carinho, e *não* ser chamada de Bebê do Saco de Lixo.

Além disso, escreveu Molly, abusando da imaginação, algo que normalmente não faria se não tivesse tragado a maior parte do vinho que Joanne havia aberto, *tive a impressão de que essa linda garotinha estava emergindo das águas de Little Bridge, como a deusa do amor, Afrodite, emergiu das ondas do mar. Por isso, acredito que devíamos chamar essa doce bebezinha de Afrodite, não só porque ela emergiu do mar, mas porque, como moradores dessa ilha paradisíaca, não seria nosso dever lhe desejar nada além de amor? Atenciosamente, Molly Montgomery, bibliotecária especializada em literatura infantil.*

Depois de postar isso, Molly se recostou na cadeira e ficou observando com satisfação enquanto as curtidas começavam a aparecer, lentamente no começo, mas depois cada vez mais rápido.

Perfeito. O trabalho dela estava feito. O novo nome da bebê — e um belo nome, por sinal; ela teria de agradecer ao Sr. Filmore depois a inspiração — foi corrigido. A menininha se chamaria Afrodite a partir de agora. Um tanto pomposo para uma bebezinha tão pequena, mas mil vezes melhor do que Saco de Lixo!

Enquanto se arrastava, cansada, para sua enorme cama de dossel — todas as camas da Papagaio Preguiçoso eram de dossel, assim como todos os quartos tinham uma imensa banheira de hidromassagem e sua própria cafeteira e frigobar —, ela esperava não ter feito nada que pudesse comprometer o trabalho do delegado. Ele não tinha dito nada a ela sobre *não* poder divulgar os detalhes de como havia encontrado a bebê (em uma caixa de sacos de lixo etc.).

Além disso, o delegado claramente precisava de sua ajuda. Ele não conseguia nem desvendar o caso do Ladrão do Colégio, que para ela parecia ser um dos mais simples de resolver. Eles esperavam mesmo que ela acreditasse que dos seis — ou foram sete? — arrombamentos até agora, não havia uma única imagem do ladrão capturada pelas câmeras de segurança? Certamente pelo menos uma das casas possuía uma câmera na entrada.

E quanto às impressões digitais? Ou pegadas? Ninguém tinha pensado em procurar por elas? Ou por fios de cabelo soltos (que não pertencessem, é claro, a nenhum dos proprietários nem seus amigos) para buscar no Banco Nacional de Perfis Genéticos de indivíduos condenados criminalmente?

Ah, bem, pensou ela cansada, apagando a luz e se aconchegando com Peludo, o grande gato laranja que morava na pousada. Apesar de os Larson terem começado a alimentá-lo depois de o bichano ter aparecido um dia implorando por comida, ele não tinha um tutor. Então, agora, todas as noites, Peludo dormia com o primeiro hóspede que o deixasse entrar no quarto, e na maioria das vezes essa pessoa era Molly.

Tudo ficaria bem se eu estivesse no comando, pensou Molly consigo mesma. *Um dia o delegado vai perceber isso e me agradecer.*

Pela primeira vez desde que conseguia se lembrar, Molly não olhou o Instagram de Ashley nem ligou a televisão para assistir a suas séries de *true crime*; em vez disso, ela adormeceu rapidamente, com Peludo, feliz da vida, enrolado como uma bola ao seu lado.

Na manhã seguinte, tudo indicava que ela estava certa: parecia que tudo ficaria bem. Ela tomou um café da manhã rápido no bufê — sem esbarrar nos Filmore, que dormiram até tarde — antes de correr para acompanhar sua patrocinadora, a Sra. Tifton, na visita à nova sede da biblioteca.

Para Molly, o fato de a Sra. Tifton estar consultando-a em quase todas as decisões relacionadas ao espaço infantil da nova sede da biblioteca era um sonho se tornando realidade. De acordo com Phyllis, a Sra. Tifton sempre foi uma leitora voraz, e falava com qualquer um que parasse para ouvi-la que não achava adequado o espaço destinado aos romances — seus preferidos — da biblioteca pública de Little Bridge.

Então, quando o marido da Sra. Tifton, depois de trinta e nove anos de casamento, sofreu um infarto e morreu, deixando para ela mais de cem milhões de dólares em dinheiro, pensões, seguro de vida e imóveis — uma fortuna que ninguém em

Little Bridge, muito menos a esposa, jamais suspeitou que ele possuía —, ninguém ficou muito surpreso quando ela doou boa parte de sua repentina fortuna para a construção de uma nova sede para a biblioteca.

O conselho da biblioteca concordou em comprar o prédio — um belo exemplo de arquitetura clássica revivalista, apesar de decadente — que no passado tinha sido a escola de ensino médio de Little Bridge. Alguns anos antes, uma nova e moderna escola havia sido construída, após a descoberta de amianto nos corredores do prédio, que permanecera vazio e decadente por mais de cinquenta anos até a Sra. Tifton e sua fortuna chegarem.

A nova Biblioteca Pública Norman J. Tifton, embora ainda não estivesse totalmente concluída, já havia sido restaurada à sua antiga glória do século XIX, porém com todas as comodidades modernas: várias salas de mídia/cinema; amplo estacionamento gratuito; *dois* auditórios; um espaço infantil *e* um juvenil; salas de leitura bem iluminadas com cadeiras grandes e confortáveis; um café; salas de reunião; mesas de estudo; aparelhos eletrônicos; e, obviamente, prateleiras suficientes para todos os gêneros de ficção.

Às vezes, Molly não conseguia acreditar em sua sorte — principalmente agora, ao dar uma volta pelo novo prédio com a Sra. Tifton. Elas estavam acompanhadas por Richard Chang, arquiteto responsável pela obra; a representante do conselho distrital, Janet Rivera; Meschelle Davies, do jornal local de Little Bridge, *A Gazeta*; e, naturalmente, Daisy, a poodle toy da Sra. Tifton.

Mas Molly ainda se sentia especial. Parecia bom demais para ser verdade.

O que significava, naturalmente, que era.

Foi só quando chegaram ao segundo andar do edifício de mais de mil metros quadrados que Molly percebeu que alguma coisa estava errada.

— Que cheiro é esse? — perguntou Janet.

— Ah, isso — disse a Sra. Tifton, agitando a pequena mão desdenhosamente no ar. — Eu sei, é horrível, né? É essa tinta secando.

— Isso não é tinta — replicou Molly. Ela adorava comer e sabia muito bem que cheiro era aquele. — É pizza.

— Impossível. — Richard Chang encarava o telefone em sua mão. Richard não ia a lugar nenhum sem o aparelho enorme na mão e os óculos minúsculos no rosto. — Ninguém vem aqui desde a semana passada. A obra já foi finalizada. Só estamos aguardando as inspeções e certificados finais.

Meschelle, a jornalista, diligentemente anotou isso.

— Mas... — Molly percebeu que o cheiro vinha da nova sala de mídia infantil, cujas portas duplas estavam fechadas. — É cheiro de pizza, com certeza.

— Bem — disse a Sra. Tifton alegremente —, talvez os operários tenham comido pizza na semana passada.

— E não jogaram os restos fora? — Richard fez uma careta por trás dos óculos de aro artístico. — Isso não é a cara deles. Normalmente eles são muito...

Ele se calou quando Molly abriu as portas da sala de mídia.

Assim que entrou, ela se deu conta da burrada que tinha feito. Nunca deveria ter entrado ali — pelo menos, não na presença da patrocinadora e de uma jornalista. Rapidamente, ela fechou as portas atrás dela, mas era tarde demais. Daisy, a cachorrinha da Sra. Tifton, disparou entre as pernas de Molly, seguindo direto para a fonte do cheiro.

— Daisy, não!

Não havia mais nada que Molly pudesse fazer. Ela bateu as portas, fechando Daisy dentro da sala de mídia com todas as caixas com restos de pizza que alguém — ou mais provavelmente, muitos alguéns — havia deixado ali, e se apoiou nas portas, evitando que a Sra. Tifton — e Meschelle — conseguisse ver alguma coisa através das vidraças.

— Precisamos voltar para o térreo — disse ela, esboçando um sorriso falso. — Acabei de lembrar que esqueci minha bolsa.

— O quê? — A Sra. Tifton olhou para cima, sorrindo para ela. A viúva era uma mulher bem baixinha, mas seu corpo curvilíneo compensava a altura, e muitas vezes fazia Molly se lembrar de uma bolinha de pingue-pongue, porque parecia estar sempre ligada no duzentos e vinte. — Não, você não esqueceu, sua boba! Ela está no seu ombro. O que tem aí dentro que você não quer que a gente veja?

— N-nada — disse Molly, na mesma hora. — Eu só... eu...

Molly normalmente não gaguejava, mas o que estava atrás das portas da sala de mídia não era algo que uma doce criatura como a Sra. Tifton — muito menos uma jornalista, que, sem dúvida, publicaria a notícia em letras garrafais na primeira página — deveria ver. A própria Molly queria não ter visto.

Felizmente, Janet Rivera também tinha visto e correu para ajudá-la.

— Sra. Tifton, acho que a tinta desta sala ainda não secou — disse Janet. — Por que não vamos com o Richard lá embaixo ver o jardim de meditação? Podemos checar se eles conseguiram a caliandra que a senhora pediu.

— Ah, a caliandra! — A voz da Sra. Tifton se elevou de contentamento quando a vereadora a pegou pelo braço e a conduziu de volta para a escada. — Espero que tenham encontrado uma cor-de-rosa. Vamos dar uma olhada. — Ela olhou para Molly. — Você também vem, né? Pode trazer essa minha cachorrinha travessa?

— Claro, Sra. T — disse Molly. — Já vou levar Daisy para a senhora.

A Sra. Tifton assentiu, sorrindo.

— Obrigada.

Enquanto ela seguia um Richard pálido até a escada — porque ele também tinha visto o que Molly e Janet viram —, Molly pôde ouvi-la murmurando:

— Não sei o que deu naquela cachorra boba.

Molly sabia exatamente o que tinha dado na cachorrinha. Ela também sabia exatamente para quem teria de ligar.

E não estava nem um pouco ansiosa para fazer isso.

CAPÍTULO 6

• John •

John estava parado na porta, observando os escombros do que aparentemente teria sido uma espécie de sala infantil na nova sede da biblioteca.

Agora, o lugar estava sendo usado como antro de festas de adolescentes.

John sabia que eram adolescentes porque havia caixas de pizza vazias e minigarrafas de uísque sabor canela espalhadas pela sala, além de sacos de dormir sujos, pilhas de roupas e — estranhamente — vários livros da Biblioteca Pública de Little Bridge.

Foram as garrafas vazias de uísque sabor canela — a bebida alcoólica preferida do jovem inexperiente em bebida, como John sabia — que denunciaram a idade dos invasores, mas os carregadores de telefone conectados às tomadas e o fato de que a maioria dos livros parecia ser da seção de jovens adultos da biblioteca também ajudaram. Alguns tinham sido os favoritos de John na juventude — *Hatchet*, de Gary Paulsen, *Na natureza selvagem*, de Jon Krakauer, e até o *Wilderness Survival Handbook* (edição atualizada), de Sternberg.

Era estranho que os jovens tivessem retirado — ou, mais provavelmente, roubado — tantos livros que tratassem de sobrevivência na natureza, e no fim terem escolhido acampar dentro de um prédio desocupado que contava com ar-condicionado, eletricidade e banheiros em pleno funcionamento.

Mas não foi isso o que mais o incomodou. O que realmente o incomodou foi o grafite: barras vermelhas, pretas e roxas nas paredes que antes eram de um branco virginal. Esse não era o grafite comum, às vezes até bonito, que ele encontrava perto da nova escola ou sob as pontes e viadutos — nomes de adolescentes, iniciais de namorados entrelaçadas em corações, rabiscos bobos ou outras tentativas de imortalidade feitas por aspirantes a artistas.

Isso era algo diferente, algo feio, algo que alguém — ou vários alguéns — havia pichado simplesmente com o intuito de profanar e destruir.

Foi o grafite que os entregou e causou um aperto no peito do delegado.

Os Garotos do Sol. Os malditos Garotos do Sol estavam de volta.

Mas o grafite não era nem de longe o pior. O pior era a garota que eles haviam deixado para trás, enrolada em um saco de dormir no chão, para que Molly Montgomery encontrasse junto com o restante da bagunça.

— A princípio, achei que ela estava morta — explicou Molly quando ele voltou para a sala ao lado, na qual pedira que ela esperasse até que pudesse ser interrogada.

Por ele, claro. Ele não permitiria que nenhum dos paspalhos que trabalhavam para ele — exceto Martinez, que estava se revelando mais do que competente e seria promovido a cabo em breve, e Marguerite, que era excelente — se aproximasse dela.

— Entendo. — John teve o cuidado de não a fitar nos olhos. Ele não queria que Molly visse a raiva que era incapaz de esconder. Malditos garotos. — Bem, não posso culpá-la. O estado dela parecia péssimo.

— Mas a cachorrinha da Sra. Tifton ficou lambendo o rosto dela — continuou Molly. — E ela ficou afastando a cachorra. Então vi que estava viva.

John grunhiu. Ele não confiava em si mesmo para dizer nada. Não conseguia acreditar que isso havia acontecido — *de novo* — em sua cidade, bem debaixo de seu nariz, sem que ele fizesse a menor ideia. Ele provavelmente passara de carro por esse prédio uma centena de vezes na semana anterior, sondando a vizinhança à procura do idiota responsável pelos arrombamentos, e não tinha percebido nada. Os garotos deviam estar mantendo as luzes acesas à noite para fazer suas festas de pichação regadas a pizza e uísque sabor canela.

Como era possível que ele — ou outra pessoa — não tivesse percebido?

— Foi quando eu vi o sangue — prosseguiu Molly.

O sangue. Havia sangue, de fato. Não muito. Não como nas cenas de crime que ele costumava ver praticamente todas as noites em Miami.

Mas o suficiente para ter vazado pelo saco de dormir no qual a garota se encontrava, e manchado o carpete cinza novo.

A mancha provavelmente sairia.

Mas a raiva que John sentia do que aqueles cretinos e arrogantes tinham feito não seria facilmente dissipada.

— Então eu só fiquei sentada ao lado dela até os paramédicos chegarem, segurei sua mão, dizendo que ia ficar tudo bem... só que, é claro, eu não sabia se ia ficar tudo bem.

Isso era demais. Ele sabia que deveria permanecer imparcial. Sabia que deveria se manter neutro. Não deveria se referir a bandos de vândalos adolescentes privilegiados como "cretinos" nem garantir o resultado de um caso a qualquer cidadão com quem trabalhasse, porque nenhum agente da lei jamais poderia ter certeza do que iria acontecer.

Mas os Garotos do Sol eram diferentes. Molly Montgomery era diferente.

— Vai ficar tudo bem. — Ele se ouviu dizer, encarando os olhos de Molly pela primeira vez.

Isso foi um erro. Os olhos escuros dela estavam enormes como sempre, e, quando encontraram os dele, provocaram um choque igual ao dos *tasers* que ele e seus policiais portavam.

Exceto que o choque provocado pelos olhos de Molly Montgomery parecia muito, muito mais surpreendente.

— Como você sabe? — perguntou ela.

— Porque Marina, da equipe de paramédicos — respondeu ele —, disse que os sinais vitais da menina estavam bons. Ela está com um pouco de febre, mas isso é de se esperar depois... — Ele percebeu o que estava fazendo e se calou.

Mas era tarde demais.

— Depois de dar à luz? — Ela estendeu a mão e agarrou seu braço, os dedos causando um choque ainda maior do que o olhar, a pele fria dela na dele. De repente, ele teve a sensação de que seu corpo estava queimando por dentro. Mas isso era ridículo, é claro. — Então você acha que ela pode ser... a mãe da bebê? *Tem* que ser ela, certo? Quando os paramédicos chegaram, ouvi um deles dizer que a menina não tinha sido baleada nem esfaqueada. Aquele sangue todo só pode ser do parto.

Ele tinha pisado na bola. Fora tão cuidadoso, isolando-a da cena do crime assim que chegou. Molly permanecera com a menina o tempo todo. A adolescente febril mal estava consciente, não falava muito, apenas pedia água — que, por acaso, Molly tinha com ela, em uma garrafa reutilizável de metal rosa, é claro, porque, como a filha dele, a bibliotecária pensava no meio ambiente e provavelmente nunca sonharia em usar um canudo ou um recipiente de plástico descartável.

Mas não. John não deixaria o que aconteceu na véspera se repetir. Ele não permitiria que a bela bibliotecária o enredasse em outra de suas conversas na qual ela bancava a detetive amadora. Sem chance. Não importava o quanto ela estava bonita hoje — com uma saia justa combinando com a blusa branca sob o cardigã.

Um cardigã, numa ilha tropical!

Não. Ele era um profissional da lei. Não toleraria isso. Solucionaria seus próprios casos. Inclusive, já tinha solucionado esse. Sabia quem estava por trás dessa atrocidade, e iria se certificar de que eles fossem punidos no rigor da lei.

E, muito possivelmente, submetidos ao *taser*, se surgisse a oportunidade.

— Bem, acho que vamos precisar esperar até que ela esteja suficientemente recuperada para podermos perguntar.

Pronto. Isso soava muito profissional. Exatamente o que um delegado diria a alguém por quem ele não tinha absolutamente nenhum interesse romântico ou sexual.

— Ela é tão jovem... — Molly havia tirado a mão do braço dele e se abraçava agora. John presumiu o motivo de ela estar usando o cardigã. Fazia muito frio no interior do prédio, por causa do ar condicionado. Não foi à toa que aqueles cretinos gostaram tanto de lá. — Ela não deve ter mais de dezessete ou dezoito anos. Certamente, se é ela a mãe, você não poderia indiciá-la por causa do que aconteceu com a bebê. Não tem como ela ter deixado a menina na minha biblioteca. Duvido que tivesse forças para chegar até a janela, quanto mais andar dois quarteirões. Outra pessoa deve ter feito isso. A pessoa que fez *aquilo* — ela indicou com a cabeça a bagunça na sala ao lado — provavelmente.

Ele não ia admitir — pelo menos, não para Molly —, mas parecia que ela estava cada vez mais certa.

— Bem — disse ele. — Não temos como saber agora. — Ele seguiu em direção à porta, indicando que o interrogatório havia terminado. Ficou aliviado quando ela o seguiu. Pelo menos ele sairia dessa sem ter feito papel de bobo. — Enquanto isso, eu agradeceria se você não comentasse sobre nada do que viu aqui.

Molly lhe dirigiu um olhar que John reconheceu. Era o mesmo que sua filha lhe lançava sempre que ele dizia algo errado sobre uma celebridade muito conhecida — uma decepção esmagadora.

— É claro! A privacidade dos meus leitores é uma das minhas maiores prioridades. E embora essas pessoas não sejam exatamente meus leitores, pois tenho quase certeza de que roubaram aqueles livros, ainda assim estavam na minha biblioteca, então não é do meu interesse falar sobre elas para ninguém da imprensa.

John assentiu, satisfeito com a resposta — embora parecesse um pouco defensiva —, e abriu a porta no momento em que os integrantes de seu departamento técnico passavam pelo corredor.

Molly também os viu e ficou imóvel.

— O que eles estão fazendo?

— Isso é a cena de um crime. — Ele fez um gesto com a cabeça em direção à outra sala. — Invasão e vandalismo, no mínimo. — Quem sabe quais outras acusações surgiriam depois que a menina estivesse bem o suficiente para começar a falar? Se pudesse, ele rastrearia os amigos dela, os trancafiaria e depois jogaria a chave fora. Mas John tinha certeza de que suas mães e seus pais ricos, que moravam no Norte, contratariam advogados caros para defender os filhos, então ele não teria essa oportunidade. — Precisamos registrar e guardar as provas.

— Vou ter meus livros de volta?

— Em algum momento, depois que forem processados.

— "Processados" significa fazer uma varredura em busca de impressões digitais? — Ela parecia animada. Estava esticando o pescoço para olhar os técnicos, enquanto ele a conduzia em direção às escadas.

— Hã... talvez.

Isso fez com que ela virasse a cabeça bruscamente, olhando para trás.

— O que você quer dizer com "talvez"? Aqueles livros foram furtados. E a pessoa que os furtou é provavelmente a mesma que deixou a bebê Afrodite na minha biblioteca. Você devia ver se alguma dessas impressões coincide com as que foram deixadas na caixa em que a encontramos.

Isso o fez parar bruscamente.

— Bebê Afrodite?

— Sim, eu não te disse? Rebatizei a bebê de Afrodite ontem à noite no Facebook. Tive que fazer isso. Você sabia que as pessoas estavam chamando a menininha de Bebê do Saco de Lixo?

— Sim, bem, fui informado de que...

Ela colocou as mãos na cintura.

— Então por que você não fez nada sobre isso? É inconcebível chamar um bebê inocente de Saco de Lixo! E sua posição de autoridade é perfeita para pôr um ponto final nessa bobagem.

— Bem — disse ele, surpreso. — Não é trabalho do delegado...

— Dar um exemplo para as pessoas da sua cidade? Eu acho que é. Especialmente quando elas estão fazendo esse tipo de coisa. — Ela agitou a mão na direção da sala vandalizada. — Aquilo é simplesmente amoral.

— Ei, espera um segundo. — *Inconcebível? Amoral?* Ele não ia permitir que Molly ficasse parada ali gritando palavras difíceis, como se estivesse falando com um de seus leitores. — Isso não foi feito pelos moradores daqui.

Os olhos escuros dela se arregalaram.

— Como você sabe?

— Porque não reconheço aquele grafite. E não reconheço aquela menina. Então o mais provável é que isso seja coisa do bando Garotos do Sol...

— Garotos do Sol? O que são Garotos do Sol?

Droga. Adeus sair dessa sem fazer nenhuma idiotice.

— Deixa pra lá. Obrigado pela ajuda. Se tivermos mais alguma dúvida, alguém entrará em contato. Vou acompanhar você até a saída.

Ele estendeu a mão para escoltá-la pela escada.

Outro erro. Ela olhou para a mão dele, depois para a escada. Ela estava de salto, mas era de uma altura razoável (é claro). Não precisava da ajuda dele e ficou irritada não só com a oferta, como também com o fato de ele não compartilhar mais informações sobre o crime.

— Obrigada, mas eu posso ir sozinha — disse ela, antes de começar a descer os degraus. — Vou informá-lo se me deparar com mais algum crime que eu possa ajudá-lo a resolver.

Com isso, ela se foi.

Excelente. Realmente fantástico. Ele tinha estragado tudo de novo. Claro.

CAPÍTULO 7

• Molly •

Molly sentou-se à sua mesa repassando o que já sabia.

Número um: nenhum exemplar de *Na natureza selvagem* estava listado como retirado. E, no entanto, claramente estava faltando um. A mesma coisa com *Hatchet* (apenas um audiolivro estava emprestado) e o *Wilderness Survival Handbook* (edição de 2016) de Sternberg.

Número dois: não achou nada na internet sobre esses "Garotos do Sol" que estivesse relacionado ao que John havia dito. Ah, havia muitas associações para crianças com câncer chamadas Garotos do Sol, além de grupos de igreja, coros e companhias de dança com esse nome.

Mas ela duvidava muito que alguma associação para crianças com câncer, um grupo de igreja, coros ou qualquer companhia de dança tivesse invadido a nova sede da biblioteca para fazer uma festa regada a pizza, cerveja e uísque sabor canela.

Então, quem eram esses Garotos do Sol, e por que o delegado os odiava tanto?

Porque ele realmente os odiava. Ela viu o ódio arder em seus olhos desconcertantemente azuis.

Na verdade, ela devia estar trabalhando — havia várias pilhas enormes de livros no carrinho ao lado de sua mesa que precisavam ser devolvidos às estantes.

Mas Molly estava com dificuldade de se concentrar no trabalho, com um mistério tão grande e interessante como aquele por resolver.

Pelo menos foi o que ela disse a si mesma: estava apenas distraída com o mistério da bebê e de sua mãe — porque aquela pobre menina que encontrara na nova sede da biblioteca *tinha* de ser a mãe da Bebê Afrodite —, não tinha nada a ver com o delegado alto, de olhos azuis, que evitava seu olhar. O que era bem frustrante. Então, de repente, ele fitava no *fundo* de seus olhos, deixando-a com a sensação de que podia ver dentro de sua alma e conhecer cada um de seus segredos.

Só que Molly não tinha nenhum segredo! Encontrar a Bebê Afrodite fora a coisa mais interessante que já havia lhe acontecido. Ela nunca fez nada que fosse considerado fora da lei, exceto o fato de ter fumado uns baseados na faculdade. Mas todo mundo fazia isso — e a maconha era legalizada no Colorado, assim como em muitos outros lugares agora.

Talvez o fato de ser policial explicasse a capacidade que o delegado tinha de fazê-la sentir-se daquele jeito. Policiais têm de ser capazes de arrancar uma confissão apenas com o olhar.

Mas Molly não tinha nada para confessar — a não ser, talvez, o tempo que passava no Facebook e no Instagram stalkeando seu ex e a atual noiva dele. No entanto, ela tinha melhorado muito ultimamente. Agora só dava uma olhada nas redes sociais quando achava necessário. Na verdade, ela decidiu que o melhor uso que podia fazer de seu tempo seria entrar no Facebook naquele momento e procurar referências aos Garotos do Sol.

Mas não encontrou nada além de um link na página de Meschelle Davies, que levava a uma matéria de um jornal on-line, protegida por *paywall*. Molly teria pagado com prazer para ler o que a matéria dizia, mas o jornal não existia mais, e nenhum dos links funcionava.

Ela logo se deu conta de que não tinha outra escolha, teria de enviar um e-mail para Meschelle, no *Gazeta*, e pedir informações a ela.

Ficou surpresa quando seu celular tocou alguns segundos depois. Era um número desconhecido.

— Vou te contar o que você quer saber — disse Meschelle quando Molly atendeu —, se me der uma entrevista exclusiva revelando o que aconteceu na nova sede da biblioteca hoje de manhã.

Molly sorriu. Admirava o fato de Meschelle ser o tipo de pessoa que corre atrás do que quer, embora nem sempre concordasse com a grande mídia, que tratava a violência com sensacionalismo e bombardeava adolescentes com imagens hipersexualizadas de mulheres jovens (e homens também) justamente quando eles estavam começando a se desenvolver e se entender como seres sexuais.

— Sabe que não posso fazer isso — respondeu Molly. — O delegado me pediu que não falasse nada.

— Bem, então acho que você nunca vai descobrir o que quer saber.

— Que tal isto — propôs Molly, olhando no relógio. — A gente pode sair para almoçar no lugar que você quiser, e lá eu te dou uma entrevista exclusiva contando como encontrei a Bebê Afrodite, e em troca você me conta o que quero saber.

— Hummm... — Meschelle avaliou a proposta. — As pessoas adoram uma história de bebê abandonado, desde que ele esteja bem. O almoço vai ser hoje?

— Hoje.

— No restaurante que eu quiser?

— No restaurante que você quiser.

— Fechado. Encontro você no Fenda em meia hora.

Molly engoliu em seco. O Fenda era um dos restaurantes mais badalados — e caros — da ilha. Servia ostras e patas de caranguejo (na temporada); daí os preços altos.

— Te vejo lá — disse Molly, e desligou.

Não demorou muito até que ela conseguisse alguém para cobrir sua ausência. Phyllis estava na aula de ioga — ela não perdia uma quinta —, mas Henry prometeu ficar de olho na seção infantil, desde que Molly estivesse de volta antes das duas e meia, quando as aulas terminavam e os leitores problemáticos — mais especificamente Elijah Trujos — começavam a aparecer.

Um dos muitos motivos pelos quais Molly amava Little Bridge era que tudo ficava a uma pequena distância (exceto o aeroporto), o que lhe permitiu vender o carro. Ia a toda parte de bicicleta ou a pé, e aguardava ansiosamente pelo dia em que isso resultaria em uma mudança perceptível em sua forma física. Até então não notara diferença, provavelmente porque ela tinha deixado de morar mais de um quilômetro acima do nível do mar para estar a um metro acima dele, de modo que, na verdade, estava fazendo menos esforço físico em Little Bridge, apesar de se exercitar mais. Ainda assim, chegou ao Fenda sem fôlego e suando, muito provavelmente por causa do cardigã idiota.

— Oi — disse ela, deslizando no sofisticado assento estofado de couro do reservado ao qual Meschelle já estava sentada. — Desculpa o atraso.

— Sem problema. — Meschelle empurrou na direção dela uma taça de vinho cheia de uma bebida meio dourada, embaçada com a condensação. — Eu me adiantei e pedi uma garrafa de *sauvignon blanc*. Presumi que poderia pedir o que eu quisesse, já que você me deixou escolher o restaurante.

— Tudo bem. — Molly tomou um gole sedento. — Excelente escolha.

— Sim, eu entendo um pouco de vinhos. — Meschelle brincou com a tela de seu celular. — Também pedi algumas entradas para nós. Tudo bem se eu gravar nossa conversa?

— Claro — respondeu Molly, arregalando os olhos quando um garçom se aproximou com uma cesta cheia de pães ázimos. — Então, quem ou o que são os Garotos do Sol?

— Ei, vai com calma, amiga. Eu primeiro. Por que você quer tanto saber isso? Tem alguma coisa a ver com o que aconteceu hoje na nova sede da biblioteca?

Molly partiu um pedaço de pão ázimo. Ainda estava quente do forno e com uma fina crosta de queijo com azeitonas. *Hummm...*

— Eu já disse que não posso falar sobre o que aconteceu hoje. Prometi ao...

— ... delegado, certo.

Meschelle revirou os expressivos olhos escuros. Molly sabia que os ascendentes de Meschelle vinham da África Ocidental, porque ela havia escrito sobre isso no jornal. A pele dela era macia como seda, e seu cabelo estava trançado e enrolado no alto da cabeça, por causa do calor. Ela escolheu um pedaço de pão ázimo com tomate na cesta.

— Tudo bem. Agora me conte sobre a bebê.

Molly deu o que considerou um relato altamente detalhado, mas também tocante, de como havia encontrado a Bebê Afrodite. Ao concluir, a dúzia de ostras que Meschelle pedira tinha chegado, e a jornalista comera quatro delas. Ela não pareceu muito impressionada com a história de Molly.

— O que está acontecendo entre você e o delegado? — perguntou ela.

— O quê? — Molly quase se engasgou com a ostra que estava engolindo. — Nada. O que você está querendo dizer?

— É que você fala muito dele. Além do fato de ter concordado em pagar esse almoço só para saber sobre os Garotos do Sol.

— O que o meu interesse nos Garotos do Sol tem a ver com o delegado? — Molly sentiu o rosto começar a esquentar. Mas devia ser por causa do vinho e, é claro, do cardigã.

Meschelle pegou sua bolsa, que era uma espécie de cesta de vime estilosa, da qual pendiam dezenas de borlas de cores vivas.

— Aqui está: pode ler a matéria que escrevi sobre eles no ano passado para o antigo jornal alternativo daqui. Ele parou de circular porque as pessoas dessa ilha não têm interesse em ler pontos de vista diferentes. O *Gazeta* não me deixou escrever sobre os Garotos do Sol porque eles não queriam que os turistas soubessem deles.

Molly pegou o maço de papéis que Meschelle estendeu para ela.

— Por quê? — perguntou, sem fôlego. — Eles são perigosos?

Meschelle deu de ombros.

— Não exatamente. Só são irritantes. Pelo menos, é o que o seu delegado parece pensar. Eu o entrevistei a respeito dos garotos, e ele os chamou de o "grupo de indivíduos mais frustrante com que já lidei em toda a minha carreira na polícia", palavras dele.

Molly folheou, entusiasmada, as páginas que Meschelle entregou a ela, observando que havia várias fotos coloridas do delegado John Hartwell uniformizado, semicerrando os olhos para enxergar à distância. Ele estava bonito, mas, em geral, com uma expressão de desaprovação no rosto.

Uma expressão que Molly reconhecia.

— Quem *são* os Garotos do Sol, exatamente? — perguntou ela.

— O que parecem ser. Um bando de jovens. — Meschelle atacou a tigela de mexilhões ao molho de vinho branco que o garçom acabara de pôr diante delas. — Estudantes que abandonaram a escola ou a faculdade, em sua maioria do norte do país, e decidiram passar o inverno aproveitando o clima quente da Flórida, o Estado do Sol. Jovens que brigaram com a família ou foram expulsos da escola por alguma razão, e agora vivem como nômades, geralmente num grupo grande.

— É mais seguro andar em grupos numerosos — murmurou Molly.

Meschelle lançou-lhe um olhar sério por cima do mexilhão com alho que estava levando à boca.

— Olha, não começa a sentir pena deles, Molly. Esse é outro motivo pelo qual o delegado não os suporta: nenhum deles sofre de doença mental nem é viciado em drogas, como muitos dos sem-teto que você vê na sua biblioteca.

— Pessoas desalojadas — corrigiu Molly.

— O quê?

— Na biblioteca não chamamos essas pessoas de sem-teto. O termo correto é pessoas desalojadas.

Meschelle revirou os olhos.

— Tanto faz. Esses garotos não são "pessoas desalojadas". Entrevistei um monte deles para a minha matéria, e todos tinham bastante dinheiro, inclusive cartões de crédito. Eles escolheram viver assim. São jovens, lembre-se. Acham que é romântico, como Jack Kerouac em *On the Road — Pé na estrada*. Acham que estão lutando contra o sistema ao não pagarem aluguel. Só que não estão acampando. Eles estão roubando a eletricidade, o Wi-Fi... e o imóvel de alguém. Leia a matéria, está tudo aí, principalmente o quanto eles veneram seu líder não oficial, Dylan alguma coisa.

Molly passou para outra página e viu a foto de um menino bonito de cabelos escuros com um cavanhaque bem cuidado, um punhado de tatuagens e alargadores de orelha imensos.

— Dylan Dakota?

— Esse mesmo. Ele acha que todos deveriam voltar a viver da terra, como os nativos americanos. Só que os próprios nativos americanos o repudiaram e a todo o grupo por apropriação cultural indevida e por deixar implícito que a terra é de quem a queira tomar. Além do fato de, no fim das contas, sempre se instalarem num lugar com ar-condicionado e água corrente, e vandalizá-lo antes de sair. — Meschelle mergulhou um pedaço de pão ázimo no caldo de mexilhões. — Ano passado o delegado Hartwell pegou Dakota e vários outros garotos morando na antiga casa da MTV em Stork Key.

— Aquela onde gravaram o *Spring Break-A-Thon*?

Não que Molly assistisse ao programa — bem, só alguns episódios aleatórios. Mas os jovens em sua antiga biblioteca falavam sem parar sobre o *reality* de sucesso.

— Sim. Desde que o programa passou a ser gravado em outro lugar, os proprietários alugam a casa para turistas, mas, quando não está reservada, fica vazia. Então, Dylan e sua gangue acham que, de alguma forma, estão fazendo um favor à sociedade ao invadir o local e morar ali, e, é claro, destruí-lo completamente. Nunca consegui entender a lógica, mas eles basicamente fizeram na casa o mesmo que fizeram com a sua biblioteca.

Molly balançou a cabeça.

— Por que não foram presos?

— Eles foram. É o que estou tentando te dizer. Mas, como têm dinheiro, os pais gastaram uma fortuna com advogados de fora da cidade, e eles foram soltos depois de pagar uma multa... principalmente porque são menores de idade, com exceção do Dakota. Ele é um pouco mais velho, mas vem de uma família super-rica do Norte. O advogado conseguiu que as acusações contra ele fossem totalmente retiradas. Pensei que o delegado fosse ter um AVC. — Meschelle estendeu a mão para o balde de gelo prateado a seu lado, sobre um suporte na extremidade do reservado onde estavam, tirou a garrafa de vinho de dentro dele e completou a taça de Molly. — Menina, é muito fácil arrancar algo de você. Você basicamente confirmou que o delegado acha que os Garotos do Sol estão de volta, e que foram eles que depredaram a nova sede da biblioteca.

Molly quase se engasgou de novo, enquanto tomava um gole de vinho.

— Eu não confirmei nada!

Meschelle riu.

— Confirmou, sim. Mas não se preocupe, vou fazer parecer que não escutei de você. Posso conseguir essa informação de outras fontes. É muito fácil comprar alguns dos policiais da equipe do delegado, são tão burros que a única coisa que preciso fazer é oferecer uma cervejinha no Sereia. Mas como estou me sentindo mal por causa da moleza que foi esta entrevista, não vou fazer você pagar pelo almoço. Vamos dividir.

Isso foi um alívio, porque, embora Molly estivesse economizando muito por não pagar aluguel, seu salário não era o suficiente para arcar com almoços de duzentos dólares. Mesmo assim, ela não gostou de ser considerada uma "moleza". Preferia pensar em si mesma como uma pessoa curiosa. Não era esse o motivo pelo qual a maioria dos bibliotecários escolhia essa profissão em primeiro lugar? Por seu amor pelos livros e a sede de conhecimento?

Foi somente quando as duas mulheres estavam pagando a conta que Molly ouviu alguém chamar seu nome e levantou o olhar, vendo a alegre e pequenina Sra. Tifton parada ao lado da mesa delas com a cadelinha Daisy nos braços.

— Molly! Meschelle! Ah, não sabem o quanto estou feliz em ver vocês duas, meninas!

Daisy soltou um latidinho de empolgação. Somente cães de serviço eram permitidos nos restaurantes de Little Bridge, a única exceção era Daisy. E não porque a Sra. Tifton era muito rica ou Daisy muito bem-comportada, mas porque sua dona era muito generosa e querida.

— Olá, Sra. Tifton! — exclamou Molly, um pouco nervosa porque seu *senhora* acabou saindo como *shenhora*. Talvez não devesse ter dividido uma garrafa de vinho inteira com apenas mais uma pessoa no almoço em um dia de trabalho. — Como vai a senhora?

— Bom, eu estou bem, mas são vocês duas que me preocupam. Por que não me contaram sobre aquela pobre menina na sala de mídia? — A Sra. Tifton estava usando um casaco leve e legging. Estava claro que ela tinha saído da aula de ioga. — Tive que descobrir pelo delegado!

Molly e Meschelle se entreolharam com culpa.

— Lamentamos muito, Sra. Tifton — disse Meschelle. — Achamos que seria melhor se a senhora não soubesse.

— Mas Daisy agiu tão bem — adiantou-se Molly, porque não conseguiu pensar em outra coisa para dizer. — Ficou ao lado da menina e lambeu seu rosto até ela recobrar a consciência.

Depois de dizer isso, Molly desejou novamente não ter bebido tanto vinho, ou que pelo menos tivesse bebido mais água. Será que isso era algo que um dono de cachorro gostaria de ouvir?

Aparentemente sim, pois a Sra. Tifton pareceu encantada, assim como sua companhia para o almoço — que só então Molly percebeu ser sua mentora e chefe (agora aposentada), Phyllis, que também usava roupas de ioga.

Por dentro, Molly queria morrer. Naturalmente, sua (ex-) chefe estava na mesma aula de ioga e, aparentemente, tinha o hábito de almoçar com a mais generosa patrocinadora da biblioteca.

A Sra. Tifton agarrou a ofegante cachorrinha Daisy e disse:

— Ah, Daisy! Eu sempre soube que você era uma cachorrinha muito inteligente! — Para Molly e Meschelle, ela falou: — Ela é mesmo, sabe. Daisy é muito perceptiva. Quando estou triste, ela sobe no meu colo e lambe o meu rosto. Por isso não estou surpresa que tenha feito o mesmo com aquela menina. Você foi igualmente corajosa, viu? — Isso ela disse a Molly. — Eu soube que ficou ao lado dela até a ambulância chegar. Você precisa me deixar recompensá-la por isso.

— Ah — disse Molly, com uma risada nervosa. O que a viúva encantadoramente excêntrica faria? Oferecer uma recompensa em dinheiro a ela? Não que Molly se importasse, mas, como servidora pública, não poderia aceitar. — Está tudo bem, Sra. Tifton, é parte do meu...

— Já sei — interrompeu-a a Sra. Tifton, estalando os dedos. — Você tem que me acompanhar esse fim de semana ao Baile da Cruz Vermelha.

Para Molly isso era quase tão mortificante quanto a oferta de um prêmio em dinheiro. Não que ela não quisesse ir ao baile — ela queria, sim. Joanne, que nunca tinha ido ("A entrada custa trezentos e cinquenta dólares!"), já tinha falado muito sobre o evento. Ela conhecia pessoas que costumavam ir ao evento e descreveu o baile como "a festa mais glamorosa de Little Bridge, a rigor, com um bufê para se servir à vontade, incluindo patas de caranguejo pescado na região, champanhe e, é claro, uma cascata de chocolate".

Embora se sentisse grata, Molly não queria que a viúva pagasse a entrada dela. Não seria ético.

— Ah, Molly — disse Meschelle, cortando-a antes que ela pudesse ganhar fôlego para protestar. — Você *tem* que ir. É a melhor festa do ano. Eu vou, para cobrir o evento para o jornal.

Molly sentiu sua determinação vacilar.

— Já comprei doze entradas — disse a Sra. Tifton. — Vou levar minha turma inteira de ioga, não é, Phyl?

Phyllis, a quem Molly nem em mil anos cogitaria chamar de Phyl, disse, em sua voz calma e rouca:

— É, sim. Vamos todas.

— Está vendo? — A Sra. Tifton lançou a Molly um olhar triunfante. — Você precisa ir. Especialmente porque temos muito o que comemorar.

Molly estava confusa.

— Temos? — Ela não via nenhum motivo para se sentir alegre. A biblioteca tinha sido vandalizada, aparentemente por adolescentes que, segundo Meschelle, eram incontroláveis. O que havia de bom nisso?

— A menina! — exclamou a Sra. Tifton. — Ela está na UTI, mas deve ficar bem. Foi o que me disseram quando liguei para o hospital.

— É sério? — As sobrancelhas de Meschelle se ergueram até onde podiam. — Eles normalmente só dão informações sobre os pacientes a pessoas da família.

— Ah — disse a Sra. Tifton, fazendo um gesto de desdém com a mão. — Eles me conhecem por lá.

Claro que conhecem, pensou Molly, ironicamente.

— E sabem o que mais eles disseram? — perguntou a Sra. Tifton, prosseguindo sem esperar resposta. — Que ela é a mãe da Bebê Afrodite!

Molly não ficou nem um pouco surpresa, devido ao que ela tinha visto na sala de mídia, mas Meschelle pegou o celular rapidamente e ligou o gravador.

— Verdade, Sra. Tifton? — perguntou. — Posso publicar sua declaração em uma matéria que estou escrevendo para *A Gazeta* sobre a bebê abandonada?

— Claro, pode sim! — exclamou a Sra. Tifton. — Pode dizer que Dorothy Tifton soube de fonte segura que a pobre menina encontrada na sala de mídia da nova sede da biblioteca é a mãe da Bebê Afrodite.

Molly estava começando a ter um mau pressentimento sobre aquilo tudo.

— Ah, Sra. Tifton — disse ela, saindo do modo reservado. — Acho que esse não é o tipo de notícia que deveríamos divulgar agora. Pode atrapalhar a investigação do delegado.

Imediatamente, a Sra. Tifton pareceu se afligir.

— Ah, querida! Eu não tenho intenção de fazer isso!

— Tudo bem — respondeu Meschelle, lançando a Molly um olhar de reprovação. — É só o jornal local, não o *New York Times*. Vou ligar isso à matéria para a qual entrevistei você, Molly... para a qual, aliás, vou precisar de fotos.

Molly congelou.

— Fotos?

— Sim. De você perto do reservado do banheiro onde encontrou a bebê, essas coisas.

Na mesma hora, Molly se lembrou do quanto a luz fluorescente do banheiro feminino era desfavorável, assim como o quanto o delegado ficaria aborrecido quando descobrisse sobre isso.

— Não se preocupe, vamos deixar você bonita — disse Meschelle, lendo em parte a mente dela. — Vou mandar um dos fotógrafos da nossa equipe à biblioteca hoje à tarde, ok?

Molly sabia que tinha cavado a própria cova. E não havia nada que pudesse fazer agora, além de se deitar nela.

CAPÍTULO 8

• John •

O dia estava fadado a ser um fiasco. Já havia começado muito mal com a descoberta da garota e do episódio de vandalismo na biblioteca, e a partir daí foi só ladeira abaixo. Seus policiais não ficaram muito felizes quando ele lhes pediu que vasculhassem todos os cantos em torno da antiga escola em busca de possíveis imagens de câmeras de segurança dos Garotos do Sol, porque eles "já tinham feito isso" na época das invasões anteriores e nada foi encontrado.

Sua equipe técnica também não ficou nada feliz com a ordem para que colhessem as impressões digitais de tudo que acharam na sala de mídia onde a bibliotecária havia encontrado a garota inconsciente.

— *De tudo?* — Murray havia questionado.

— Sim, tudo. E não se esqueça de compará-las com as impressões colhidas na caixa de ontem, aquela em que encontraram a bebê.

Murray olhou para a bagunça em torno deles, desanimado.

— Delegado, a maioria dessas coisas é lixo. Você quer que a gente colha impressões digitais de *lixo*?

— Sim, isso mesmo. — John não entendia por que precisava se explicar para sua equipe técnica. A maior parte dela, a bem da verdade, havia sido contratada por Rich Wagner, o antigo delegado, e ainda era leal a ele, embora o homem tivesse se mostrado um grande idiota.

Se John precisava que coletassem DNA e impressões digitais do lixo, ele estava no direito de pedir isso. Era para isso que esses caras eram pagos.

As coisas não melhoraram nada quando John voltou à delegacia e encontrou um golfinho de pelúcia de um metro e meio de comprimento sentado em sua cadeira.

— Marguerite — gritou ele quando viu aquilo.

Marguerite saiu da sala dela e atravessou lentamente o corredor, com uma xícara de café na mão.

— É para a Bebê Afrodite — disse ela, quando viu por que ele estava nervoso. — Por ela ter emergido das ondas do mar.

John achou que sua cabeça fosse explodir.

— Não quero saber para quem é. Só tire isso da minha sala.

— Não temos mais onde colocar. Há brinquedos de bebê, pacotes de fraldas e embalagens de leite em pó por todos os lados...

— Não quero saber. Só tire daqui.

Marguerite suspirou.

— Claro, chefe. O que você quer que eu faça em relação ao pessoal da despedida de solteiro que está andando montado em uma cabra pela Avenida Truman?

— O *quê?*

— Um bando de caras que está por lá celebrando o casamento do amigo encontrou uma cabra em algum lugar... bom, ou então trouxeram com eles... e agora estão se alternando, desfilando montados no bicho pelo centro da cidade.

— Pelo amor de Deus! — O país inteiro estava ficando louco? — Manda o Martinez até lá para prendê-los por embriaguez e desordem.

— Não posso, chefe. Martinez está na rodoviária verificando um passageiro suspeito. Pode ser o Dakota. Você emitiu um alerta à procura dele, lembra?

— Manda o Reynolds, então. E diga a ele que é para levar a cabra para o zoológico e pedir ao veterinário que verifique se ela está ferida.

— Entendi, chefe.

— E para de me chamar de chefe. Eu sou o delegado, não o chefe de polícia.

— Certo, chefe. Quero dizer, delegado.

John olhou para a tela do computador de cara amarrada. Às vezes ele se perguntava como acabou se tornando não só um delegado, mas também um diretor de zoológico. A população de Little Bridge era tão pequena que não conseguia nem sustentar um minúsculo abrigo de animais, então aqueles bichinhos abandonados ou maltratados que não tinham para onde ir acabavam sob seus cuidados. John havia decidido, no início de seu mandato como delegado, que começaria a usar uma parte da área externa do presídio como um misto de hospital veterinário e zoológico permanente para animais não selvagens. Estudos mostravam que a reincidência no crime diminuía em indivíduos que passavam algum tempo da pena trabalhando com animais, então John cuidou para que os presos não violentos, que ele considerasse dignos do privilégio, pudessem cuidar das várias preguiças, cobras, tartarugas, jacarés, papagaios, coelhos, chinchilas, porcos, galinhas, patos, pôneis, e agora, aparentemente, das cabras alojadas ali.

Se John se incomodava quando, vez ou outra, os detetives durões do departamento de homicídios com quem ele trabalhava em Miami faziam piada disso, lhe enviando gifs engraçadinhos dele usando macacão e chapéu, limpando estrume com uma pá?

Não tanto quanto se incomodava quando demais órgãos de segurança de todo o país entravam em contato com ele — quase diariamente —, implorando-lhe que cuidasse de animais feridos que haviam encontrado em blitz antidrogas ou em outras operações. Ele geralmente tinha de dizer não porque seu "zoo da cadeia" já estava operando em capacidade máxima.

Ele achava que o dia não tinha como ficar pior até que foi experimentar o uniforme de gala para ter certeza de que servia antes do Baile da Cruz Vermelha.

— Marguerite! — gritou ele, olhando para seu reflexo, consternado.

Marguerite veio andando devagar, dessa vez segurando uma garrafa de água reutilizável turquesa na mão.

— Outro problema, chefe?

Ele mostrou a ela.

— Minha calça de gala não serve.

Ela não se deixou impressionar.

— Isso se chama envelhecer. Acontece com todos nós. Tente forçar três crianças a passar por seu yin-yang, como eu fiz. Acelera ainda mais o processo.

— Bem, ela servia na semana passada — continuou ele, puxando o cós da calça. — O que eu faço?

— É só parar de beber cerveja — sugeriu Marguerite. — Quando meu marido para com a cerveja, ele perde cinco quilos da noite para o dia. Eu acho que isso só pode ser uma piada de Deus com as mulheres.

— Eu só bebo uma cerveja por noite. — John olhou pesaroso para seu reflexo no espelho de corpo inteiro preso à porta do armário da sala.

— Na verdade — disse Marguerite, se compadecendo dele —, você até que dá pro gasto, delegado. — Por mais que ela gostasse de zombar dele, John percebeu que Marguerite vinha agindo de forma mais gentil com ele, muitas vezes levando-lhe um café com leite quando parava no Café Cubano a caminho do trabalho (o que provavelmente não estava ajudando nas suas medidas). — Talvez a lavanderia tenha cometido um erro e mandado a calça errada. Eles fazem isso o tempo todo. Vou dar uma olhada nisso para você.

Ele relaxou — tanto quanto a calça apertada lhe permitia.

— Obrigado, sargento.

— Não há de quê. Vou dar um jeito nesse golfinho agora também, se quiser.

— Não. — John olhou para o bicho de pelúcia que exibia um sorriso maníaco atrás de sua mesa. — Estou começando a gostar dele. Talvez eu mesmo o leve para o hospital mais tarde.

Ela deu de ombros.

— Como quiser.

Depois de ter vestido novamente o uniforme do dia a dia, John levou o golfinho para um canto e sentou-se à sua mesa, pegando então o arquivo de Dylan Dakota. Tudo sobre o garoto, até mesmo seu nome, era falso — tudo, exceto o dano muito real que ele já havia causado a pessoas e propriedades, incluindo a menina que nesse exato momento estava na UTI de Little Bridge.

Sua condição era estável, mas, se ela não tivesse sido encontrada logo e obtido ajuda, poderia ter morrido. Graças a Molly Montgomery — e não a Lawrence "Larry" Beckwith III, vulgo Dylan Dakota.

Claro, John não tinha provas de que Larry estava por trás de nada disso. Era por esse motivo que ele precisava de amostras de DNA e impressões digitais. Se Larry tivesse alguma coisa a ver com o que fora feito na nova sede da biblioteca ou à menina, John encontraria uma maneira de prendê-lo desta vez, com ou sem advogado chique. E, quando Larry chegasse ao seu presídio, John se certificaria de que ele não tivesse nenhum privilégio. Aquele garoto não colocaria os pés no zoo da cadeia de Little Bridge.

John estava debruçado sobre suas anotações referentes a Beckwith, começando a se enfurecer novamente quando alguém bateu à porta.

— O que foi? — berrou ele, pensando que era Murray com outra reclamação sobre a tarefa que lhe fora designada.

Só que não era.

— Meu Deus, pai, sou só eu. — Sua filha, Katie, entrou e fechou a porta ao passar. — Não é de se admirar que ninguém aqui goste de você se grita com todo mundo assim.

Ele a encarou. Estava usando o uniforme das Parguitas, nada mais do que um body e tênis vermelhos com uma minissaia plissada.

— Eu já pedi para você trocar de roupa antes de vir para cá — resmungou ele. — E quem disse que ninguém aqui gosta de mim?

— Tá na cara que ninguém gosta de você. — Katie se inclinou sobre a mesa para lhe dar um beijo na bochecha. — Exceto talvez a sargento Ruiz. O resto do pessoal ainda é fiel ao velho e nojento delegado Wagner. Mas todos eles gostam de mim, e é *por causa* do uniforme. Todo mundo adora as Parguitas. A gente representa tudo o que é bom e saudável no mundo. Você se esqueceu que deveria me encontrar depois da aula hoje para o ensaio, né?

Assustado, ele olhou no relógio.

— A aula já terminou? Desculpa, querida, hoje o dia foi muito louco.

— Estou sabendo. — Katie virou-se para o golfinho de pelúcia. — Está todo mundo falando sobre a mãe da Bebê Afrodite ter sido encontrada sangrando até a morte na nova sede da biblioteca. Ei, quem deixou isso aqui? É para a Bebê Afrodite? É superfofo.

Será que seu pessoal não conseguia manter a boca fechada?

— Quem te disse que a garota da biblioteca é a mãe do bebê? E pare de chamá-la de Bebê Afrodite. Esse não é o nome dela. A bebê ainda não tem nome.

Katie sentou-se na cadeira diante da mesa dele, apoiando as pernas compridas sobre um dos braços e balançando os pés de tênis vermelhos.

— Ah, vamos lá, pai, a cidade inteira sabe que a nova bibliotecária encontrou a menina, assim como encontrou a bebê. E qual é o problema com Bebê Afrodite? Eu gosto. Posso ficar com o golfinho se ninguém mais quiser?

— Não, não pode. Quem o deixou aqui queria que a bebê ficasse com ele, não você. Escuta, querida, estou sem tempo para ensaiar hoje, tenho um crime de verdade para solucionar.

Katie bufou.

— Ah, diferente de um crime de mentira, como todos aqueles arrombamentos que continuam acontecendo pela cidade?

Ele olhou para ela de cara fechada, sem achar graça da piada.

— Exatamente. Na verdade, eles podem estar conectados. Assim, se você pudesse ir para casa... — Então algo lhe ocorreu. — Ei, calma aí. Como você chegou aqui?

Ela revirou os olhos.

— Dã, pai. De Uber.

— Você pegou um Uber?

— Sim, pai, a mamãe fez uma conta no Uber para mim. Ela disse que era o mínimo que podia fazer, já que você está sempre ocupado para ficar me levando a todos os lugares e considerando o fato de que ela não está por perto. Lembra?

Ele se lembrava vagamente de discutir algo nesse sentido com Christina, e até concordar com isso.

Mas agora, vendo o plano em ação, ele não gostou nem um pouco.

— Eu não quero você sozinha em um carro com um homem estranho, principalmente vestida assim.

— Meu Deus, pai. — Ela revirou os olhos, como fazia diante de quase tudo que ele falava ultimamente. — Será que você pode ser mais século XIX? Todos os motoristas são superprofissionais porque querem receber uma boa avaliação e gorjeta. Além disso, você me ensina defesa pessoal desde que eu tinha cinco anos. Podemos deixar esse assunto de lado e ir ao que importa? Como vou te ensinar a dançar se você nem aparece para os ensaios?

Ele pensou sobre isso e lamentou o fato de que era desqualificado para cuidar de uma filha adolescente. John se perguntou se os pais da menina que Molly Montgomery havia encontrado na nova sede da biblioteca haviam sentido o mesmo, e se foi assim que ela acabou na situação em que se encontrava no momento. Será que ela engravidou e fugiu (ou foi expulsa de casa), ou engravidou depois que já estava na estrada? Será que Larry Beckwith III, vulgo Dylan Dakota, era o pai da bebê? Teria sido ele quem havia colocado aquela recém-nascida em uma caixa de sacos de lixo vazia e a deixado no reservado do banheiro onde Molly Montgomery a encontrara?

Se fosse, John encontraria uma maneira de transformar sua existência aqui na Terra num inferno. Uma vez que estivesse na cadeia, John o designaria para o serviço nas praias, certificando-se de que ele estivesse lá de macacão laranja vivo coletando algas marinhas sob o sol escaldante todos os dias, do nascer ao pôr do sol.

Molly, pensou ele, saberia exatamente o que dizer para Katie. Molly era especialista em crianças. Pelo menos era o que dizia a bio de seu Facebook, onde instruíra a cidade inteira a chamar a criança de Bebê Afrodite.

— Eu tenho uma ideia — disse John, sorrindo de repente para a filha, que não tinha gostado nem um pouco do que ele disse sobre ela não ter idade suficiente para se deslocar de Uber sozinha.

Ela agora estava tirando o esmalte preto das unhas e deixando as lascas caírem no chão, uma mania que ele achava irritante.

Ela não tirou os olhos das unhas.

— O quê?

— Vamos até a biblioteca.

Isso a fez levantar a cabeça com espanto.

— Por que faríamos *isso*?

— Eles têm livros que ensinam a dançar, não é? — Ele já estava se levantando da cadeira. — E vídeos.

Katie não se mexeu de onde estava sentada.

— Pai. Existem vídeos na internet. De graça.

— Tudo é grátis na biblioteca também. Basta solicitar uma carteirinha. A culpa é minha, na verdade. Eu devia ter te dado uma há muito tempo. Vamos.

Katie se levantou relutantemente da cadeira.

— A questão aqui não é procurar livros sobre como aprender a dançar. É sobre o caso da Bebê Afrodite, não é?

Ele olhou para o reflexo no espelho, só para ter certeza de que seu cabelo estava em ordem. Ele o aparara recentemente na barbearia — seguindo as normas de comprimento —, mas nunca era demais olhar. Tinha fios grisalhos aqui e ali — deprimente, mas isso já era de se esperar, com uma filha adolescente e um emprego como o dele —, mas, fora isso, ele achava que estava bem.

— Não, não — disse ele, ajustando a gravata. — Eu realmente quero aprender, Katie. E você sabe que os livros são a melhor maneira de aprender qualquer coisa.

Ela não se deixou impressionar.

— Se você precisa fazer algo para o caso, pai, é só dizer. Especialmente se for para a Bebê Afrodite. Você sabe que a cidade toda está do seu lado nessa. Não é como no caso do Ladrão do Colégio, que algumas pessoas consideram que seja uma espécie de Robin Hood.

Ele lhe dirigiu um olhar surpreso.

— É sério?

Ela pegou a mochila e deu de ombros.

— Bem, sim. Ele rouba dos ricos, ou seja, basicamente das pessoas que vivem naquela área, e dos ingênuos... quem mais deixaria as portas destrancadas? Ouvi dizer que alguns deles mantêm as portas dos fundos, que dão para a piscina, bem abertas para deixar entrar o ar noturno. Estão praticamente *pedindo* para serem roubados, se quer saber a minha opinião. E o ladrão leva apenas coisas pequenas, como óculos de sol, carteiras, laptops e outros objetos. Ele nunca pega coisas que tenham valor sentimental, como joias.

John olhou para ela franzindo a testa.

— Algumas pessoas têm uma relação sentimental com suas carteiras, Katie, e com seus laptops também, especialmente se não tiverem nenhum backup das informações financeiras que guardam neles.

Ela revirou os olhos — de novo — e deu de ombros mais uma vez.

— Mas que tipo de idiota não faz backup do computador? Só estou dizendo que o pessoal na escola acha que o ladrão é legal.

Depois daquele papo nada animador, eles deixaram a delegacia, mas antes John emitira um aviso enérgico para que ninguém tocasse no golfinho de pelúcia em sua sala, ao que Marguerite respondeu com um cansado "Como quiser, chefe".

O trajeto até a atual biblioteca foi desagradável, pois as aulas das escolas da região estavam terminando, o que fez John e Katie ficarem presos no que se poderia chamar em Little Bridge de engarrafamento — dois minutos a mais parados no sinal, esperando as pessoas seguirem seu caminho. Mas, mesmo com o trânsito, todos estavam andando na linha, pois o veículo do delegado estava logo atrás deles, e John não viu ninguém deixar de usar a seta, algo que sabia que não teria acontecido se ele estivesse em seu antigo bairro em Miami.

Até Katie comentou, de má vontade, quando eles pararam em frente à biblioteca e encontraram rapidamente uma vaga para estacionar:

— Pelo menos é mais fácil se locomover aqui do que em casa.

Isso aqueceu o coração de John, embora lhe doesse que ela ainda se referisse a Miami como sua casa.

— E — disse ele, enquanto percorriam o caminho bem varrido em direção à porta da biblioteca —, aqui eles têm as Parguitas.

— Isso é verdade — concordou Katie, parecendo pensativa. — Ah, olha, que fofo. — Ela levantou o telefone para tirar a foto de uma galinha que passou correndo, com uma dúzia de pintinhos marrons fofos atrás dela. O terreno da biblioteca era uma área de nidificação para as galinhas nativas que vagavam livremente pelas ruas de Little Bridge desde que os bahamenses as levaram para lá em 1800. As galinhas eram populares entre os turistas, toleradas pelos moradores, e levavam uma vida longa e feliz, pois eram protegidas por leis municipais.

John também se sentia satisfeito. Até agora, tudo estava indo bem. Katie tinha achado a biblioteca tão charmosa quanto ele. Talvez ela também gostasse de Molly Montgomery — contanto que ele, pelo menos dessa vez, conseguisse evitar ofendê-la, e ela, por sua vez, não tentasse fazer o trabalho dele.

Pai e filha tinham acabado de chegar à biblioteca quando ele percebeu que, infelizmente, nenhuma dessas coisas iria acontecer.

CAPÍTULO 9

• Molly •

Molly estava cuidando de seus afazeres, guardando os livros que havia deixado de lado mais cedo naquele dia e mantendo Elijah longe da Hora da História — ela havia conseguido uma cópia de *It: A coisa* para ele, que parecia absorto no enredo —, quando Meschelle Davies entrou de supetão, ofegante e suada, do mesmo jeito que Molly havia chegado para o almoço.

— Ótimas notícias — disse Meschelle, sem se dar ao trabalho de falar baixo, apesar da Hora da História. Ninguém se dava ao trabalho de falar baixo na seção infantil ou, na verdade, em qualquer lugar da Biblioteca Pública de Little Bridge, mas o mínimo que podiam fazer era demonstrar alguma consideração em relação à leitora de histórias voluntária, Lady Patricia, uma gentil *drag queen* que generosamente tirava uma tarde da sua semana para ler para as crianças.

— O quê? — perguntou Molly. — O fotógrafo chegou?

— Não é só um fotógrafo. Molly, eu escrevi a matéria e a enviei... eu sempre escrevo melhor quando tomo uma taça de vinho branco... enfim, ela acabou sendo publicada na internet e a notícia saiu até no *Miami Herald*. Eu te disse: as pessoas adoram história de bebê abandonado. E agora o Canal 7 de Miami mandou uma equipe de reportagem para te entrevistar!

Molly olhava fixamente para ela.

— Meschelle — disse —, não foi isso que nós combinamos. Você disse que só estava...

— Eu sei o que eu falei. Mas isso não é melhor? Pense na propaganda que a reportagem vai gerar para sua biblioteca! As doações vão chegar aos montes.

Molly mordia a parte interna do lábio. Isso era ruim. Muito ruim. Ela havia prometido ao delegado que não falaria sobre a investigação com ninguém. Ser entrevistada por uma equipe de reportagem de Miami definitivamente significaria quebrar essa promessa.

Por outro lado, ela só havia prometido não falar sobre a mãe do bebê. Não tinha combinado nada sobre a Bebê Afrodite.

— Vá em frente! — Henry tinha aparecido do nada, como costumava fazer, e sibilava detrás da seção de não ficção juvenil. — Manda ver, Molly!

— Está vendo? — Meschelle voltou seus olhos brilhantes para ela. — Você tem que fazer isso. Até seus colegas estão te incentivando. Além do mais, a equipe de reportagem já está aqui. Eles estão em um táxi, vindo do aeroporto.

E foi assim que Molly se viu, na meia hora depois, sob uma luz muito forte, sendo entrevistada diante de uma câmera por um jovem bonito chamado Trevan Wilkinson.

— E como você se sentiu quando se deu conta do que havia dentro da caixa? — perguntou Trevan.

— Fiquei assustada — respondeu Molly no microfone, exatamente como ele a instruíra. — Fiquei muito assustada.

Trevan, com um largo sorriso, trouxe o microfone de volta aos próprios lábios.

— Porque estava preocupada com o estado da Bebê Afrodite?

— Exatamente — concordou Molly. — Ela era tão pequena e estava tão gelada.

— É verdade — perguntou Trevan — que você usou o calor do seu próprio corpo para aquecer a Bebê Afrodite até os paramédicos chegarem?

— É — disse Molly. — Ela estava congelando.

Trevan se virou, encarando a câmera.

— Então é isso, pessoal. Uma bibliotecária usando o calor do próprio corpo para salvar a vida de um de seus menores... e mais vulneráveis... "leitores". Isso é o que eu chamo de uma verdadeira heroína. Aqui é Trevan Wilkinson, do Canal 7 de Miami.

— Corta — disse a produtora, cujo nome era Naomi. — Ficou perfeito. Vamos tirar mais algumas fotos da Molly no reservado e então podemos ir ao hospital para algumas externas.

— O que está acontecendo aqui? — trovejou uma outra voz masculina, particularmente grave, e Molly se virou, com o coração apertado, dando de cara com o delegado John Hartwell e uma menina vestida de líder de torcida parados na porta.

— Corram! — gritou Elijah, que havia muito tinha largado sua cópia de *It: A coisa*, porque, aparentemente, aquela entrevista era um pouco mais emocionante. — É o polícia!

A líder de torcida olhou para ele e, com as bochechas corando, perguntou:

— O que *você* está fazendo aqui?

Molly ficou surpresa ao notar que as bochechas de Elijah também haviam corado ligeiramente, e que, do nada, ele pareceu agitado. Os dois adolescentes obviamente se conheciam.

— Eu... eu poderia te perguntar a mesma coisa.

A garota apontou para o delegado.

— Ele é meu pai. Ele me fez vir aqui.

— Bem. — Elijah não olhava para a menina bonita. Era a primeira vez que Molly o via ficar sem palavras. — Isso... isso não pode ser verdade.

A menina ficou em choque.

— O quê? O que você está...

— Vocês dois parem com isso. — John Hartwell não parecia estar com paciência para aturar qualquer tipo de travessura, adolescente ou não.

Então Molly sentiu um pouco de pena de Naomi quando a produtora se aproximou dele, a mão direita estendida, e disse:

— Delegado, é um prazer revê-lo. Naomi Hernandez, do Canal 7 de Miami. Talvez você se lembre de mim, de quando estive aqui com a minha equipe cobrindo o furacão Marilyn. Gostaria de saber se poderíamos conversar um pouquinho sobre a bebê que você ajudou a salvar ontem.

— Não posso falar sobre isso ainda. — As palavras saíram tão automaticamente dos lábios do delegado que parecia que ele as tinha dito o dia todo... e talvez tivesse mesmo.

Molly sabia que ela não tinha nenhum motivo para se sentir culpada — não dissera uma só palavra sobre a menina que encontrara na nova sede da biblioteca e, felizmente, Meschelle não a tinha mencionado em sua matéria, então ninguém perguntou nada.

No entanto, ela ainda tinha a sensação de que havia traído o delegado de alguma forma.

— Mas, delegado — disse Trevan, usando todo o seu charme, o que era fácil para ele, pois era tão charmoso quanto bonito —, essa é uma história realmente emocionante e, nesse momento, nossos espectadores precisam de uma notícia boa como essa. São apenas algumas palavras rápidas para a câmera, talvez contando um pouco como a bebê está agora, e como está indo a busca pela mãe...

— De jeito nenhum. — O delegado parecia prestes a expulsar a equipe de reportagem dali, só que ele não podia fazer isso, pois a biblioteca era pública. — Quando eu tiver algo oficial a dizer sobre o assunto, aviso vocês. Agora, se me dão licença, minha filha e eu estávamos de saída. Vamos, Katie.

Ele pegou a filha pelo braço e começou a guiá-la para a saída, mas ela se desvencilhou dele, relutante em ir embora.

— Pa-aai — disse ela.

— Katie — chamou John, sério.

Molly observava, consternada. Isso era um desastre.

— Com licença — disse ela a Trevan e Naomi, bem como ao cinegrafista e ao operador de som, cujos nomes ela havia esquecido. Então foi atrás do delegado e da filha.

— Eu sinto muito — disse Molly quando os alcançou. A essa altura eles estavam no balcão da recepção, onde Henry estava ocupado, fingindo não prestar atenção na conversa deles. — Mas eu juro, delegado, nada disso foi ideia minha. Foi a Meschelle... quer dizer, a Sra. Davies. E eu não falei absolutamente nada sobre a menina de hoje.

Ele a fitou de cima com seus olhos hipnoticamente azuis.

— Espero que não tenha falado mesmo.

— Não falei. Só quero ajudar.

Neste momento, um vinco de irritação se formou na testa dele.

— Srta. Montgomery, eu já disse, eu não...

— ... não precisa da minha ajuda, eu sei. E, por favor, me chame de Molly. Você pode até não acreditar no que vou falar agora, mas não vou mais me meter nessa história. — Ela não ia dizer que só acabou no meio dessa confusão toda porque tentou arrancar informações de uma jornalista sobre o caso. — Mas você e a sua filha devem ter vindo aqui por algum motivo. — Ela sorriu para a menina vestida de líder de torcida com quem Elijah tinha sido tão rude. Embora ele fosse rude com todos. — Oi, eu sou a Srta. Molly. Posso ajudar você com alguma coisa?

Foi um alívio quando a filha do delegado, mantendo o olhar em Molly e longe de Elijah, estendeu-lhe a mão direita, dizendo:

— Oi, sou Katie Hartwell. Meu pai queria que eu fizesse uma carteirinha da biblioteca, porque ainda não tenho uma. Além disso, ele precisa aprender a dançar e disse que vocês teriam livros, vídeos ou qualquer coisa sobre dança que poderiam ajudá-lo.

Ao apertar a mão de Katie, Molly sentiu uma onda de afeto em relação à menina e também em relação ao pai — principalmente quando viu o rosto do delegado ficar vermelho com as palavras da filha, e ele começar a gaguejar:

— Isso... isso não é... quer dizer, sim, sobre a carteirinha, mas não...

Molly estava acostumada a ver leitores, principalmente homens, demonstrarem constrangimento ao pedirem certos livros, por isso ela apaziguou a ansiedade dele na mesma hora, embora, no fundo, estivesse morrendo de curiosidade. Por que ele precisava aprender a dançar? Seria para uma ocasião especial próxima? Seria o Baile da Cruz Vermelha?

Mas não havia dança nesse baile. Tanto Joanne quanto Meschelle já haviam garantido isso a ela. O evento estava mais para um jantar, embora houvesse um leilão silencioso e jogos de azar para uma arrecadação de dinheiro extra destinado à caridade. Só era chamado de baile por causa do traje de gala.

— Posso ajudá-la com essas duas coisas — disse Molly, contendo a curiosidade, mesmo quando as vozes em sua cabeça clamavam: *Será que existe uma mulher especial na vida dele que quer que ele aprenda a dançar? Se sim, quem é essa mulher e por que ela não está fazendo aulas de dança com ele? E por que eu me importo?* — Nós podemos providenciar uma carteirinha para você, Katie, e também ajudá-la a encontrar alguns bons livros e vídeos... acho que você quer dizer DVDs... que ensinam a dançar, não? Que tipo de ritmo você quer aprender, delegado? É para um casamento ou algum outro evento do qual vai participar?

Pronto, assim não ia parecer que era apenas curiosidade.

Foi a filha dele que respondeu.

— É para as Parguitas — disse Katie com orgulho. — Sou uma Parguita, e meu pai aceitou dançar com a gente na próxima apresentação de mãe e filha, porque ele e a minha mãe são divorciados e ela mora em Miami. É meio sexista, de qualquer maneira, os homens não poderem se apresentar. Mas primeiro ele precisa aprender a dançar, e é por isso que estamos aqui.

Molly não sabia se tinha entendido direito, porque a história parecia incrível demais para ser verdade... Então olhou para o delegado em busca de uma confirmação e soube no segundo em que os dois se entreolharam, pela expressão encabulada dele, que era tudo verdade.

— É — concordou ele, dando de ombros. — Vou ser um Parguito honorário.

Molly ficou tão chocada quanto quando soube que Carolyn Keene, a autora de sua série de livros favorita na infância, *Nancy Drew*, não era uma pessoa, e sim uma equipe inteira de autores, todos escrevendo sob um único pseudônimo.

Só que aquela descoberta fora uma decepção. Já a que ela tinha acabado de fazer sobre o delegado John Hartwell era maravilhosa. Tão maravilhosa que a deixou sem palavras. Era como se todas as noções preconcebidas e os preconceitos que ela nutrira contra ele tivessem evaporado em apenas um segundo, e ela o estivesse vendo com outros olhos.

Enquanto estava ali parada, olhando, Henry surgiu detrás do balcão da recepção, onde estava escondido, e de onde ouvira cada palavra. Ele disse, indo direto ao ponto:

— Ok, então você precisa de uma carteirinha e alguns livros e vídeos práticos sobre dança. Eu posso ajudar com isso.

Mais tarde, quando Katie e o delegado foram embora, Henry soltou uma gargalhada.

— Ah, meu Deus. A sua cara. Você tinha que ver a sua cara quando ele contou que ia ser um Parguito!

— Para com isso. — Molly tomou um gole de sua garrafa de água. Desde o almoço ela estava preocupada em se hidratar, mas agora sentia que precisava de mais água do que nunca. — Não tem graça. Homens também podem dançar, sabe?

— Hum... Acho que entendo mais disso do que você. Eu sou o gay com um ingresso para a temporada no Teatro de Little Bridge, onde eles sempre apresentam *Naked Boys Singing*! O que estou dizendo é que o nosso delegado vai dançar num palco com um monte de adolescentes e várias dondocas, e eu vou ser a pessoa que vai fazer um post sobre isso na página da comunidade de Little Bridge no Facebook hoje à noite. Vou amar ficar vendo a reação de todo mundo.

Molly bateu sua garrafa de água na mesa.

— Henry, não. Você não pode fazer isso.

— Por que não? Daqui a pouco todo mundo vai estar sabendo.

— O trabalho do homem já não é fácil. Não acaba com a dignidade dele.

— Ele já usou um vestido de gala em um carro alegórico na parada do orgulho gay do ano passado, Molly. Não acho que ele esteja muito preocupado com a dignidade dele... A menos que... — Henry sorriu para ela. — Que não seja na "dignidade" dele que você esteja interessada.

Molly sentiu suas bochechas corarem.

— Para com isso.

— Eu sabia! A bibliotecária tem uma quedinha pelo delegado.

— Qual bibliotecária tem uma quedinha pelo delegado? — perguntou Elijah, aparecendo na beirada da mesa, o exemplar de *It: A coisa* nas mãos.

— Ninguém — Molly apressou-se em responder. — O Henry só estava brincando.

— Ufa. — Elijah enxugou a testa, fingindo estar aliviado. — Porque se fosse você, Srta. Molly, eu ia ficar muito decepcionado... Logo você se bandeando para o lado do inimigo.

— Os policiais não são nossos inimigos, Elijah.

— Os polícia? Tá brincando, né?

— Não, eu não estou brincando. Nem todos eles são...

— Errado. A maioria só vai olhar para um cara com o tom de pele como o meu e atirar sem perguntar, principalmente quando descobrirem que sou o cara que anda roubando aquelas casas perto da nova sede da biblioteca. Eles vão acabar comi...

— Elijah — interrompeu-o Henry. — Não existe a menor possibilidade de você ser o Ladrão do Colégio.

Elijah revirou os olhos.

— Como você sabe? Imagina como você se sentiria burro descobrindo que sou eu, e como todas aquelas meninas da escola, como a Katie Hartwell, que nem olham na minha cara, reagiriam sabendo que o grande Ladrão do Colégio de quem todo mundo vive falando na verdade sou eu.

Molly estava começando a ficar irritada. Ela morava em Little Bridge fazia pouco tempo, mas já amava Elijah, apesar de o achar bem irritante às vezes — e de ficar incomodada com a quantidade excessiva de colônia que ele usava. Ela também já amava Peludo, o Gato que vivia perambulando pela pousada, embora claramente tivesse um tutor. Tanto Elijah quanto Peludo eram exasperantes e, ainda assim, adoravelmente vulneráveis, cada um do seu jeitinho.

— Elijah — disse Molly, em sua melhor voz de bibliotecária severa. — Você passa todo o tempo que não está na escola aqui. E o restante do dia fica jogando video game ou dormindo. Quando teria tempo para sair por aí roubando casas?

Elijah abriu a boca para protestar, mas Molly o interrompeu.

— Olha, eu entendo que seu maior sonho é ser famoso, e um dia você vai ser. Eu acredito nisso, de verdade. Você é um menino esperto, engraçado e muito, muito inteligente. Mas dê tempo ao tempo, você não precisa ficar famoso aos dezesseis anos. E nem queira ser famoso por fazer algo que prejudique outras pessoas... especialmente algo que eu sei que você não está fazendo.

Elijah ficou um pouco amuado e abaixou a cabeça em direção ao seu exemplar de *It: A coisa*, mas ainda não parecia pronto para desistir.

— Tudo bem, Srta. Molly, acho que você tem razão. *Touché*. Eu entendo. Então, já que eu aparentemente não sou o Ladrão do Colégio, que tal ajudar a polícia a pegá-lo, como as crianças neste livro que você me deu ajudam a pegar o vilão? Eu poderia aparecer no noticiário igual a você quando encontrou a Bebê Afrodite. Isso com certeza me daria algum crédito com os alunos populares da escola, né?

Agora Molly sentia uma emoção diferente em relação a Elijah: ansiedade.

Seria por isso que o delegado continuava pedindo a ela que não se envolvesse em seus casos — porque ele se preocupava com a segurança dela?

Não, é claro que não. Ele mal a conhecia.

Ele só não queria que seu trabalho duro fosse comprometido por uma detetive amadora, uma sabichona recém-chegada, mas mesmo assim cheia de ideias sobre como poderia fazer o trabalho dele — o trabalho que ele vinha fazendo havia anos — melhor do que ele.

Agora ela entendia que o delegado devia achá-la uma grande idiota. Tão idiota quanto Elijah — Deus o proteja — parecia a ela agora, afirmando que ajudaria a capturar o Ladrão do Colégio.

Claro, Elijah era apenas um menino, e Molly era uma mulher adulta com título de mestrado. E, sim, ela vira todos os episódios de *Forensic Files* e tinha lido praticamente todos os livros de mistérios já publicados, tanto para crianças quanto para adultos, exceto os muitos sangrentos, porque quem precisa disso na vida?

Ainda assim.

Ela nunca tinha parado para pensar que o delegado poderia realmente estar preocupado com seu bem-estar, da mesma forma que ela estava preocupada com o de Elijah. Será que ele tinha aparecido na biblioteca com a desculpa de arrumar uma carteirinha para a filha (e alguns guias e DVDs de dança, dos quais na verdade ele não precisava) por isso? Para ver como ela estava?

Se esse era o motivo, seria muito constrangedor. Uma parte dela queria voltar para casa e nunca mais botar os pés nesta cidade.

Outra parte, naturalmente, queria solucionar o crime e mostrar ao delegado o quanto ele estava enganado em relação a ela.

— Elijah — disse ela em seu tom mais sério —, deixe a investigação para os profissionais. E se concentre no que você é melhor.

Elijah ainda estava amuado. O encontro com Katie Hartwell parecia tê-lo abalado de verdade. Molly nunca o tinha visto daquele jeito.

— Ah, é mesmo? E o que seria isso?

Henry pousou a mão afetuosamente no ombro do menino.

— Comédia, garoto. Você é o cara mais engraçado que eu conheço.

Elijah ergueu a cabeça, parecendo um pouco menos chateado.

— Você está falando sério?

— Estou, cara — respondeu Henry. — Aquele pornô de biscoito que você fez no outro dia foi muito engraçado.

Elijah abriu um sorriso.

— Aquilo foi bom *mesmo*. Eu devia fazer isso de novo, só que em casa, sabe? E filmar e colocar no YouTube.

— Também acho — concordou Henry. — Com certeza você conseguiria muitos seguidores no seu canal.

— E anunciantes — completou Elijah. — Eu preciso é de uma marca.

Satisfeita por seu leitor favorito ter desistido de qualquer tentativa amadora de solucionar um crime, Molly voltou para sua mesa, decidida a fazer o mesmo. Chega de pesquisar sobre os Garotos do Sol, chega de vasculhar as redes sociais em busca de possíveis atualizações sobre o caso. A partir de agora, ela seria uma cidadã boa e cumpridora da lei, e se manteria longe dos assuntos do delegado. Na verdade, ela ia evitá-lo completamente. O delegado estava morto para ela. Molly nunca mais olharia em sua direção.

Essa determinação só durou até a noite de sábado, quando foi ao Baile da Cruz Vermelha e viu como o delegado John Hartwell estava maravilhoso em seu uniforme de gala.

CAPÍTULO 10

• John •

Enquanto se arrumava para o Baile da Cruz Vermelha — uma tradição anual de Little Bridge que existia desde que ele se entendia por gente —, John ficou surpreso ao se dar conta de que as coisas finalmente estavam entrando nos eixos.

Para começar, seu uniforme de gala serviu. Na verdade, a lavanderia tinha entregado a calça errada, um equívoco que, por estar com a cabeça cheia no momento, ele acabou não percebendo.

Melhor ainda, a perícia havia identificado as impressões digitais de Lawrence Beckwith III, vulgo Dylan Dakota, em toda a superfície de uma das caixas de pizza e em várias das garrafas de cerveja encontradas na sala de mídia da nova sede da biblioteca. Nada tinha sido descoberto ainda nas imagens do circuito interno de segurança — de algum modo, Beckwith e sua turma sempre conseguiam descobrir onde as câmeras estavam escondidas e se mantinham longe delas — nem nos testes de DNA ainda, mas os resultados destes, pelo menos, chegariam em algum momento. Nas séries de TV sobre *true crime*, os resultados dos testes de DNA ficavam prontos em questão de horas. Na vida real, levavam semanas ou, muitas vezes, meses para chegar.

Mesmo assim, John sempre enviava as amostras esperando um milagre.

Mas isso não era tudo. A surpresa foi que Murray, ao passar um pente-fino no lixo que tinha ficado a cargo dele testar, havia encontrado uma carteira de motorista que alguém — John podia apostar que tinha sido Larry — jogara em uma das caçambas de entulho em frente à nova sede da biblioteca. A menina da carteira de motorista era idêntica à que Molly Montgomery encontrara caída no chão da biblioteca — a que o hospital confirmou ser a mãe da bebê que a bibliotecária também havia encontrado.

A médica, porém, não permitiu que ele a interrogasse, pois a menina — Tabitha Brighton, de New Canaan, Connecticut — ainda estava na UTI, recuperando-se após dar à luz num local em obras.

— E aqueles desordeiros não fizeram nada para ajudá-la! — A Dra. Nguyen, a ginecologista e obstetra da ilha, estava indignada. — Só cortaram o cordão umbilical, e sabe-se lá o que usaram para isso.

John não era bobo de discutir com a Dra. Nguyen, a mulher que trouxe Katie ao mundo.

E ele não precisava interrogar Tabitha — pelo menos não ainda — para prosseguir com as investigações sobre ela. Tinha a maioria das informações necessárias, obtida em sua carteira de motorista, incluindo nome, idade — dezoito anos, portanto *não* era menor — e endereço residencial. Ele passou a maior parte da manhã que antecedeu o baile ao telefone, tentando reunir o restante dos dados.

Tendo sempre em mente o que Molly havia lhe dito quando se conheceram — que era possível que a mãe da bebê não tivesse abandonado a criança, que outra pessoa poderia tê-la deixado no banheiro (algo que ele pensava ser ainda mais provável agora que sabia que Beckwith estava envolvido) —, John ligou para os pais da menina.

Bom, ela não era menor de idade e, pela lei que protege a confidencialidade e a integridade das informações de saúde do cidadão, nem o hospital nem a polícia podiam entrar em contato com parentes próximos sem o consentimento dela (a menos, é claro, que ela tivesse morrido, e então o médico legista ou a polícia — se fosse homicídio — faria essa notificação).

Portanto, o que ele estava fazendo não era exatamente correto.

No entanto, também era verdade que ela era apenas dois anos mais velha que sua filha e, se alguém tivesse encontrado Katie nas mesmas condições que Tabitha, ele ia querer saber.

Quando, porém, ele ligou para o número registrado no endereço residencial da jovem, sua maré de sorte chegou ao fim. Os Brighton não estavam e, segundo a mulher que atendeu o telefone, não voltariam tão cedo.

— O Sr. e a Sra. Brighton estão em um cruzeiro — explicou a mulher, que se identificou como Luisa, governanta dos Brighton.

— Um cruzeiro — repetiu John, se certificando de que tinha ouvido direito.

— *Sí*. Um cruzeiro para o Alasca.

John teve um pouco de dificuldade de processar aquela informação, já que ele nunca consideraria a possibilidade de fazer um cruzeiro de férias, e não entendia por que alguém faria isso.

— São os mesmos Daniel e Elizabeth Brighton que têm uma filha chamada Tabitha? — perguntou.

Luisa arquejou.

— *Sí!* O senhor tem notícias da Tabby? Onde ela está? Está bem? Faz tanto tempo!

— É mesmo? Quanto tempo?

— Um ano — respondeu a governanta, ansiosa. — Os Brighton acordaram um dia de manhã e ela tinha sumido. Está tudo bem? Ela é uma boa menina, só está um pouco confusa.

— Receio que eu só possa dar essa informação a um parente direto. — A resposta de John foi automática. Mas a preocupação na voz da mulher o fez acrescentar: — Mas, se a senhora puder me passar um telefone de contato para eu falar com os pais dela, prometo que terei boas notícias para dar a eles.

Bem, ele esperava que os pais da menina considerassem uma boa notícia saber que agora eram avós. Tinha suas dúvidas, levando-se em conta o fato de que estavam num cruzeiro de férias mesmo com a filha dada como desaparecida.

Luisa tornou a arquejar.

— Boas notícias? Oh, *gracias, señor, gracias*! Um momento, por favor.

A governanta deu a ele o número dos celulares dos pais da jovem, mas avisou que os dois tinham dito a ela que o sinal era ruim no navio, e que talvez fosse difícil entrar em contato com eles. Ao que parecia, as torres de celular eram poucas e distantes ao longo do mar de Bering.

Era provável que ela estivesse certa. As ligações que fez tanto para Daniel quanto para Elizabeth Brighton caíram direto na caixa postal. Ele deixou recados explicando quem era, sem entrar em detalhes, pedindo apenas que retornassem à ligação, pois tinha informações que diziam respeito à filha deles. Tentou se consolar com o fato de que ao menos uma pessoa na casa dos Brighton — a governanta, Luisa — parecia se importar com Tabitha o suficiente para atender o telefone.

Então John se sentou à mesa, fazendo um cálculo rápido de cabeça.

Se a menina tinha fugido havia um ano, o mais provável era que houvesse engravidado enquanto estava vagando por aí.

Isso abria precedente para que Beckwith fosse o pai da criança.

Se isso fosse verdade, significava que John não só teria o prazer de trancafiar Larry, mas também de encontrar uma forma de garantir que a abastada família Beckwith — não Larry, porque a essa altura ele estaria preso — pagasse pelos cuidados e pela educação da Bebê Afrodite pelos próximos dezoito anos. E possivelmente fizesse um fundo para a faculdade também.

Isso proporcionou a John uma grande dose de satisfação.

Agora, depois de ter conferido se o toque de seu celular estava no volume máximo, para o caso de os Brighton ligarem ou de um de seus policiais encontrarem Beckwith num bar ou em algum lugar que ele costumava frequentar, John dirigia para o hotel onde o Baile da Cruz Vermelha estava acontecendo.

É claro que nenhum salão de baile de um mero hotel era grandioso o suficiente para receber tal extravagância, de modo que, depois que os convidados estacionassem, eles deveriam seguir as placas que indicavam o caminho através do terreno do hotel até um cais onde uma dúzia de pequenas lanchas aguardavam para transportá-los até seu destino final — Jasmine Key, uma ilhota privada que pertencia ao hotel e que ficava a cerca de cinco minutos de distância.

John já tinha estado lá muitas vezes, não só para os bailes, mas também porque na ilha havia bangalôs maori com telhados de palha que podiam ser alugados para os hóspedes do hotel. E, de vez em quando, esses mesmos hóspedes abusavam do sol, do mar e da bebida, e precisavam da interferência da polícia e/ou de atendimento médico.

Ainda assim, John nunca se cansava de apreciar a vista dos telhados vitorianos do centro da cidade de Little Bridge sumindo a distância enquanto a lancha se aproximava de Jasmine Key, nem de ver o sol mergulhando lentamente no mar adiante deles, pintando o céu com veios cor-de-rosa, laranja e lavanda.

E então chegaram ao cais de Jasmine Key. Tochas incandescentes brilhantes cercavam o caminho ao longo da praia até um resort de estilo caribenho, com várias cadeiras de couro com espaldar alto e ventiladores de teto que giravam suavemente. Quando John chegou — com um ligeiro atraso devido aos telefonemas — o bufê já estava aberto e lotado, uma decadente e deslumbrante demonstração de ostentação. Ele o examinou com aprovação — os caranguejos gigantes eram dali, pescados e doados por amigos dele, da época da escola, que haviam assumido os barcos de pesca dos pais. Isso fez com que ele se sentisse bem por ter decidido vir morar com Katie em sua cidade natal. Fazia parte da vida, era como naquele filme de que sua filha tanto gostava, com os animais falantes.

— Me vê uma cerveja, por favor — pediu ao bartender, quando finalmente conseguiu atravessar a multidão e alcançar o bar.

— De que tipo? — perguntou o bartender.

John franziu a testa.

— Não sei. Do tipo líquido.

— Ele aceita qualquer uma — disse uma voz atrás dele, e, quando John se virou, viu o procurador do estado, Peter Abramowitz, depositar alguns dólares no pote de gorjetas do bartender. Ele usava um smoking estranho, completo, com echarpe de seda e um cravo. — Oi, John.

— O que você está usando? — perguntou John, olhando incrédulo para o amigo, um dos poucos que tinha na ilha, uma vez que era difícil ser o delegado e ter amigos.

Mas Pete não era da ilha. Natural de Nova York e, por acaso, também um ávido windsurfista, viera passar férias em Little Bridge doze anos atrás, e, depois de surfar nos recifes, decidiu vender a passagem de volta.

Dizer que o procurador era excêntrico seria um eufemismo, mas ele nunca havia perdido um caso... exceto o de Beckwith.

— Sou um gângster. — Pete entregou a cerveja a John.

— Eu não sabia que era uma festa à fantasia.

— Não é. — Pete estava bebendo uma cerveja artesanal na garrafa. John se perguntou, como fazia com frequência, o que havia de errado com a cerveja comum. — Mas minha assistente me disse que era, e que todos deveriam se vestir como se estivéssemos nos loucos anos 1920. Parece que ela recebeu a informação errada.

— Ah — disse John, e tomou um gole de sua cerveja. Não era das piores. — Bom te ver, Pete, mesmo que você esteja meio ridículo com essa roupa.

— Digo o mesmo a você, John. Alguma novidade sobre o seu inimigo mortal, aquele garoto Beckwith?

— A novidade é que não conseguimos encontrá-lo. Mas vamos conseguir.

Pete tomou outro gole da cerveja.

— Você sabe que a esta altura ele já deve estar bem longe, né?

— Acho que não. Aqueles idiotas do Sol não gostam de desperdiçar combustível fóssil viajando de carro. Eles só viajam de ônibus, e todas as empresas já estão cientes sobre Beckwith, então ele não vai conseguir embarcar. Emiti um alerta também para a agência de segurança nos transportes e para as operadoras de balsas.

— Ah, qual é, John. Aquele garoto conseguiria facilmente se mandar daqui em um barco particular a qualquer momento, e nenhum de nós ficaria sabendo.

— Verdade. — John bebeu mais um gole de cerveja. — Você deve ter razão. Ele pode tentar fugir em um barco. Mas o que ele ganha com isso? Tem digitais dele em todos os cantos da sala de mídia. Mandei a foto do registro criminal dele, da época da confusão na casa da MTV, para todas as agências de segurança pública do estado. Esse garoto vai acabar sendo preso por algum motivo em qualquer lugar, e no fim ele vai acabar voltando para mim.

Pete balançou a cabeça.

— Por qual motivo? A única coisa que você tem contra ele é vandalismo. Vai precisar de mais do que isso se pretende mantê-lo preso.

— Ele levou a bebê daquela menina, Pete — disse John, olhando fixamente para a frente, para o nada. — Ele a pegou e deixou a mãe lá, para morrer.

— Bem, você tem que provar isso. Prove, ou...

— Delegado! — Alguém bateu com força nas costas de John, e isso quase o fez derramar a cerveja. — Vai vencer todo mundo de novo esse ano no jogo de *cornhole*?

John se virou e viu vários políticos da cidade, um ex-prefeito e Randy Jamison, o responsável pelo planejamento urbano.

— Vou tentar — disse John, num tom falsamente alegre.

Ele não gostava de nenhum deles, porque, no que dizia respeito à segurança da cidade, eram corruptos e incompetentes.

No entanto, quando se tratava de Jamison, que recusara todos os pedidos que poderiam levar à construção de casas de baixa renda, John sentia um desprezo especial. Antes do furacão do ano passado, a ilha já estava superlotada, mas agora era pior ainda.

Jamison parecia interessado em permitir apenas o avanço daqueles projetos que pudessem forrar os bolsos deles (o genro de Jamison era proprietário de uma das poucas empresas de tubulação hidráulica da ilha), e não dos que podiam ajudar a reduzir a superpopulação e, portanto, os crimes.

— Ha-ha! — exclamou Jamison, que fumava um charuto... cubano, John podia ver. — Ano passado eu quase derrotei John no *cornhole*, não foi, Pete?

Mas John não estava mais escutando. Porque, por cima do ombro do cara do planejamento urbano, ele tinha visto algo. Não exatamente algo, mas alguém. Era Molly Montgomery, na fila do bufê, fantástica num vestido preto que brilhava quando ela se movia.

O que ela estava fazendo ali? Ela não esperava vê-la. Nesse momento, seu coração estava inexplicavelmente acelerado por saber que ela estava por perto. Da última vez que a vira, tinha feito papel de bobo. Havia ficado irritado por ela estar falando com aquela equipe de TV de Miami, depois ainda admitiu que fora à biblioteca à procura de livros e DVDs de aulas de dança.

Mas por que ele se importava com o que ela pensava dele? Ela era apenas uma cidadã qualquer. Uma cidadã muito atraente, era verdade, especialmente naquele vestido, que não era justo, mas mesmo assim caía como uma luva no corpo dela...

— Hartwell!

John se virou para Jamison, que evidentemente tinha feito uma pergunta que ele não respondera.

— O que foi?

— Perguntei como está indo a investigação sobre a mãe da Bebê Afrodite.

— Ah — disse John, notando que Molly Montgomery tinha se servido no bufê e agora se dirigia, com a Sra. Tifton, a uma das mesas externas, com vista para o pôr do sol e a praia. — Bem. Muito bem.

— Bem? Isso significa que você já sabe quem é? Porque você sabe que minha filha talvez esteja interessada em adotar a criança se você não tem nenhum outro...

— Não é assim que funciona — replicou Pete.

John observou Molly se sentar. Claro que a Sra. Tifton tinha trazido o cachorro, que brincava ao redor dos pés das duas mulheres.

Jamison tossiu a fumaça azulada do charuto.

— O que você falou?

— Não é assim que funciona, Jamison — repetiu Pete. — Existem pessoas que estão há anos numa fila de espera para adotar uma criança. Se a bebê for para adoção, essas pessoas terão a preferência, e não sua filha, a menos que o nome dela já esteja na lista de espera.

— Bom, Pete, acho que você ainda não conheceu minha filha. Ela é muito obstinada. Se houver algum tipo de lista na qual ela precise entrar, você não pode incluí-la?

Pete terminou a cerveja.

— Não.

Talvez, John pensou, ele devesse levar bebidas para Molly e a Sra. Tifton. Elas não estavam bebendo nada. Sim, era isso que ele ia fazer. Pegaria uma taça de champanhe para cada uma, iria até a mesa delas, ofereceria a bebida e diria olá.

— Por que sua filha não adota um daqueles bebês asiáticos? — perguntou o ex-prefeito ao cara do planejamento urbano. — Assim vai garantir que o filho será bom em matemática.

— Isso também não funciona assim — disse John, pegando duas taças de champanhe da bandeja de um garçom que passava. — Além do mais, você está sendo racista.

— Por quê? — perguntou Jamison, com ares de ofendido, tomando as dores do ex-prefeito. — É só um elogio!

— É racista do mesmo jeito. — John começou a se dirigir para a mesa de Molly. — E, de qualquer forma, não é assim que funciona.

O responsável pelo planejamento urbano gritou para ele:

— Bom, vou te dar uma surra no *cornhole* mais tarde!

John fez uma careta enquanto se afastava, esperando que ninguém, principalmente Molly Montgomery, tivesse escutado.

Ao se aproximar, percebeu que ela não tinha ouvido nada mesmo. Estava totalmente absorta na conversa com a Sra. Robinette — a bibliotecária da sua infância! — e com a jornalista Meschelle Davies, que tinha se juntado a elas com nada menos que uma garrafa inteira de champanhe e várias taças.

John não conseguia dar uma dentro com essa mulher.

CAPÍTULO 11

• Molly •

Molly nunca tinha ido a uma festa tão glamorosa em sua vida. Ela estava sentada em um sofá de couro preto macio, a alguns metros da praia, escutando o barulho ritmado das ondas enquanto uma brisa tropical suave acariciava seu rosto, e o champanhe — que não dos baratinhos que estava acostumada a beber, mas o que vem na garrafa verde com o rótulo laranja — fluía como água de sua taça toda vez que ela a esvaziava. Havia quiosques espalhados por toda a ilha servindo tudo que você pudesse imaginar, de martínis com azeitonas recheadas com queijo roquefort a margaritas em copos com a borda coberta de sal.

E depois, pilhas — *pilhas* — de patas de caranguejo-pedra frescas. Era uma iguaria que Molly raramente saboreava antes de vir para a ilha, em parte porque só se achavam as patas de caranguejo-pedra em certa época do ano, que ia de outubro a maio, e em parte porque era muito caro enviá-las para o Colorado. Mesmo em Little Bridge, onde os caranguejos eram abundantes (eram pescados em armadilhas na praia e depois libertados de novo), o quilo dessas patas chegava a custar oitenta dólares. Ou seja, isso estava fora do orçamento de Molly, com seu salário de bibliotecária.

No Baile da Cruz Vermelha, porém, as patas de caranguejo eram de graça (bem, descontando o valor do ingresso de trezentos e cinquenta dólares que a Sra. Tifton havia custeado) e já vinham quebradas, acompanhadas do molho de mostarda e mel mais delicioso que Molly já tinha experimentado. Ela já havia comido seis das grandes e estava na sétima quando ergueu os olhos e viu um grupo de convidados dirigindo-se para o outro lado da praia. As mulheres iam descalças, os saltos altos abandonados, as mãos de unhas feitas segurando com delicadeza as taças de champanhe; os homens, com ar de determinação, levando suas cervejas.

— O que está acontecendo? — perguntou Molly, limpando a boca e as mãos num guardanapo, na esperança de que ninguém tivesse notado o quanto havia comido.

— Ah, meu Deus. — Meschelle tinha comido uma quantidade considerável de caranguejo também. As cascas quebradas estavam espalhadas em seu prato. — Os jogos começaram.

— Todo ano, o baile promove um jogo de habilidade para angariar fundos para as instituições beneficentes locais — explicou Phyllis Robinette —, dessa forma a gente pode compartilhar amor, por assim dizer.

Enquanto Phyllis falava, Molly notou um homem alto, de uniforme militar, cruzando rapidamente o salão em direção à praia. Levou um segundo para perceber que era o delegado John Hartwell, e que não era um uniforme militar, mas o uniforme de gala dele.

O coração de Molly quase parou. Seu coração quase parou *mesmo*, porque ele estava lindo. Ela estava acostumada a vê-lo no uniforme bege do dia a dia, no qual ele não ficava nada mal — era um homem atraente, alto e de ombros largos, de mandíbula forte e, é claro, tinha aqueles olhos azuis desconcertantes.

Mas ao vê-lo com o uniforme de gala — calça cinza-escuro, blazer preto de corte e ajuste sob medida, camisa branca e gravata preta —, ela percebeu subitamente que ele não era apenas atraente —, e sim *extremamente* atraente. Parecia tão tentador quanto o caranguejo que ela acabara de comer, suculento e doce, mas com um toque de acidez, do tipo que fazia você continuar comendo mesmo sabendo que já tinha comido demais, era simplesmente impossível parar.

Meu Deus, o que havia de errado com ela? Devia ser todo aquele champanhe.

Ele não a viu, porque estava muito concentrado em chegar ao local dos jogos na praia.

Foi nesse momento que Molly soube que também precisava ir para lá. Não para jogar, é claro. Sempre foi péssima em jogos. Não, Molly precisava ficar de olho no delegado em seu uniforme de gala. Ela não tinha alternativa.

— Com licença — disse, abandonando rapidamente o guardanapo e a cadeira. — Volto logo.

Ela então correu o mais rápido que pôde atrás do delegado, tirando os sapatos de salto, para que não afundassem na areia, e levando a taça — afinal, ainda estava cheia, e seria uma pena desperdiçar um champanhe tão bom.

Iluminadas por tochas — embora ainda houvesse bastante luz no céu cor de lavanda —, havia diversas plataformas de madeira elevadas, posicionadas bem longe do alcance das ondas. Todas continham um pequeno buraco, e, ao lado, pilhas do que pareciam ser pequenos sacos de feijão. O delegado estava parado perto deles com um grupo de homens que fumavam charuto.

Molly não sabia qual era o jogo, mas isso não tinha muita importância. Ela estava totalmente concentrada em John Hartwell, que, pelo visto, planejava jogar... ao menos era o que indicava o fato de ele estar despindo o blazer bem cortado.

De repente Molly sentiu uma fraqueza nos joelhos. Olhou ao redor, procurando um lugar para se sentar, mas, como estavam na praia, não havia nada além da areia, e ela não queria sujar o lindo vestido de paetês de Joanne (que ficara largo demais na dona e um pouco apertado em Molly, especialmente agora que ela havia comido todas aquelas patas de caranguejo).

— Me permite? — perguntou uma voz à sua direita. Ao se virar, Molly viu Patrick, também conhecido como Lady Patricia, a *drag queen* que era voluntária na biblioteca e lia na Hora da História, oferecendo-se para estender o paletó de seu smoking na areia para que ela se sentasse.

— Ah, não precisa fazer isso! — disse Molly, envergonhada.

— Por favor. — Patrick sentou-se na areia ao lado do paletó dobrado. — Eu estava derretendo nisso aqui. E odiaria que você estragasse esse vestido lindo.

— Bem... — Molly olhou para baixo, para o tentador paletó dobrado. Mais à frente, o delegado estava afrouxando a gravata e abrindo os primeiros botões da camisa de mangas curtas. Ela podia ver que as curvas bronzeadas dos bíceps dele preenchiam totalmente as mangas.

Molly sentou-se com um baque surdo, derramando um pouco do champanhe.

Patrick lhe dirigiu um olhar divertido.

— Está vendo alguma coisa, ou devo dizer *alguém*, do seu interesse ali?

— Não, de jeito nenhum — respondeu Molly, com mais firmeza do que pretendia. Ela tomou um gole revigorante do champanhe e depois perguntou, na esperança de mudar de assunto: — O que eles vão jogar, exatamente?

Patrick tinha dado um gole no martíni que levara com ele, e quase o cuspiu ao ouvir a pergunta.

— Não me diga que nunca ouviu falar em *cornhole*.

— Claro que ouvi. — Ouvira mesmo? Era difícil para ela se lembrar de qualquer coisa com John Hartwell ali, parado a poucos metros de distância, parecendo tão alto e atraente sob o pôr do sol. — É, hã...

— Dá para ver que você tem se escondido muito atrás de todos aqueles livros, Molly Montgomery.

Molly não estava com disposição para corrigi-lo. Todos sempre pensavam isso dos bibliotecários — que eram pessoas introvertidas que só queriam ficar sozinhas e ler. Claro que era verdade para alguns.

Molly, porém, sempre tivera uma vida social muito ativa. Mesmo quando ainda estava estudando, e depois trabalhando, ainda arranjava um tempinho para se divertir. Foi assim que conheceu seu ex, Eric, um radiologista de olhos escuros com quem tinha formado uma dupla numa noite de quiz em um barzinho, e com quem ela sempre derrotava os adversários. Ele sabia tudo de esportes e ciências, e ela, tudo de cultura pop e literatura. Todos diziam que eles tinham nascido um para o outro.

Foi só depois que ficaram noivos e começaram a conversar sobre o futuro que ela se deu conta de que o talento para quiz era a única coisa que tinham em comum.

— Claro que este é um *cornhole beneficente* — Patrick ia dizendo —, e não um *cornhole comum*. O objetivo do jogo é arremessar o maior número possível de sacos de feijão no buraco. Quem ganhar, leva o dobro da quantia arrecadada, pois nossos generosos doadores, neste caso, o banco de Little Bridge, completam o valor. Tradicionalmente, o vencedor doa o prêmio à Cruz Vermelha ou a outra instituição beneficente que preferir. Mas sabemos que em uma ou duas ocasiões — ele olhou com reprovação na direção dos homens com quem o delegado estava conversando — o vencedor ficou com o prêmio.

Chocada, Molly ergueu as sobrancelhas.

— Verdade? Alguém ficou com dinheiro destinado a uma instituição beneficente? Quem faria uma coisa dessas?

— Bom, você não ouviu isso de mim, mas foi a pessoa responsável pelo planejamento urbano.

Ele apontou para um dos homens com quem o delegado estava falando, e Molly se deu conta de que o reconhecia porque o nome e a foto dele apareciam com frequência na seção "Vivas e Vaias" do *Gazeta* — Randy Jamison, que era bem conhecido por atrasar ou até mesmo negar licenças de construção sem motivo plausível, incluindo várias solicitadas pela nova sede da biblioteca. Por causa disso, diversas vezes ele recebia "vaias".

— Hummm — comentou ela. — Isso não é justo.

— Não, mas não podemos fazer nada, a não ser ir até lá e derrotá-lo. Uma pena eu nunca ter tido braço de arremessador. Você tem?

— Ah, meu Deus, não.

— Já suspeitava. Não me leve a mal. Acho que esse tipo de coisa deve ficar entre atletas, como o nosso bom delegado ali. Sabia que ele foi da seleção estadual de beisebol quando estava no ensino médio?

Molly balançou a cabeça, embora não estivesse surpresa, considerando-se o quanto os braços dele eram fortes e musculosos. Ela se perguntou, indolentemente, como seria sentir aqueles braços ao seu redor...

Sim, *definitivamente* tinha bebido champanhe demais.

— Ah, sim — continuou Patrick. — Bem aqui em Little Bridge. Pelo que entendi, ele teria se profissionalizado se não tivesse engravidado a namorada dos tempos da escola e escolhido se casar com ela, ficar aqui na ilha, ajudar a criar a filha deles e virar policial. Ele foi um bom policial, também, até se formar em criminologia na faculdade comunitária local e então, mais tarde, se candidatou para o cargo de detetive em Miami e foi morar lá.

Molly enterrou a mão livre na areia e encontrou uma linda concha, pela qual fingiu estar fascinada.

— Por que ele voltou para cá?

— O delegado? Ah, bom, depois do que aconteceu com o último delegado, a ilha precisava dele. E acho que ele sentia saudade daqui, e também devia estar querendo uma mudança.

Ele trabalhava na divisão de homicídios em Miami, o que não deve ser algo muito agradável.

Ela tomou um gole do champanhe, concordando em silêncio. Tinha assistido a telejornais de Miami. Alguns assassinatos por lá eram horrivelmente violentos, mesmo para alguém como ela, viciada em *true crime*.

— Mas e a mulher dele?

— Ah, a mulher dele, agora ex, tem um escritório de design de interiores muito bem-sucedido lá. Então, quando ele voltou para Little Bridge para assumir o cargo de delegado, ela ficou no norte. Ouvi dizer que a separação foi bem amigável, sem ressentimentos.

Molly avaliou a resposta estratégica, enquanto disfarçava que não observava todos os movimentos do delegado. Ele enfiava um maço de notas dentro de um grande vaso de cristal que estava sendo passado entre todos por um dos voluntários da Cruz Vermelha, que Molly reconheceu como a enfermeira Daniella, organizadora de diversas campanhas de doação de sangue na biblioteca. Alegre e extrovertida, a enfermeira Dani também tinha sido nomeada árbitra do jogo, como indicava o apito prateado que brilhava pendurado em seu pescoço, complementando o vestido de festa curto prateado que ela usava.

De repente, Molly virou-se e entregou a Patrick duas notas de vinte dólares que ela tirou da clutch.

— Aqui.

Ele olhou para as notas com surpresa e perplexidade.

— Não me diga que você vai jogar?

— Ah, não! Mas quero contribuir. Você se incomodaria de colocar essas notas no vaso para mim, por favor? Fica como nossa contribuição. Estou confortável demais aqui na areia para me levantar.

Ele lhe dirigiu um olhar de quem tinha entendido tudo quando ficou em pé.

— Ah, claro! É por *isso* que você não quer se levantar. Está *confortável* demais. E não porque está com vergonha de falar com certo alguém.

— Só estou curtindo um momento agradável na praia — disse ela, e, depois de colocar delicadamente sua taça de champanhe na areia, pegou o celular na bolsa para tirar uma foto do sol, que mergulhava por trás do mangue à distância, e também para esconder o rosto e o fato de que estava enrubescendo.

Enquanto Patrick sorria maliciosamente e seguia a passos largos pela areia até a enfermeira Dani, levando a doação, ela se esforçou para não olhar na direção dele, para que o delegado não a flagrasse caso eles trocassem algumas palavras e Patrick apontasse em sua direção. Molly disse a si mesma que seu corpo ainda estava assimilando o champanhe e as patas de caranguejo, e que não seria muito inteligente falar com homens bonitos de uniforme nessa situação.

Em vez disso, concentrou-se no fato de que praticamente todos os convidados que estavam no salão de jantar tinham saído para assistir ao jogo na praia assim como ela, a maioria com uma bebida na mão. Diversas pessoas tinham se enfileirado para jogar, muitas delas conhecidas de Molly, não necessariamente da biblioteca, mas da cidade. Ali estavam a garçonete de cabelo cor-de-rosa, Bree, e o namorado, Drew, que Molly sempre via no Café Sereia quando ia até lá para um almoço rápido. Vários dos convidados da Sra. Tifton — Robbie e o noivo, Ryan, por exemplo — também estavam na fila, assim como o marido de Patrick, Bill, e até Meschelle. A competição estava começando a parecer um tanto acirrada.

O que era bom, pensou Molly. Desde que Randy Jamison não vencesse e embolsasse todo o dinheiro. Era só o que importava.

Ao menos era o que Molly achava, até o jogo finalmente começar. Então, ao ver o delegado jogar e entender o quanto ele era bom de fato — gentil e com muito espírito esportivo, dando conselhos simpáticos aos outros sobre jogadas que podiam ajudá-los a derrotá-lo —, ela se deu conta de que estava torcendo muito para que ele, e apenas ele, fosse o vencedor, especialmente quando, jogador após jogador, exceto o delegado e o detestável Sr. Jamison, fracassavam no objetivo de impulsionar seu saco de feijão até perto do buraco mais próximo. A maioria dos arremessos caía na areia. Esses jogadores eram imediatamente desclassificados pela enfermeira Dani, que se revelou uma árbitra bastante tirânica. (Não que alguém parecesse se importar. Era um jogo bem-intencionado, com muitas brincadeiras e risadas.)

Quando o céu passou do lavanda-claro ao azul-escuro, e eles precisaram da luz das tochas para enxergar, os sacos de feijão do delegado e do cara do planejamento urbano aparentemente eram os únicos que acertavam os buracos.

Àquela altura, Molly estava em pé, e tinha se aproximado para poder assistir ao que parecia um confronto decisivo — e épico. Ela não queria que o delegado a *visse* assistindo, é claro — não por timidez, mas porque seria constrangedor se ele a flagrasse olhando fixamente para ele.

Assim, ela se manteve atrás de Patrick, que descrevia o jogo como se fosse um narrador esportivo para qualquer um que quisesse escutar, o que acabou sendo basicamente todo mundo.

— O placar agora está dezessete a quinze para o delegado. O jogo está acirrado, mas acredito que a técnica infalível do delegado no *cornhole*, no fim das contas, vai dar a vitória a ele.

Molly não tinha certeza disso, mas o que ela sabia é que a calça do uniforme de gala do delegado se ajustava ao corpo dele de tal maneira que, quando ele se inclinava para a frente para fazer um arremesso, seu coração errava uma batida. Ela também tinha terminado o champanhe e agora sentia muita sede. Queria entrar e pedir outra bebida — talvez uma água, para se acalmar —, mas, por outro lado, não queria desgrudar do jogo e correr o risco de perder alguma coisa, como um lançamento crucial ou o delegado se inclinando para levantar alguma coisa.

O que havia de errado com ela hoje?

Foi então que o quarto arremesso da rodada de Randy Jamison passou longe do buraco e deslizou pela areia. Um grito veio da multidão, e o mais alto foi o de Molly. Todos se viraram na direção dela, exceto, felizmente, o delegado. Ele estava tão concentrado no jogo que ninguém mais parecia existir para ele. Aquele era o verdadeiro significado de foco.

— Por que — perguntou Molly, agarrando o braço de Patrick — não existe uma categoria olímpica para o *cornhole*? Se houvesse, o delegado definitivamente ganharia medalha de ouro!

Patrick olhou para ela com uma expressão curiosa no rosto, provavelmente porque ela o fez derrubar um pouco de seu martíni na areia.

— Minha cara menina — disse ele —, tenho certeza de que você tem razão. Você devia...

Nesse momento, o arremesso final do delegado seguiu direto para dentro do buraco, e Molly gritou tão alto que Patrick não foi o único a derramar a bebida com o susto.

Ela, porém, não se importou. Começou a pular na areia, radiante por John ter derrotado aquele terrível cara do planejamento urbano.

— Ah, meu Deus — murmurou Meschelle, que tinha parado ao lado dela. — Alguém está levando essa disputa de *cornhole* um pouco para o lado pessoal, não?

Mas Molly não conseguiu se conter, especialmente quando a enfermeira Dani entregou ao delegado o vaso de cristal lotado de cédulas e anunciou:

— Graças às pessoas generosas que se encontram aqui esta noite, arrecadamos mais de *quatro mil dólares*, quantia que o banco de Little Bridge generosamente concordou em doar, dólar por dólar.

O anúncio foi recebido com gritos e vivas, os mais altos vindo, novamente, de Molly. Dani tinha elevado a voz para ser ouvida acima dos aplausos.

— Isso soma mais de oito mil dólares, que agora entrego ao nosso novo campeão de *cornhole*, o delegado John Hartwell, que pode ficar com o dinheiro ou doá-lo à instituição de sua escolha.

A enfermeira Dani passou o vaso para o delegado, que o aceitou com um sorrisinho envergonhado. Ele ficava ainda mais encantador — na opinião de Molly, pelo menos — pelo fato de a camisa ter escapado do cós da calça em alguns pontos, devido à animação do jogo, e de os cabelos bem curtos estarem sensualmente bagunçados.

— Ah... — começou o delegado. — Obrigado, Dani. Eu...

— Fique com o dinheiro! — gritaram alguns dos homens mais embriagados do grupo. — Fique com ele!

— Calem a boca — rugiu a enfermeira Dani, no mesmo tom de voz que Molly imaginou que ela usava com os bêbados na Emergência, onde havia muitos deles, uma vez que Little Bridge era conhecida por ser uma cidade festiva. — Deixem o delegado falar.

— Eu só gostaria de agradecer a todos por terem vindo apoiar mais uma vez essa causa importante esse ano. — A voz do delegado estava rouca, como se não estivesse habituado a falar muito, o que era ridículo, pois Molly sabia que ele usava a voz um bocado, especialmente quando discordava dela em relação a alguma coisa. — Tenho certeza de que muitos de vocês se lembram de toda a ajuda que a Cruz Vermelha deu àqueles de nós que precisaram no ano passado, quando fomos atingidos pelo furacão Marilyn, e eles continuam a realizar um trabalho vital, não só nos Estados Unidos, mas no mundo todo. Eles salvam vidas, e certamente precisam do dinheiro que todos nós doamos aqui hoje.

Ah, pensou Molly, sentindo um quentinho no coração. *Ele vai doar o dinheiro para a Cruz Vermelha. Isso é muito encantador.*

— E é claro que existe uma instituição beneficente que é muito querida para mim, o nosso zoológico da cadeia municipal, onde certamente poderíamos usar o dinheiro — continuou John. — Mas há alguém aqui na nossa comunidade que precisa ainda mais da nossa ajuda financeira, alguém que está começando a vida. Eu gostaria de doar esse dinheiro, que vocês ofereceram tão generosamente, à mais nova residente de Little Bridge: a Bebê Afrodite.

Molly ficou tão chocada ao ouvir isso que seu queixo foi no chão. Ela estava sem palavras. Então seus joelhos cederam completamente, e ela desabou sobre a areia macia como talco.

Foi só então que o olhar do delegado finalmente encontrou o dela.

CAPÍTULO 12

• John •

John não tinha mais certeza de qual era a regra quando o assunto era se aproximar de mulheres solteiras atraentes pelas quais nutria certo interesse romântico, principalmente em eventos beneficentes. Eles não tinham abordado esse tópico no treinamento de quatro horas de conscientização sobre assédio sexual.

Além disso, o Baile da Cruz Vermelha era tecnicamente um evento de trabalho, visto que ele não tinha comprado seu ingresso — fora uma cortesia, como acontecia na maior parte dos eventos desse tipo a que ele comparecia.

Então, depois da fracassada tentativa de oferecer uma bebida a ela, John se manteve longe da bibliotecária, embora muito consciente da presença dela, especialmente durante o torneio de *cornhole*, no qual ela se revelou uma espectadora muito bonita — e entusiasmada.

Era gratificante saber que alguém classificava o jogo de *cornhole* como desafiador e, em última análise, complexo. A maioria das pessoas o via como uma brincadeira de criança, ou algo para ser jogado apenas em festas de aniversário ou na frente de bares. Em Little Bridge, em geral, considerava-se que, quanto mais embriagados os participantes, mais divertido o jogo.

Mas, se alguém realmente parasse um momento para pensar, como era evidente que Molly Montgomery tinha feito, poderia ver que o *cornhole* era um esporte muito difícil, e que exigia muita coordenação entre mãos e olhos. John gostava do fato de Molly respeitar isso e também de ter observado de perto sua técnica.

No entanto, nem isso parecia motivo suficiente para abordá-la no que era, tecnicamente, um evento de trabalho... Até ela tropeçar na areia na frente dele e cair. Como socorrista, era sua responsabilidade — seu dever, na verdade — ir até ela e se certificar de que a bibliotecária não precisava de primeiros socorros.

— Você está bem? — perguntou John, estendendo a mão para ajudá-la.

— Estou bem. — Ele sentiu a pequena mão quente na dele, vibrante e viva como um diminuto tentilhão amarelo que Katie uma vez encontrara no quintal, atordoado pelos fortes ventos de uma tempestade tropical.

Quando Molly levantou a cabeça e viu quem tinha lhe oferecido ajuda, seus grandes olhos escuros se arregalaram ainda mais do que de costume, e ela rapidamente puxou a mão, quase tão atordoada quanto aquele tentilhão.

— Ah! — exclamou ela. — Você!

— Sim — disse ele, ainda preocupado. — Sou eu, John. Você se machucou?

— Não. — Limpando rapidamente a areia dos joelhos e afastando algumas mechas do cabelo escuro e fino das bochechas úmidas, ela disse, com a voz trêmula: — Só estou me sentindo uma idiota.

— Não devia — disse ele. — Todo mundo tropeça de vez em quando.

— Ah, sim. Eu tropecei — disse ela. — Foi exatamente o que aconteceu. *Então.* A Bebê Afrodite... Foi muito generoso da sua parte!

— Bem... — Era óbvio que ele não tinha escolhido doar o dinheiro para a Bebê Afrodite para ser generoso. Fez isso para que Molly gostasse dele. Na verdade, não achava que a criança ia precisar do dinheiro. Os avós ligariam para ele em breve e receberiam as boas notícias... Aliás, era meio estranho que ainda não tivessem ligado. Mas ele nunca tinha estado no Alasca, quem sabe como era o serviço de celular por lá... Então eles se reconciliariam com a filha, e logo, logo mãe e filha estariam de volta à mansão dos Brighton em New Canaan, Connecticut (ele tinha procurado o endereço da família no Google Earth, e a garagem deles tinha espaço para quatro carros), matriculadas em alguma aula chique tipo "Mamãe e Eu" que custaria mais do que a prestação mensal da casa dele, vivendo felizes para sempre.

E, é claro, se Beckwith realmente fosse o pai da bebê, John faria com que ele — ou a família dele — pagasse também.

Mas não podia deixar Molly Montgomery saber que ele pensava assim. Tinha a forte sensação de que, de alguma forma, ela não aprovaria que ele interferisse nos assuntos da menina.

— Pareceu a coisa certa a fazer — disse ele, por fim.

John não tinha sido o único a se apressar para ajudar a bibliotecária. Patrick O'Brian, dono da Loja de Aviamentos e Tecidos de Little Bridge, a *drag queen* mais popular da ilha (que, John tinha de admitir, era muito divertida) também havia corrido para ver se Molly estava bem.

Ao ver John já ao lado dela, Patrick deu um rápido passo para trás e disse:

— Srta. Molly, eu disse que precisava se *hidratar*. Neste calor, você tem que beber um copo de água para cada copo de bebida alcoólica. — Ele olhou para o delegado e revirou os olhos. — Ah, esse pessoal da cidade grande. Não é mesmo? Acho que seria bom levá-la lá para dentro, delegado, e dar água para ela.

John não poderia estar mais de acordo. Ele deslizou os dedos em torno de um dos braços nus de Molly (como era possível a pele dela ser tão macia?) e disse:

— Sim, acho que é uma boa ideia.

— Ah — murmurou Molly com a voz fraca. — Não, está tudo bem. Eu estou bem...

— Você não está bem, querida. — Meschelle Davies, cujas matérias no *Gazeta* raramente pegavam leve com as forças de segurança, deu um pequeno empurrão na bibliotecária. — Vá com o delegado. Você está meio corada.

— Ah, bem — disse Molly. — Ok, então, acho que vou.

John jurou que nunca mais ia se queixar do tratamento direcionado a ele nas matérias da Sra. Davies.

A bibliotecária se deixou guiar por ele pelo caminho da praia até o salão de jantar aberto do hotel, com sua decoração tropical e seus ventiladores de teto que giravam suavemente. Ela havia pegado os sapatos de salto alto e a bolsa de festa cintilante e estava muito menos falante naquele momento. Deve estar desidratada mesmo, pensou John, com seus botões. Isso acontecia com frequência com os recém-chegados às Keys, as ilhas na ponta da Flórida. A combinação de calor e umidade, somada ao consumo de bebida alcoólica, às vezes provocava mal-estar. Foi muito bom ele estar por perto para socorrê-la.

Mas o silêncio dela durou apenas até os dois chegarem a um dos reservados no restaurante do hotel. Ele a guiou até o banco estofado de couro preto macio, depois se sentou ao lado dela e pediu duas águas geladas a um garçom solícito. Foi quando ela ergueu o rosto e perguntou, os olhos escuros parecendo maiores do que nunca na luz misteriosa da chama do lampião em cima da mesa:

— Você falou sério lá fora? Vai doar todo aquele dinheiro que ganhou para a bebê?

— Bem, é claro — respondeu ele, surpreso por ela duvidar dele. — E para a mãe dela também. Eu seria um péssimo servidor público se dissesse uma coisa dessas na frente de todas aquelas pessoas sem ter a intenção de cumprir.

— É só que... — Ela desenhou um círculo na água que se condensava na lateral do copo de água que tinha sido posto à sua frente. — Pensei que você fosse prendê-la. A mãe da bebê. Você disse no outro dia...

Desconfortável, John se mexeu no banco, recordando o primeiro encontro deles, quando ele tinha se sentado naquela cadeira minúscula ao lado da mesa de trabalho dela.

— Eu sei. E continua sendo crime abandonar um recém-nascido, a menos que seja em um abrigo designado pelo estado. Mas minha investigação até agora me deu motivos para crer que a mãe da Bebê Afrodite provavelmente não foi a pessoa responsável pelo abandono em si.

— Eu *sabia*! — Molly se inclinou para a frente e levou seus lábios vermelhos-rubi ao canudo de papel. Que droga! Ele não conseguia parar de pensar em coisas que gostaria de ver sendo tocadas por aqueles lábios vermelhos. O que havia de errado com ele? Ali estava, um delegado eleito, na companhia de uma cidadã... nada menos que uma bibliotecária! E só conseguia pensar em sexo. — O chefe dos Garotos do Sol, certo? Dylan Dakota? A análise das impressões provou isso?

Todos os pensamentos a respeito daquela boca vermelha tocando qualquer parte do corpo dele evaporaram. John teve um surto de irritação que não lhe era estranho. Dylan Dakota? Como diabos ela sabia sobre ele? O que essa mulher queria? Bibliotecária ou não, será que fingira estar desidratada esse tempo todo?

Porque, de repente, naquele que deveria ser um cenário muito romântico, ela parecia não só perfeitamente alerta, até mesmo calma, mas também extremamente curiosa, quase felina. Dylan Dakota? Como ia fazer amor com essa mulher, se ela só queria falar sobre seu maior inimigo?

Não que ele quisesse fazer amor com ela! De jeito nenhum. Ele era um profissional, e ela, também. Eles estavam em um evento profissional, com ele uniformizado, inclusive. John havia acabado de socorrê-la (talvez) e já nem pensava mais em relacionamentos amorosos, porque nunca davam certo.

Será que não pensava mais nisso mesmo?

Mas que droga! De repente ela não parecia nem um pouco agitada nem tonta. Parecia estar em pleno domínio de suas faculdades físicas e mentais.

— Quer dizer, esse Dylan Dakota não parece ser boa coisa — disse ela, num tom enganadoramente inocente, depois de beber mais um gole de água.

Enganadoramente inocente para algumas pessoas, mas não para o delegado John Hartwell.

— Você está mesmo desidratada? — indagou ele.

— Não sei — respondeu Molly. — Por quê? Pareço desidratada para você?

— Não.

Ela deu de ombros, a pele lisa iluminada pela luz das velas.

— Também não acho que esteja. Mas quer saber o que eu acho mesmo?

Esta, pensou ele, *é uma conversa muito perigosa.*

— O quê?

— Acho você um excelente jogador de *cornhole*.

John franziu a testa.

— Agora você só está puxando o meu saco, provavelmente porque quer ouvir mais informações confidenciais sobre o caso, o que, posso garantir, não vou te dar.

Ela tirou os lábios do canudo para emitir um suave ruído de protesto indignado, que uma parte dele achou incrivelmente sexy, mas a outra ficou preocupada que tivesse sido apenas uma encenação para obter mais informações.

— Como você ficou sabendo dessas coisas sobre o Dylan Dakota? Espera, me deixa adivinhar. Meschelle Davies.

Ela teve a decência de parecer ofendida.

— Desculpa, mas você esqueceu que eu sou bibliotecária? Tenho acesso a uma vasta rede de fontes. *Vasta*. Mas eu acho que, como sou a pessoa que encontrou a Bebê Afrodite e salvou a vida dela, tenho direito de saber tudo relacionado ao caso.

— Não tem, não — disse ele com irritação, ciente de que se sentia assim apenas porque ela ficava muito atraente à luz de velas, e também porque estava moralmente, embora não legalmente, correta. — Não tem.

— Tenho, sim. Como estão indo as suas aulas de dança?

— O *quê?*

— As aulas de dança. Com a Katie, sua filha.

Com certa demora, ele se lembrou de outro momento desmoralizante no relacionamento deles, que até agora parecia consistir quase exclusivamente em momentos desmoralizantes.

— Não exatamente incríveis — respondeu ele. — Acontece que eu só preciso aprender uma dança muito específica para a apresentação. Uma dança muito específica para uma música muito específica de uma intérprete muito específica, da qual você talvez já tenha ouvido falar: Beyoncé.

Molly comprimiu os lábios, como se estivesse tentando segurar o riso.

— Já ouvi falar. Que música dela tão específica você vai dançar?

— "Single Ladies". — Ele tentou não demonstrar como a dança o deixava desconfortável, embora gostasse da música. — Eu não conhecia até então.

Os lábios de Molly se curvaram num sorriso.

— Você não é exatamente o público-alvo. Quer que eu te ensine?

Ele ficou surpreso.

— Você sabe a coreografia de "Single Ladies"?

— Ah, você não acreditaria nas coisas que as pessoas pedem a uma bibliotecária que ensine. A coreografia de "Single Ladies" não é nada. Venha aqui.

Quando ele se deu conta, Molly já tinha levantado do banco estofado e segurava as duas mãos dele. Em seguida, ela o puxou suavemente em direção ao centro do salão. Ele permitiu, porque a sensação da pele dela na dele era mágica, e também porque não havia mais ninguém ali, com exceção de alguns garçons, que não estavam prestando atenção na bibliotecária ensinando o delegado com dois pés esquerdos a dançar. Eles andavam de um lado para o outro, guardando a louça. Todos os convidados da festa estavam lá fora, na praia, agora escurecida pela noite, bebendo e rindo sob o brilho vermelho-alaranjado das tochas.

— Fique em pé, bem reto, assim — ordenou Molly, e colocou as mãos sobre os ombros dele para endireitá-los.

Quando ela se aproximou, ele sentiu o perfume fresco e floral do xampu em seus cabelos escuros e brilhantes, e algo mais — um cheiro frutado. Ele demorou um minuto para reconhecer. Era o cheiro característico de coco e lima que as camareiras da pousada Papagaio Preguiçoso borrifavam por toda parte. Devia estar entranhado profundamente em todos os pertences de Molly Montgomery àquela altura.

Ele nunca sentira um perfume tão inebriante.

— Agora afaste os pés na largura dos ombros — disse ela, colocando o pé dela, ainda descalço, entre os dele, e dando em ambos um pontapé delicado até que John acertasse a postura. — Isso aí. Agora coloque essa mão na cintura... não, essa mão...

Ele fez o que ela estava pedindo, olhando para a cabeça curvada dela, as sobrancelhas finas franzidas em concentração, e se perguntou como podiam ter discutido, quando ela era tão adorável.

— Perfeito. Agora deixe a outra mão no ar, assim... — Ela manipulou o braço esquerdo dele, dobrando-o no cotovelo. — Lembra quando você cantava "Sou um Pequeno Bule" com a Katie? Vocês dois cantavam juntos, certo?

— Sim. — Ele não conseguia tirar os olhos dela.

— Bem, seu braço deve ficar mais ou menos daquele jeito.

Ela se afastou para observar sua obra, e John nem se importou de parecer ridículo aos olhos de quem chegasse da praia. Randy Jamison ou mesmo Pete podiam passar e rir o quanto quisessem. John tinha Molly Montgomery todinha para ele e, naquele momento, não conseguia pensar em nada que desejasse mais.

— Muito bem — disse ela, depois de dar uma olhada crítica nele. — Parece bom. — Mas ficaria melhor se você pudesse talvez... se soltar um pouco.

— Me soltar? — Ele baixou os olhos para se ver. Sentia-se bem solto. — O que você quer dizer com isso?

— Bem, você parece um pouco... tenso. O objetivo dessa dança é se divertir, e parece que você está a caminho da guilhotina.

Ele a encarou com ironia.

— Essa é a minha cara. Sou um policial. Tenho que estar sempre atento a possíveis bandidos.

— Não. — Ela balançou a cabeça, ainda o estudando criticamente. — Não é a sua cara. É a sua linguagem corporal. Você tem que se soltar aqui. Ela deu um passo à frente, com os olhos no rosto dele, mas as mãos no ar. — Posso?

— Hum... claro. — O que ela ia fazer com as mãos?

Ele supôs que não devia ter ficado surpreso quando ela as colocou na cintura dele. Afinal, era uma aula de dança.

— Você precisa se soltar *aqui* — disse ela, pressionando com firmeza a cintura dele, e depois balançando a dela diante dele para ilustrar o que queria dizer, mas sem soltá-lo. — Percebe o que quero dizer? Você tem que sentir a música. Se estivesse tocando Beyoncé, e não isso...

O que estava tocando, na verdade, era jazz. Coltrane, para ser exato. John gostava de Coltrane e o ouvia bastante em seu carro, no canal de streaming que Katie tinha configurado para ele. A combinação de Coltrane com as mãos de Molly Montgomery em sua cintura, enquanto ela se balançava tão sugestivamente e tão próxima a ele, mais o perfume doce dos cabelos dela e o cheiro de coco de suas roupas no salão escuro, com a brisa do mar soprando da praia, estavam fazendo coisas com ele. Coisas que ele não sentia fazia muito tempo.

Coisas de que ele gostava muito.

No entanto, ele não sabia o que fazer. Havia anos que não namorava. E aquela mulher era a bibliotecária. Até aquele exato momento, ele estava quase certo de que ela o odiava.

Mas será que uma mulher que odiava um homem o seguraria pela cintura, encorajando-o a se soltar, enquanto sorria para ele com lábios tão sedutoramente vermelhos?

Ele achava que não.

Mesmo assim, com o coração acelerado, como quando convidara sua primeira namorada — Lori MacNamara, do sétimo ano — para patinar em dupla no rinque de patinação de Little Bridge, havia muito demolido, ele baixou as mãos até a cintura dela.

— Molly — disse ele, a voz rouca de repente.

O corpo dela ficou imóvel no mesmo instante, e ela ergueu um olhar questionador para ele. Aqueles lábios vermelhos ainda estavam sorrindo, convidativos, na visão de John.

— O quê?

Ele devia perguntar primeiro ou simplesmente beijá-la? O que as pessoas faziam hoje em dia? Ele se lembrava do que tinham falado no treinamento sobre assédio sexual, mas isso era relativo ao trabalho, e aquilo ali não era trabalho... ou era? Por que tudo tinha de ser tão confuso? Por que não podia...

Para seu completo choque, Molly o puxou para ela, ficando na ponta dos pés descalços para levar a boca até a dele. No início, ele ficou meio perdido, foi tudo muito rápido. Num minuto, eles não estavam se beijando, e, no seguinte, John sentia os braços dela ao redor de seu pescoço, os seios macios e redondos pressionados contra o peito dele, o cheiro dela o envolvendo numa nuvem inebriante.

Ele podia ter se considerado o homem mais sortudo do mundo se seu celular não tivesse escolhido aquele momento para soar de forma estridente no bolso do uniforme de gala.

Ela se afastou no mesmo instante, assustada. Para ele, a súbita ruptura do contato foi como se ele fosse um astronauta cruzando um planeta desolado e sem ar, e ela fosse sua única conexão com o lar e o oxigênio.

— Droga! — exclamou ele e apalpou a calça do uniforme, tentando encontrar o celular, que continuava tocando alto.

Felizmente Molly pareceu achar a situação engraçada. Ficou a certa distância, com os braços cruzados na frente do peito, rindo dele.

— Isso acontece sempre com você? — perguntou ela.

— Até demais. — Ele conseguiu puxar o celular e olhou com raiva para a tela. Por um ou dois segundos temeu que fossem os pais de Tabitha, pois ele tinha dado seu número pessoal. Como explicaria à bibliotecária que havia violado o que provavelmente era a vontade pessoal da mãe da Bebê Afrodite ao entrar em contato com a família da qual ela tinha fugido?

Mas era apenas Marguerite, que se oferecera para trabalhar até tarde em vez de ir à festa, já que boa parte de seu pessoal ainda estava procurando Beckwith, e John queria alguém competente no escritório (e Marguerite afirmava que detestava festas, de qualquer forma).

— O que é? — berrou ele ao telefone. Não pôde evitar. Estava beijando Molly Montgomery. Quais eram as chances de isso acontecer de novo?

— Bem, boa noite para você também, chefe — disse Marguerite com um alegre sarcasmo. — Desculpa incomodar, mas pensei que talvez quisesse saber que, enquanto você e todos os outros estavam aí em Jasmine Key, se divertindo, o Ladrão do Colégio andou ocupado.

John deu uma olhada em Molly. Ela havia se virado porque a Sra. Tifton e vários de seus amigos tinham chegado ao bar, todos falando ao mesmo tempo. A Sra. Tifton estava acenando com o celular, parecendo alarmada.

— Ah, é mesmo? Ocupado fazendo o quê? — Mas John tinha quase certeza de que já sabia a resposta.

— Roubando a casa de Dorothy Tifton — respondeu Marguerite, confirmando suas suspeitas — enquanto ela estava aí com você.

CAPÍTULO 13

• Molly •

Molly nunca estivera na cena de um crime antes. Bem, tirando aquele dia na biblioteca.

Ela não tinha a menor intenção de ir parar em outra cena de crime, mas a Sra. Tifton insistira que, se *todas* as suas amigas não fossem junto com ela no barco de volta à Ilha de Little Bridge, para ajudá-la a inspecionar os danos que o Ladrão do Colégio fizera em sua casa, ela não sabia como iria sobreviver emocionalmente àquela noite.

O delegado não pareceu muito satisfeito com isso, considerando-se que manteve os lábios apertados durante toda a viagem... Aqueles lábios que poucos minutos antes estavam pressionados de forma tão tentadora contra os dela.

Mas Molly se recusava a pensar nisso. A situação era séria, e ela pretendia se manter focada no assunto em questão, e não no fato de que, pouco antes, os braços musculosos do delegado estavam abraçando-a tão forte que ela mal conseguia respirar, e que ele a beijava como se sua vida dependesse disso.

John tinha decidido que a Sra. Tifton poderia entrar com *uma* amiga na casa "nesse momento difícil". As demais tinham de esperá-la do lado de fora, para "não comprometer a cena do crime".

— E eu — ele tinha acrescentado — vou escolher essa amiga.

Foi assim que Molly se viu sentada em um dos sofás branquíssimos na sala de estar da Sra. Tifton, observando o cenário ao seu redor e se esforçando muito para não pensar nos lábios do delegado.

— Eu só não entendo como ele fez isso. — A Sra. Tifton estava chorando, e não era a primeira vez. Ela vinha choramingando aquela mesma ladainha, ou algo semelhante, desde que tinham saído de Jasmine Key. — Eu sempre tranco todas as portas. E tenho um sistema de alarme!

Era verdade. Ao contrário das vítimas anteriores do ladrão, a Sra. Tifton tinha trancado todas as portas francesas de sua bela sala de estar, de pé-direito alto, que davam para a piscina nos fundos.

Mas nem isso nem o alarme de segurança inibiram o ladrão, que havia simplesmente quebrado o vidro mais próximo da maçaneta dourada da porta, enfiado a mão por dentro para destrancá-la e então pegado tudo que conseguira carregar no espaço de tempo entre o toque do alarme e a chegada do primeiro policial à cena do crime — tempo esse que acabou sendo de sete minutos, explicou John.

— *Sete minutos?* — repetiu Molly, lançando um olhar incrédulo na direção de John.

Mas ele a ignorou. Estava ocupado encarando seus policiais — não os peritos criminais, que tentavam recolher impressões digitais da maçaneta ou tiravam fotos do que acreditavam ser pegadas do ladrão no tapete limpíssimo da Sra. Tifton —, mas uma mulher jovem, magra e loura, e um rapaz igualmente magro, que aparentemente tinham sido os primeiros a chegar.

— Uns garotos estavam treinando arremesso no estacionamento do Café Cubano, chefe — gemeu o policial, que tinha o nome Swanson impresso no distintivo. — Demoramos um pouco para controlar a situação e chegar aqui.

— Garotos treinando arremesso no Café Cubano? — O delegado ergueu uma das sobrancelhas escuras. — Ou será que era Carmelita distribuindo café *con leche* de graça novamente?

Os jovens policiais baixaram os olhos para os sapatos, parecendo tão humilhados que Molly quase sentiu pena deles.

Ela também se deu conta do porquê John só tinha permitido que ela entrasse na casa. Imagine o que Meschelle Davies podia fazer com essa informação. *"Policiais ocupados aceitando suborno deixam o Ladrão do Colégio escapar"* era apenas uma das muitas manchetes que Molly podia imaginar no *Gazeta* do dia seguinte.

— Não tinha nenhum garoto treinando arremesso, senhor — a policial teve a coragem de dizer de repente. — Mas também não tinha ninguém oferecendo café de graça. São os alarmes das casas, senhor. Eles costumam disparar sem nenhum motivo. Às vezes, quando o vento está muito forte, eles disparam. E aí a gente sai correndo, mas, quando chega, constata que é alarme falso.

— E o vento estava muito forte essa tarde, policial Juarez? — perguntou John em um tom que fez Molly agradecer por não ser a policial Juarez.

— Bom, não, senhor — respondeu a policial, docilmente. — Foi uma noite bem calma, no que diz respeito ao tempo.

— Certo. Assim como imagino que estivesse bem calmo no estacionamento do Café Cubano. Vocês dois quiseram terminar o café antes de vir até aqui verificar o que provavelmente pensaram que seria outro alarme falso. Mas não era alarme falso, era?

Tanto Swanson quanto Juarez mantinham os olhos no tapete, que, como o sofá onde Molly estava sentada, era branco-neve, exceto por diversas pegadas cinzentas que os peritos criminais estavam medindo, fotografando e das quais coletavam o que Molly supôs serem amostras de terra, embora parecesse óbvio para ela que a terra tinha vindo da área da piscina no jardim da Sra. Tifton.

— Não, chefe, não era. — Só Juarez teve coragem de responder. — Desculpa, chefe.

— Vão fazer seus relatórios — disse o delegado, com a voz severa. — E pare de me chamar de chefe.

Dispensados, os dois jovens policiais se afastaram depressa, de cabeça baixa, envergonhados. John voltou a atenção novamente para a Sra. Tifton, que estava aconchegada no sofá ao lado de Molly, bebericando chá com sua poodle, Daisy, no colo. A Sra. Tifton havia insistido em preparar chá para todos, uma mistura especial de ervas que ela trouxera de um retiro de ioga na Índia. Até então todos tinham recusado, exceto Molly, que não quis ser indelicada.

— Então, Sra. Tifton, o que exatamente está faltando aqui? — perguntou John.

— Bem, como eu disse aos outros policiais, não tenho cem por cento de certeza. Sei que deixei meu iPad bem aqui. — Ela tocou a mesa de centro à sua frente, onde estava o aparelho de chá e onde havia vários livros de arte grandes e com a capa envernizada. — E é claro que agora se foi. E a câmera do Norman, uma Leica muito cara, também desapareceu daquela estante ali. E não estou vendo meus óculos escuros. Mas talvez eu os estivesse usando. Molly, eu estava usando meus óculos escuros? Talvez estejam na minha bolsa...

— Você estava de óculos escuros. — Molly pousou a mão com delicadeza no ombro da viúva. — Lembra? Você pôs os óculos quando estávamos à mesa e o sol começou a bater nos seus olhos.

— Ah, certo! — A Sra. Tifton pousou a xícara de chá e abriu a bolsa de festa, que estava no sofá ao lado dela. — Sim, aqui estão eles. Então ele não levou meus óculos escuros. Mas meu iPad e a Leica do Norman desapareceram mesmo. Ah, isso é muito perturbador. O Norman amava aquela Leica. E não se consegue mais comprar uma dessas. Foi uma das primeiras do tipo digital, mas de bolso. E ainda funcionava muito bem.

John assentiu e escreveu alguma coisa em seu bloco de notas impermeável, que ele aparentemente levava para todos os cantos, inclusive para bailes beneficentes. Molly tentou não reparar em como as mãos dele eram fortes, nem imaginar como seria sentir aquelas mãos em várias partes de seu corpo.

Felizmente, ela foi poupada desses pensamentos nada profissionais por outra policial que ela não reconheceu — tratava-se de uma mulher mais velha, de cabelos escuros enrolados e cheios, presos em um coque apertado na nuca e uniforme de uma cor diferente — e que entrou na sala de estar por uma das portas francesas abertas. Estava segurando um saco de papel.

— Chefe — disse ela —, acho que encontramos uma coisa.

O delegado fechou o bloco de notas com um estalo.

— Ah, é isso que eu gosto de ouvir. O que conseguiu, Marguerite?

John atravessou a sala para falar com a policial, em cujo crachá se lia *Sargento Ruiz*. Molly não queria passar a impressão de que estava escutando a conversa alheia, mas também não quis perder nem uma ínfima parte da primeira investigação criminal de que participava (obviamente a busca pela mãe da Bebê Afrodite não contava, porque ela já tinha sido encontrada e claramente não era uma criminosa).

Então, ela perguntou à Sra. Tifton, alegremente:

— Mais chá?

E, antes que a idosa pudesse responder, ela se apressou em encher a xícara, colocando-se numa posição perfeita, do outro lado da mesa de centro, para escutar os policiais.

— Encontrei lá fora, nos fundos — dizia a sargento Ruiz em voz baixa, abrindo o saco de papel e mostrando ao delegado o que estava lá dentro. — Estava pendurado numa das buganvílias que cercam a casa.

John assentiu.

— Talvez tenha ficado preso na hora da fuga.

— Faz sentido que ele tenha preferido deixar para trás a correr o risco de ser apanhado.

— Mas poderia ser dela. — Com a cabeça, John indicou a Sra. Tifton, que estava atendendo o celular (que não parava de tocar desde que a notícia da invasão à sua casa se espalhou pela ilha, e não deixou ninguém a convencer a não atender). Ela estava contando, mais uma vez, que tinha tido sorte por ter levado Daisy com ela ao baile, pois quem poderia saber o que aquele ladrão malvado poderia ter feito à pobrezinha se a tivesse encontrado ali, sozinha e indefesa (embora Molly uma vez tivesse visto Daisy avançar numa galinha na biblioteca, então ela não tinha tanta certeza de que a cachorrinha era assim tão indefesa).

A sargento Ruiz balançou a cabeça.

— Como? Arrebentando uma corda do varal? Não vi nenhum varal, e isso não faz muito o estilo dela. Meu filho tem um igual. É de homem.

— Só tem um jeito de descobrir — disse o delegado, dando de ombros. Então pegou o saco de papel das mãos da sargento, virando-se justamente quando Molly pousava o bule de volta na mesa de centro. Eles quase colidiram.

Ela achou que tinha conseguido disfarçar ao sorrir e levantar o bule no alto, perguntando:

— Chá, delegado?

Ele olhou para ela com uma expressão cômica — cômica para ela, de qualquer maneira. Sua boca estava retorcida, como se ele estivesse tentando não sorrir — afinal, aquela era uma situação séria —, mas os olhos azuis dele brilhavam, animados.

— Obrigado, Srta. Montgomery, mas agora não. — Ele se virou para a dona da casa. — Sra. Tifton, isso foi encontrado agora no seu quintal. Parece familiar?

Ele puxou uma peça preta do saco de papel, usando a caneta que estava anotando minutos antes em seu bloco para não contaminar o objeto com o seu DNA (ou assim Molly supôs). Ela demorou um instante para perceber que se tratava de um moletom com capuz.

Um moletom com capuz preto, exatamente como o que Elijah usava quase todos os dias, apesar do calor que fazia na Ilha de Little Bridge.

Molly sentiu um aperto no peito.

Não. Não, não era possível.

— O que é isso? — perguntou a Sra. Tifton, curiosa. — Uma camisa?

— Um blusão de moletom com capuz — respondeu a sargento Ruiz. — Um moletom masculino, tamanho pequeno.

A Sra. Tifton balançou a cabeça, atordoada.

— Não, não é meu. Nem do Norman. Ele usava tamanho grande. E jamais vestiria uma coisa dessas. Ele gostava de blusas grandes, soltas e de mangas curtas. E nunca usava preto. E é claro que doei todas as coisas dele para o Exército de Salvação já faz um tempo. Ficaram muito gratos. Eles precisam mesmo de roupas masculinas, como vocês sabem.

John se permitiu sorrir dessa vez. Foi um sorriso gentil e paciente.

— É bom saber, Sra. Tifton — disse ele. — A senhora conhece alguém que poderia usar um agasalho como esse?

Elijah, pensou Molly, sentindo-se um tanto enjoada. *Elijah usa um casaco como esse. Mas não pode ser o dele. Ele jamais faria uma coisa dessas.*

Só que ele tinha se gabado de ser o Ladrão do Colégio.

— Não — respondeu a Sra. Tifton. — Mas acredito que seja possível que eu conheça. Tenho muitos amigos, especialmente agora que Norman se foi. Ele não gostava muito de socializar, mas, com a partida dele, as pessoas têm sido muito boas para mim, e tenho recebido muitos convites...

Molly se perguntou se John compartilhava de sua opinião: que a Sra. Tifton estava recebendo muitos convites porque era a viúva mais rica de Little Bridge, e todos queriam que ela fizesse doações para suas respectivas causas. Mas esse pensamento parecia ser mesquinho demais, e provavelmente nunca ocorreria ao delegado. A Sra. Tifton estava sempre alegre e doce, o que também era outro motivo para que fosse tão popular.

— ... e me parece indelicado não aceitar, então acabei conhecendo muitas pessoas, principalmente jovens, que poderiam usar um moletom como esse. Todos os rapazes da Companhia de Teatro de Little Bridge, por exemplo. Mas você acha mesmo que um deles pode...?

— De jeito nenhum — respondeu John, com calma. — Foi só um palpite.

— Vamos fazer uma coisa — começou a sargento Ruiz, então tirou a caneta da mão de John e levou o moletom para mais perto da Sra. Tifton. — A senhora se incomodaria de cheirar isso, por favor, Sra. T.?

A Sra. Tifton ficou surpresa... mas nem de longe tanto quanto Molly, que nunca, em todos os seus anos de experiência lendo histórias sobre crimes ou assistindo a esse tipo de conteúdo, tinha ouvido falar de pedir a uma vítima que cheirasse a peça de roupa de um suspeito. O que será que havia de errado com a delegacia de Little Bridge?

— Cheirar? — A surpresa da Sra. Tifton tinha se transformado em perplexidade.

— É. — Tanto a sargento Ruiz quanto o delegado Hartwell tinham no rosto uma expressão de perfeita seriedade. — O olfato é um dos sentidos mais fortes — explicou a sargento —, e às vezes um cheiro pode desencadear lembranças que talvez a gente tenha esquecido ou até reprimido.

A Sra. Tifton olhou, indecisa, para Molly, que apenas deu de ombros.

— Mal não vai fazer — disse ela.

Só que, por dentro, é claro, ela estava tremendo. E se o moletom tivesse o cheiro de Elijah? A Sra. Tifton nunca encontrara Elijah, até onde Molly sabia, mas o cheiro dele era muito peculiar. Ele tomava banho — *literalmente* — de sabonete e colônia barata todas as manhãs, acreditando nas propagandas que bombardeavam diariamente os jovens com promessas de que aquilo os deixaria mais atraentes para as mulheres. Até agora, não tinha funcionado. Na verdade, parecia causar o efeito oposto.

Então seu coração disparou quando a Sra. Tifton deu uma risadinha e falou "Ah, bem, está certo", e em seguida inclinou-se para a frente e cheirou o moletom.

Molly achou que seu coração ia sair pela boca quando a viúva imediatamente se inclinou para trás, enrugou o nariz e exclamou:

— Ui! Ah, meu Deus! — e abanou o rosto.

Era exatamente assim que Molly se sentia sempre que chegava muito perto de Elijah.

— É tão ruim assim? Lembra alguém?

— Bem, é ruim. Mas acho que não me *lembra* ninguém.

— O quê? — perguntou Molly, com o coração na boca. — Tem cheiro de quê?

— Colônia masculina muito barata — respondeu a Sra. Tifton.

Molly precisou se sentar de novo. Como ia lidar com isso? É claro que não podia entregar Elijah. Ele era seu leitor, e ela se importava com ele.

Ao mesmo tempo, não podia deixar que ele saísse impune dessa situação. Era possível que estivesse infringindo a lei e prejudicando pessoas também. Obviamente o divórcio de seus pais o estava afetando muito mais do que a mãe suspeitava, e fazendo com que se comportasse de modo inaceitável.

Mesmo assim, ele teria de ser responsabilizado pelos seus crimes.

Mas ele só tinha dezesseis anos. Talvez o tribunal demonstrasse alguma indulgência devido à sua pouca idade.

— E fumaça de cigarro — acrescentou a Sra. Tifton.

— O quê? — Molly ergueu os olhos bruscamente.

— Acho que a colônia é para disfarçar o cheiro do cigarro — continuou a Sra. Tifton. — Norman costumava fumar charutos cubanos sempre que alguém lhe dava um, e esse era um truque que ele usava, achando que eu não perceberia nada. Mas eu sempre descobria!

Cheiro de cigarro? Não era Elijah! Ele nunca fumaria um cigarro. Estava sempre reclamando dos garotos na escola dele que fumavam no banheiro — o "fumódromo", como ele chamava. Debochava deles por gastarem todo o dinheiro com cigarros em vez de usá-lo com coisas mais úteis, como video games e pizza.

Não era Elijah. Não podia ser Elijah.

A menos que...

A menos que finalmente ele tivesse feito amigos, e esses amigos fumassem.

Ah, Deus.

A sargento Ruiz guardou o moletom de volta no saco de papel e o selou.

— Obrigada — agradeceu. — Foi de grande ajuda.

Molly não via como nada daquilo do que tinha acabado de acontecer poderia ser útil... a menos que já tivessem um suspeito em mente e soubessem que ele fumava e usava uma quantidade excessiva de colônia. Ela precisava descobrir, nem que fosse apenas para se acalmar.

O problema era que tinha certeza de que o delegado não ia lhe contar, ela tampouco ia violar a privacidade de um leitor compartilhando informações sobre ele — a menos que o delegado tivesse um mandado, é claro.

— Posso deixar policiais de guarda do lado de fora da sua casa hoje à noite, Sra. Tifton — John estava dizendo —, se isso a deixar mais confortável. Ou eu mesmo fico de prontidão. É o mínimo que posso fazer até que sua porta seja consertada...

— Ah, não! — disse a Sra. Tifton, que não gostava de incomodar ninguém, recusando a oferta imediatamente. — Vou ficar bem.

— Eu faço companhia para a senhora essa noite, com prazer — ofereceu-se Molly. Joanne não precisaria dela até o dia seguinte, quando estaria uma correria na pousada por causa dos checkouts na manhã de domingo. E, embora domingo fosse um dos dias mais movimentados na biblioteca, por causa do número de pais separados que costumavam visitar os filhos, ela não tinha marcado nenhuma atividade mais complicada, como decoração de biscoitos. Tinha aprendido a lição depois do que acontecera com Elijah e, é claro, com todos os confeitos que encontrara espalhados pelo chão depois. — Podíamos assistir a um filme juntas, para acalmar os nervos.

— Bem... — A Sra. Tifton parecia tentada. — Queria mesmo um momento de sossego com você, para trabalhar um pouco mais na lista de convidados para a inauguração da biblioteca. Vivo com a sensação de que estou esquecendo alguém.

— A gente pode fazer isso, com certeza. — Molly olhou rapidamente para John e sentiu um rubor de prazer quando viu que ele a olhava com aprovação.

— Então está combinado — disse ele. — Vou levar a Srta. Montgomery em casa para que ela pegue o que precisa para passar a noite aqui e depois a trago de volta. Nesse meio-tempo, meu pessoal vai limpar essa bagunça para a senhora.

Molly ficou ainda mais vermelha quando se deu conta de que John estava arrumando um pretexto para que eles ficassem alguns momentos a sós no carro dele — um imenso utilitário, que bebia muitos litros de gasolina. Não que ela esperasse que ele tivesse outro tipo de carro.

— Ah, é muita gentileza sua — disse a Sra. Tifton, encantada. — Devo dizer que a delegacia da Ilha de Little Bridge certamente presta um serviço de qualidade!

John, com os olhos grudados nos de Molly, respondeu:

— Estamos aqui para isso, senhora.

CAPÍTULO 14

• John •

Talvez a noite não terminasse sendo um completo desastre, no fim das contas. Molly Montgomery estava sozinha com ele em seu carro, não estava?

Mesmo assim, havia uma grande chance de ele pôr tudo a perder. Fazia muito tempo que não saía com ninguém. Mal tinha tentado desde que se separara de Christina. Não seria bom para a imagem do delegado ser visto em aplicativos de relacionamento ou de bobeira pelos bares da ilha.

Tudo estava correndo tão bem em Jasmine Key até Larry Beckwith III, vulgo Dylan Dakota, aparecer e estragar tudo.

O invasor da casa da Sra. Tifton só podia ter sido Beckwith. Ele era magro o suficiente para caber num moletom tamanho P e também fumava. John não ficaria surpreso se tivesse começado a usar água-de-colônia também, provavelmente de algum frasco roubado.

John sabia que o infeliz ainda estava na cidade. Ele sabia. Sentia isso. Sua única pergunta era: por quê? *Por que* Beckwith ainda perambulava pela ilha em vez de fugir? Ele provavelmente sabia que John estava atrás dele.

Bem, não havia como explicar a burrice de um criminoso.

Embora o Larry Beckwith que John conhecia não fosse burro — ele era astuto. E astuto demais para continuar em Little Bridge depois dos crimes que havia cometido desta vez.

Alguma coisa estava diferente. Se ao menos John conseguisse descobrir o que era...

Molly estava sentada com a postura bem ereta no banco do carona, ao lado dele, enquanto John a levava para a pousada onde ela morava (e trabalhava), o olhar dela grudado na estrada. Seu perfil parecia muito delicado e feminino contra a janela escura do carro. Estava estranhamente silenciosa, mas ele podia compreender por quê. O que acontecera na casa da viúva provavelmente a tinha assustado.

Ele pigarreou.

— Foi muita gentileza sua se oferecer para passar a noite com a Sra. Tifton.

Ela virou os enormes olhos escuros para ele.

— Foi muita gentileza sua se oferecer para ficar de guarda na frente da casa dela também. Não dava para deixá-la sozinha depois do que aconteceu.

— Claro.

Eles já estavam quase chegando à pousada, que ficava a apenas alguns quarteirões da casa da viúva. Esse era um dos poucos problemas de Little Bridge: tudo ficava a apenas alguns quarteirões de distância. Na maioria das vezes era uma vantagem, mas não em situações como aquela: o percurso não demoraria muito. Pelo menos ele podia contar com a viagem de volta para a casa da Sra. Tifton.

— Mas você não precisa se preocupar com a possibilidade de ele voltar. O Ladrão do Colégio, no caso.

Os olhos escuros pareceram ficar ainda maiores, provavelmente era efeito das luzes dos postes da rua, sob os quais estavam passando.

— Então você acha que foi ele? O Ladrão do Colégio?

— Bem, é o mesmo *modus operandi.*

— Exceto pela invasão. Pensei que o Ladrão do Colégio só entrasse em casas que estivessem destrancadas.

— É verdade.

John não queria dizer o que realmente pensava — que tinha sido Beckwith, e que ele tinha feito aquilo para mostrar a John que estava pouco se fodendo, além de ter a intenção de arruinar sua noite no Baile da Cruz Vermelha, pois todos na ilha sabiam que o delegado compareceria — porque poderia parecer vaidade. Que espécie de autoridade anda por aí pensando que criminosos cometem crimes com o único propósito de deixar alguém irritado?

Mas não se podia negar que alguns criminosos faziam isso, especialmente sociopatas como Beckwith.

— Vamos ter que esperar até que meus peritos terminem de processar o local do crime e ver o que encontram — disse ele.

Isso fez Molly engolir em seco e desviar o olhar.

— Mas tenho certeza de que é ele. — John apressou-se em tranquilizá-la, agora certo de que ela havia ficado assustada na casa. — E ele jamais ataca o mesmo lugar duas vezes, muito menos na mesma noite. Então você e a Sra. Tifton estarão totalmente seguras. Além disso, vou ficar na frente...

— Ah, não estou preocupada com isso. — Ela lhe dirigiu um sorriso tenso. — Chegamos.

Ele nem notara que tinham chegado à Papagaio Preguiçoso, uma grande mansão vitoriana, não muito diferente da casa da Sra. Tifton, sendo que essa tinha sido convertida em pousada. Ele parou na única vaga em frente ao estabelecimento, sinalizada com um cartaz pintado à mão que dizia: *Exclusivo para embarque/desembarque de hóspedes da Papagaio Preguiçoso*. Vagas de estacionamento eram escassas na ilha. Muitas das brigas que John e seus policiais apartavam ocorriam por causa de vagas.

Molly já estava soltando o cinto de segurança.

— Quer entrar e esperar enquanto pego minhas coisas?

Seria um convite para ir ao quarto dela? Ele não fazia ideia. Mas não ia recusar.

— Claro — respondeu, colocando o câmbio em ponto morto e seguindo-a.

Como muitas casas em Little Bridge, a Papagaio Preguiçoso era muito maior por dentro do que aparentava ser por fora. Depois que passaram pela entrada — um saguão antiquado, com uma recepção (sem funcionários àquela hora) — e pelo lounge, chegaram a um pátio gigantesco, com uma exuberante folhagem subtropical, no qual havia uma piscina enorme e reluzente no centro, iluminada em azul-turquesa. O ar estava pesado com o cheiro de cloro e dama-da-noite. Todos os hóspedes, assim como os proprietários da pousada, pareciam já ter se recolhido. Aparentemente, Molly e ele eram as duas únicas almas vivas, exceto por algumas rãs que podiam ouvir coaxando perto da hidromassagem.

Era um dos lugares mais românticos que John já vira.

Ele se virou para Molly no intuito de lhe dizer isso — ou qualquer outra coisa —, no entanto ela já corria na direção de uma escada externa que levava ao segundo andar da mansão vitoriana, onde havia uma sacada comprida que dava acesso aos quartos.

— Só vou pegar minhas coisas e já volto — disse ela. — Você pode esperar aqui. Levo só um segundo.

Ela indicou uma cadeira de ferro fundido ao lado da piscina.

— Ah — disse ele. — Ok. Ótimo.

— Posso te oferecer alguma coisa? — perguntou ela. — Uma bebida ou outra coisa enquanto espera? O bar é bem ali...

— Não, não. Estou bem.

— Tem certeza? Não é incômodo nenhum.

— Srta. Montgomery — disse ele, com um falso tom severo —, sou o delegado dessa ilha. Não posso beber e dirigir.

— Rá. — Ela deu um sorrisinho. — Sim, é claro. Mas, sabe, uma Coca ou alguma outra coisa...

— Molly, não precisa.

— Ok. Só um segundo.

Ela se virou e desapareceu.

Então, evidentemente, não era um convite para ir ao quarto dela.

Tudo bem, melhor não ir rápido demais, não é? Não era exatamente nisso que o mundo estava errando ultimamente? Todo mundo sempre correndo de um lado para o outro, sem prestar atenção ao que está fazendo, deixando de aproveitar o momento.

Pelo menos foi o que ele disse a si mesmo, decepcionado.

Então se sentou na cadeira e pegou o celular para checar as mensagens. Nada ainda dos pais de Tabitha Brighton. Se ele tivesse recebido uma mensagem da polícia com informações sobre sua filha desaparecida, teria ligado de volta na mesma hora. Não, ele teria embarcado em um avião e ido até a tal delegacia sem pensar duas vezes.

Talvez os Brighton estivessem fazendo exatamente isso. Talvez fosse por isso que não tivera notícias deles: estavam em um voo noturno do Alasca para Little Bridge.

Só que John suspeitava que os Brighton não estavam fazendo nada daquilo.

Foi nesse momento, enquanto enviava uma mensagem para Marguerite para que ela mandasse uma equipe iniciar uma busca por Larry Beckwith III em cada casa, barco e anexo vazios em Little Bridge, que um gato de pelo laranja, bem gordo e peludo, surgiu das sombras e foi andando na direção dele, miando melancolicamente.

Não que John não gostasse de gatos, mas, por outro lado, também não nutria nenhum amor em particular por eles.

Aquele gato, porém, não parecia se importar com a opinião de John nesse sentido. Deu cabeçadas contra sua canela, espalhando pelos laranja por toda a calça, e ficou miando para ele.

Em seguida, antes que o delegado pudesse fazer qualquer coisa, o animal pulou em seu colo e começou a amassar pãozinho na barriga dele com as patas de garras afiadas enquanto ronronava bem alto.

— Mas o que... — começou John, estarrecido. Porém, antes que conseguisse tirar o gato de cima dele, Molly apareceu no alto da escada, segurando uma pequena mala de mão.

— Ah! — exclamou, num sussurro alto. — Pelo visto você já conheceu Peludo, o Gato. Ele não é a coisa mais fofa?

De repente, ocorreu a John que ele gostava de gatos — ou pelo menos daquele gato —, gostava muito, muito mesmo.

— É mesmo — disse ele, acariciando a cabeça do gato e fazendo-o ronronar com ainda mais intensidade e mais alto, e também enfiar as garras mais fundo, através da camisa, na pele de John. — Ele é seu?

— Ah, não. — Molly veio descendo os degraus com muito mais leveza do que quando subira, provavelmente porque tinha trocado os sapatos de salto alto por um par de tênis. Ela também trocara o vestido cintilante por uma camisa social *oversized* e uma calça legging. — Ninguém sabe de quem é. Ele simplesmente aparece aqui, então damos comida para ele. Dorme comigo a maioria das noites, mas às vezes dorme com os hóspedes também, que o adoram. Ele é maravilhoso.

— Parece ser mesmo — mentiu John, enquanto o gato o estraçalhava.

Molly se aproximou e acariciou o gato no colo dele. Como era possível que, mesmo com uma camisa larga e legging, ele a achasse tão sexy quanto naquele vestido justo?

— Você e a Katie têm algum animal de estimação? — perguntou ela.

— Não. — Ele teve de se esforçar muito para não arremessar o gato bem longe de seu colo, tomar Molly nos braços e beijá-la de novo. — Ocupado demais. Um dia, talvez.

— Eu também, quando tiver a minha casa.

— Você, hã, tinha bichos?

— Sim, quando eu era criança, é claro. Mas nunca morei num lugar só meu que permitisse animais.

— Entendo.

Aquilo era insuportável. A proximidade dela — seu perfume doce e fresco — estava enlouquecendo John. Ao fazê-lo esperar ali, ela deixara claro que não haveria mais pegação, então ele ia aquiescer à vontade dela, mas era difícil. Depois de conseguir desgrudar as garras do gato de sua camisa, colocou-o gentilmente no chão, tentando não se deixar abater com o monte de pelos de cor laranja cobrindo a calça do uniforme de gala recém-lavada. Então se levantou.

— Bom, acha que pegou tudo de que precisa?

Ela pareceu surpresa com a mudança abrupta no humor dele.

— Sim, estou pronta. Mas...

Ele parou.

— Mas...?

— Bem, eu queria te perguntar uma coisa.

Aleluia. *Você gostaria de subir?* Era o que ele tinha esperança de que ela perguntasse.

— O quê?

— Existe alguma possibilidade... quer dizer, você não acha que o Ladrão do Colégio poderia realmente *estar* no ensino médio, acha?

O *quê?* Aquilo não era o que ele tinha imaginado — ou esperado — que ela perguntasse.

— Como assim?

— Sei que parece maluquice, mas outro dia um de meus leitores estava se gabando de ser o Ladrão do Colégio. O mais louco é que ele está no ensino médio. Acho que estava falando isso para chamar atenção.

— Estava — disse John, bruscamente.

— Você acha? — A expressão dela era de preocupação. — É só que, hoje à noite, na casa da Sra. Tifton... Bem, ele usa um moletom exatamente como aquele e se encharca de perfume todos os dias...

— Não é ele — disse John. Estava começando a entender por que ela parecia tão preocupada no carro. Molly não estava assustada com o que tinha acontecido na casa da Sra. Tifton. Estava com medo da pessoa que ele ia prender. — Depois do que aconteceu hoje, estou bastante seguro de que sei quem esse ladrão é, e não é um menino do ensino médio. Muito menos um menino do ensino médio que vai à biblioteca e diz ser o Ladrão do Colégio para tentar impressionar você.

Mesmo à luz azul ondulante da piscina, ele conseguiu ver o rosto dela enrubescer.

— Ah, não acho que ele esteja tentando me impressionar. Acho que só está passando por um momento difícil. Os pais estão se divorciando, e ele não tem muitos amigos, e...

— Podemos voltar? — perguntou ele, de repente.

Ela o encarou, confusa.

— Voltar para onde?

— Para mais cedo, quando você estava me ensinando a dançar.

Agora ela parecia ainda mais confusa.

— Você quer dançar? Agora?

— Não — respondeu ele, e a tomou nos braços. — Quero beijar você.

— Ah! — Ela ergueu o rosto e sorriu para ele, sem nenhum sinal de confusão agora, e largou a mala de mão. — Por mim, tudo bem.

Quando ele se deu conta, os braços de Molly estavam ao redor de seu pescoço, o corpo dela colado ao dele, e ela o beijava. John levou menos de um segundo para perceber que ela tinha tirado o sutiã lá em cima, quando foi pegar as coisas e trocar de roupa. Podia sentir os mamilos firmes roçando em seu peito.

O coração dele martelava com força contra as costelas.

A noite estava tomando um súbito desvio para melhor.

Ele se esqueceu de todos os seus problemas com Katie e a apresentação de mãe e filha, a bebê abandonada e Tabitha, e até mesmo do Ladrão do Colégio e Larry Beckwith III (que provavelmente eram a mesma pessoa), ali abraçado a Molly. O corpo dela, tão quente e vivo, era como o céu em seus braços, e os lábios, como o paraíso. Por alguns segundos, ele perdeu a cabeça, esquecendo que estavam parados ao lado da piscina, no pátio da Papagaio Preguiçoso, onde, a qualquer momento, alguém poderia olhar da janela do quarto e vê-los. Para John, parecia que os dois estavam em um mundo de fantasia.

Talvez tenha sido por isso que ele fez o que fez em seguida — algo que jamais faria em outras circunstâncias. Mas estava excitado demais com a sensação dos lábios dela nos dele e com o aroma da dama-da-noite e os sons que Molly emitia baixinho, pequenos arquejos de desejo...

Realmente não foi nenhuma surpresa quando uma das mãos dele deslizou por baixo do tecido macio da camisa de Molly, e em seguida envolveu a pele ainda mais macia de um dos seios dela. Ela moveu a cabeça para fitá-lo, espantada — então um sorriso lento e malicioso se espalhou pelos seus lábios, e ela o puxou mais para perto, pela frente da camisa.

Tudo teria sido perfeito se um celular — o dela, dessa vez — não tivesse começado a tocar.

— Droga — disse ela, e soltou John tão bruscamente que ele sentiu o vento esfriar todos os pontos do corpo dele onde o dela estivera pressionado, mesmo a temperatura do lado de fora estando quente. Eles realmente tinham feito a temperatura subir.

— Deve ser alguém da minha família — disse ela, procurando

o telefone na bolsa. — Só eles ligam tão tarde. Todos moram em um lugar com fuso horário diferente. Desculpa...

Mas não era ninguém da família dela.

— Ah, Sra. Tifton — disse Molly, lançando a John um olhar cômico, fingindo terror, quando atendeu a ligação. — Não, me desculpa, estamos voltando agora. Acabei demorando um pouco mais do que... sim, claro, posso comprar no caminho. Não, não, problema nenhum. Claro, eu entendo. Não, é um prazer ajudar. Daqui a pouco estaremos aí. Ok. Tchau.

Ela desligou e se virou para John com os olhos arregalados.

— A Sra. Tifton quer saber se podemos levar uísque para ela. Está sem nenhum em casa e acha que tomar um pouco no chá vai ajudar a acalmar os nervos depois do que aconteceu.

John respirou fundo para se acalmar. Achou que uma dose de uísque também lhe cairia bem.

— Podemos levar, com certeza.

— Sim. — Molly prendeu uma mecha rebelde de cabelo atrás da orelha. — Tem um monte de uísque aqui no bar, na verdade. Posso pegar uma garrafa emprestada e repor amanhã de manhã. Duvido que a gente ache algum lugar aberto agora.

— Tem razão. — John não quis corrigi-la, porque com toda certeza não levaria a bibliotecária da seção infantil ao Bar do Ron, que ficava aberto vinte e duas horas por dia e que também vendia bebidas alcoólicas, e onde ele tinha apartado muitas brigas, inclusive frustrado várias tentativas de assassinato.

— Vou buscar uma garrafa — disse Molly. Ela estava corada sob a luz que vinha da piscina que tinha o formato de um rim, corada e mais linda do que qualquer outra mulher que ele já vira. — E depois provavelmente deveríamos...

— Ir. — Ele terminou a frase por ela, embora a ideia de se despedir daquela mulher estivesse acabando com ele.

Ela deu um sorriso, um pouco pesaroso, ele achou. Será que ela estava pensando a mesma coisa?

— Sim. Mas talvez...

— Podemos fazer isso de novo, outro dia? Outra... aula de dança?

O sorriso se alargou.

— Podemos. Seria ótimo.

Ele teve a sensação de que seu coração ia explodir de alegria.

Que, infelizmente, não durou.

CAPÍTULO 15

• Molly •

Molly não conseguiu dormir direito naquela noite. Não porque estava numa cama estranha — o quarto de hóspedes da Sra. Tifton era um dos mais luxuosos onde ela já pernoitara, uma suíte com TV de tela plana e lençóis que a viúva contou que havia trazido de uma viagem ao Egito, com uma quantidade extravagante de fios, e macio como cashmere.

Tampouco estava preocupada com a volta do Ladrão do Colégio. Sabia que o alarme estava ligado e que era improvável que ele retornasse, especialmente enquanto houvesse um agente da lei numa viatura parada em frente à casa.

Era aquele agente da lei em especial que a mantinha acordada, junto com a lembrança dos lábios dele nos dela — sem falar naquelas mãos esguias e firmes em seu corpo.

A atração que sentia por ele a deixava surpresa. Ela não tinha nem certeza se gostava dele. Se bem que... Bom, ela gostou quando ele doou o dinheiro que ganhou para a Bebê Afrodite. E também da disposição dele em aprender a coreografia para dançar com a filha. E, claro, gostava de vê-lo lindo de uniforme. E era muito, muito bom sentir o corpo dele contra o dela naquele uniforme.

Ok. Ela gostava dele. Muito.

Pensou em sair da cama e ir furtivamente até sua viatura. Quando espiou pela fresta da cortina da janela de seu quarto de hóspedes, viu-o sentado ao volante do carro estacionado, banhado pela luz da rua, bebericando café e evidentemente escutando alguma coisa no rádio, porque tamborilava os dedos no volante. O *que ele estaria escutando?*, ela se perguntou. Ela, é claro, escutava podcasts de *true crime*, mas duvidava muito que fosse isso que policiais escutassem. Ninguém tamborila os dedos ouvindo podcast.

Estava morrendo de curiosidade — e não apenas de saber o que ele ouvia. Ela podia arrumar uma desculpa qualquer para descer e ir vê-lo — levar mais café, talvez, ou um livro da vasta biblioteca de romances da Sra. Tifton —, e assim descobrir a resposta para todas as suas perguntas, a maioria das quais era sobre o que havia debaixo daquele uniforme de gala.

Mas aquilo parecia errado. Ele saberia que ela só estava ali por um único motivo, e estaria absolutamente certo. Não queria parecer desesperada, como Elijah diria, embora estivesse.

Além do mais, esgueirar-se para fora da casa para matar sua vontade não seria correto, especialmente com a Sra. Tifton, que dormia no final do corredor, contando com a proteção dela (sem mencionar o fato de que poderia acordar Daisy, a cachorrinha da dona da casa, que estaria alerta ao mais leve movimento). Molly era uma mulher adulta, não uma das adolescentes retratadas nos livros que emprestava na biblioteca todos os dias. Decidiu que não agiria como tal.

E John garantira a ela, durante o trajeto de volta à casa da Sra. Tifton, que eles iam sair para jantar — por algum motivo, ele queria muito levá-la para "comer um filé" — em breve. Assim que estivessem livres um dia. O que, John dissera várias vezes, não seria tão difícil.

— A menos que você esteja muito atarefada nos próximos dias. — O nervosismo transparecia na voz e na pegada forte do volante. — Eu só tenho o Dia da Segurança nos Barcos. Mas depois estou livre.

— Você também quer aprender "Single Ladies" para as Parguitas. — Molly não resistiu a uma leve provocação. — E solucionar alguns crimes.

— Bem, hã, claro, isso também. — Ele lhe dirigiu um sorriso surpreendentemente tímido. — Mas depois seremos só nós dois na Churrascaria da Ilha. Eles fazem o melhor filé de costela que você já comeu na vida. Você come carne, não é? Não é vegana ou tem alguma restrição?

— Não sou, não. Gosto de carne. — Ela não quis lembrá-lo de que vinha de um estado conhecido por ter a melhor carne bovina do país. Achou fofo o fato de ele aparentemente ter se esquecido disso. — Tento não comer todo dia, mas...

— Não, não. Eu também. Pelo que dizem, não é bom para a gente nem para o meio ambiente. Mas, de vez em quando, numa ocasião especial, não faz mal.

Molly não conseguiu evitar sorrir com o fato de ele considerar uma ocasião especial os dois saírem para jantar. Na verdade, ela se sentia como se não tivesse feito outra coisa senão sorrir desde que tinham se beijado. Os músculos de seu rosto estavam começando a ficar doloridos.

Mas ele era tão doce, de um jeito masculino e brusco... Então ela aceitou o convite para comer um filé no jantar qualquer dia, ainda a ser marcado.

E em vez de sair da casa furtivamente até a viatura policial dele, Molly se deitou na cama macia como uma pluma, levantando-se apenas uma vez para espiá-lo, perguntando-se se ele estaria pensando nela também. Finalmente, conseguiu adormecer assistindo a um programa de culinária na televisão gigantesca do quarto de hóspedes da Sra. Tifton.

Só acordou perto das oito horas, quando ouviu os latidos animados de Daisy e a Sra. Tifton tentando fazê-la ficar quieta — ela estava levando a cadelinha para o primeiro passeio do dia e não queria perturbar Molly.

Molly, porém, já estava de pé e correu para a janela, só para descobrir que John tinha sumido, provavelmente deixara a vigília para dormir um pouco. Ou pelo menos era o que ela esperava que ele tivesse feito. Se os crimes aconteciam vinte e quatro horas por dia, quando é que os delegados dormiam? Ela nunca tinha se perguntado isso, mas agora não conseguia evitar. Não parecia justo. Coitado do John. Não era de admirar que ele fosse tão rabugento a maior parte do tempo.

Claro que o fato de ela estar na biblioteca algumas horas depois, como acontecia praticamente todos os dias desde sua chegada a Little Bridge, era diferente. A biblioteca ficava fechada à noite. Sua presença ali não se devia ao fato de as pessoas estarem cometendo crimes, e sim porque precisavam da ajuda dela para encontrar livros ou informações que buscavam.

E, evidentemente, no caso da Hora da História de Domingo, eles precisavam que Molly montasse o teatro de marionetes e a mesa do trem, e se assegurasse de que nenhum dos pais derramasse o café que tinha levado para dentro do prédio. Comidas e bebidas, assim como animais de estimação, eram permitidos na Biblioteca Pública de Little Bridge (principalmente porque era impossível impedir que as pessoas os trouxessem), mas isso não significava que não fizessem a maior sujeira, que Molly e seus colegas tinham de limpar depois.

Foi justamente quando Molly estava ocupada limpando a sujeira de um pai particularmente desajeitado (que, tudo indicava, havia misturado *bourbon* no café e estava murmurando, sem nenhuma convicção: "Me desculpa, Srta. Molly") que Elijah apareceu e disse:

— Oi, Srta. Molly, olha o que eu trouxe.

Molly não estava exatamente no clima para as brincadeiras de Elijah, especialmente porque não tinha dormido muito e, justo naquela manhã, os hóspedes resolveram dar trabalho na recepção da pousada. Além disso, o marionetista voluntário estava atrasado.

Mas seu coração ainda estava quentinho por causa da noite anterior com o delegado. Nada podia ser realmente ruim quando um homem que era tão gentil, bonito e talentoso com as mãos — e a boca — estava interessado nela. O mundo ganhou um tom ligeiramente mais rosado naquela manhã, então nem as bobeiras de Elijah nem o café com *bourbon* derramado em cima do exemplar do livro *Six-Dinner Sid* poderiam estragar seu dia.

Até ela se virar e ver o que Elijah tinha nas mãos.

— É uma Leica — informou Elijah, exibindo orgulhosamente sua nova câmera. — Agora posso começar a filmar meus números. Quer dizer, eu podia fazer isso antes, com o meu celular, mas a câmera dá um toque a mais. Pensei em pegar alguns trabalhos de fotografia, sabe, com o jornal da escola... Talvez fazer fotos das Parguitas ou algo assim.

O sangue de Molly gelou em suas veias. Ela se esqueceu não apenas do cansaço, mas também da sensação calorosa e feliz que vinha envolvendo-a ao longo de toda a manhã. Certamente não estava mais sorrindo.

— Onde você conseguiu isso? — Ela se ouviu perguntar a Elijah, através dos lábios subitamente dormentes.

Ele baixou os olhos para a câmera.

— O quê? A câmera? Meu pai deixou numa caixa com várias outras coisas quando saiu de casa. Sei que é meio velha, mas é você que vive me dizendo que preciso me arriscar mais. Um daqueles garotos do *It: A coisa* virou o historiador da cidade ou algo assim. Sei que você me emprestou esse livro por causa do personagem comediante, mas aquele outro menino era legal, e eu estava pensando que talvez eu pudesse...

— Me dê isso — disse Molly, arrancando a câmera dele.

— Ei! — Elijah parecia chocado. — O que você está fazendo?

Molly examinou a câmera. Exatamente igual à que tinha sido furtada da casa da Sra. Tifton na noite anterior: era compacta e também digital. Parecia bem antiga — e bem cara.

Molly pegou Elijah pelo braço — notando que ele estava usando um moletom preto de capuz, mas isso não significava nada, certo? Vários garotos da idade dele usavam moletons como aquele, mesmo numa ilha tropical — e o levou até a mesa dela, embora a regra número um do bibliotecário ou bibliotecária era que você nunca, jamais tocasse num leitor, a menos que ele ou ela estivesse em perigo iminente ou necessitando de socorro médico.

Mas Elijah estava em perigo, e também precisava de ajuda imediata... só que de outro tipo.

— Ei, Srta. Molly — disse Elijah, deixando-se arrastar. Ele parecia estar achando aquilo mais divertido do que revoltante. — O que tá rolando?

Molly o empurrou para a cadeira infantil ao lado de sua mesa.

— Onde você conseguiu essa câmera? — perguntou ela de novo, talvez um pouco intensa demais.

— Caramba — disse ele. — Eu já falei. Foi do meu...

— Do seu pai, eu sei, você disse isso. Ele ainda tem o recibo? Você pode *provar* que ele comprou a câmera?

— Como eu vou saber? Provavelmente não. Ele comprou isso, tipo, há um milhão de anos. Qual é o seu problema, Srta. Molly?

Molly também se perguntava isso. John tinha assegurado a ela na noite anterior que era impossível que o Ladrão do Colégio estivesse de fato na escola. Só faltou jurar que sabia quem era o culpado e que a prisão dele era iminente.

Mas ali estava Elijah, com uma Leica usada, antiga, como a que tinha sido furtada da casa da Sra. Tifton, e cheirando

— não havia outra maneira de dizer — como a seção de perfumes masculinos de uma loja de departamentos. Ele estava era fedendo.

No entanto, não cheirava a cigarro. Pelo menos isso.

— Onde você estava ontem por volta das onze da noite? — perguntou ela.

— Onde eu estava? Onde sempre estou quando não estou aqui nem na escola: em casa, jogando *Call of Duty*.

— Você pode provar?

— Por que eu preciso provar isso? — perguntou ele. — O que está acontecendo, Srta. Molly?

Molly sentou-se à mesa, sentindo-se repentinamente cansada e derrotada. Nem mesmo a lembrança do beijo do delegado, ou da promissora expectativa do jantar, poderia melhorar seu ânimo.

— O Ladrão do Colégio atacou de novo ontem à noite, Elijah — explicou ela. Provavelmente não deveria estar revelando essa informação, mas a notícia viria a público em pouco tempo de qualquer forma. Meschelle Davies cuidaria disso. — Ele roubou a Sra. Tifton. Sabe, aquela senhora que doou o dinheiro para construir a nova sede da biblioteca? E uma das coisas que ele levou foi a Leica antiga do falecido marido dela. Era exatamente igual a essa.

Elijah baixou os olhos para a câmera na mão de Molly, sem entender.

— E daí? O que isso tem a ver comigo?

— Elijah, outro dia mesmo você estava aqui literalmente se gabando ao falar que era o Ladrão do Colégio.

— Ah, meu Deus, Srta. Molly. — Ele começou a rir. — Não vai me dizer que você acreditou nisso.

Molly olhou irritada quando ele colocou as mãos na barriga e se curvou para a frente de tanto rir.

— Isso não tem graça, Elijah — disse ela. — Tem gente nessa cidade, gente que trabalha na polícia, que pode, devido à preponderância das provas, acabar vendo você como um suspeito.

— Preponderância das provas! — Elijah estava literalmente chorando de tanto rir. — Ah, Srta. Molly!

Agora Molly estava realmente irritada. Algumas mães — e até alguns pais — estavam começando a olhar para eles, curiosos. Pior, Phyllis Robinette — a responsável por Molly ter tido a sorte de encontrar esse emprego — estava trabalhando como voluntária na recepção (como fazia na maior parte dos dias, quando não tinha aula de ioga) e havia percebido a comoção. Estava olhando para eles com a testa franzida.

— Pare com isso, Elijah — sussurrou Molly em tom urgente. — Não é engraçado.

— É, sim — contestou ele, limpando as lágrimas. — O fato de você acreditar que eu era o Ladrão do Colégio. Ah, Srta. Molly, você é mesmo uma das minhas pessoas favoritas nesse mundo.

Molly tinha aguentado até seu limite. Ela pousou a câmera e pegou o celular. Elijah continuava rindo.

— Espera — disse ele, rindo. — Para quem está você ligando? Sei que não é para a polícia. Para o Henry de novo, não. Por favor, não liga para o Henry.

— Não. — Molly não precisou consultar a agenda para ligar. Sabia o número de cor. — Estou ligando para a sua mãe.

Todo o humor desapareceu do rosto de Elijah. A maior parte da cor também.

— Ah, Srta. Molly — sussurrou ele. — *Não!*

CAPÍTULO 16

• John •

John não conseguia se lembrar da última vez que se sentira tão feliz assim. Ele assobiava "My Favorite Things" — a versão de Coltrane, não aquela do filme de que sua filha gostava tanto quando era criança — enquanto fritava bacon e ovos para o café da manhã.

Não precisava se preocupar com ninguém o importunando por comer alimentos gordurosos, porque Katie havia passado a noite com uma amiga do grupo de dança e só voltaria para casa depois do meio-dia. A casa era só dele, para fazer o que quisesse.

E o que queria era tomar o café da manhã e pensar em Molly Montgomery, pelo menos no pouco tempo que tinha antes de voltar para a delegacia e descobrir uma forma de pegar Larry Beckwith III.

Foi enquanto pensava em Molly Montgomery e na maciez inacreditável de sua pele que seu celular tocou. Ele olhou para a tela, irritado com a interrupção, e viu que era Peter Abramowitz, o procurador do estado. Ele atendeu antes do segundo toque.

— Pete — disse. — Como vão as coisas?

— Você é quem tem que me dizer. — Pete soava casual e bem-humorado como sempre. Como qualquer surfista que se preze, ele não perdia tempo com coisas que não importavam, e essa era uma das razões pelas quais John gostava dele. — O que aconteceu ontem à noite?

— Beckwith atacou a casa da Sra. Tifton. — John mastigou um pedaço de bacon. — Pelo menos, eu tenho quase certeza de que foi ele. Ainda estou esperando Murray me retornar com as impressões digitais. Mas não tenho dúvidas de que vão ser compatíveis. Mandei todos os policiais da equipe vasculharem a ilha em busca daquele idiota. Nós vamos encontrá-lo e, quando isso acontecer, preciso que você o segure dessa vez. Não me importo com os advogados figurões que o pai dele vai arranjar, quero que você aperte...

— Não é sobre isso que estou falando. — Pete estava rindo. — Disso eu já sei. Estou falando de você e da bibliotecária.

John parou de mastigar. De repente, sentiu um frio na espinha, embora Katie mantivesse o ar-condicionado em meticulosos vinte e quatro graus, ou seja, quente demais para ele. Mas a filha, como muitos de sua geração, estava sempre atenta para não desperdiçar recursos preciosos, temendo pelo planeta e seu fim iminente. — O que você quer dizer com isso... eu e a bibliotecária?

— A nova bibliotecária da seção infantil. Aquela com quem você estava se atracando ontem à noite no bar em Jasmine Key.

Atracando? John teve de tomar um gole rápido de café para não se engasgar com o bacon.

— Não pense que não vi. — Pete se mostrava praticamente exultante. — Todo mundo viu. Vocês não poderiam ter sido mais óbvios.

— A gente não estava se *atracando* — disse John, quando finalmente conseguiu falar. — A Srta. Montgomery, Molly, é uma mulher muito gentil e inteligente, e estávamos apenas...

— Meu Deus! — Agora Pete estava explodindo de tanto rir. — Estou brincando com você. Não que todos nós não tenhamos visto vocês dois se beijando. Mas acho ótimo. Há quanto tempo você não sai com alguém? Desde que você se separou da Christina, certo? E, antes disso, quando foi? No ensino médio?

Não é verdade que a Christina foi basicamente a única mulher que você já...

— Tudo bem. — John estava de pé, nem se lembrava mais do café da manhã nem do Coltrane. — Não precisamos entrar em detalhes sobre esse assunto. Ainda mais porque não aconteceu nada ontem à noite. Recebi a ligação sobre a casa da Sra. Tifton e levei Molly até a pousada. — Ele não achou que fosse necessário informar seu amigo tagarela sobre os detalhes do que aconteceu depois que levou Molly para a pousada. — Fim da história.

— Mas você vai vê-la de novo, não vai? — Além de ser um excelente advogado, exceto no caso Beckwith, Pete Abramowitz era um amigo bom e solidário. Nunca havia perdido uma apresentação das Parguitas desde que Katie entrara no grupo, e levava todos os seus parentes, inclusive a mãe idosa, ao zoológico da cadeia quando eles vinham visitar Little Bridge nas férias. *Olha, aquele ali é um criminoso condenado com um coelho de orelhas caídas no colo. Vá em frente, pode acariciá-lo.* — Você gosta dela, ela gosta de você, blá blá blá?

John voltou a pensar na noite anterior. A maciez da pele de Molly quando ela passou os braços em torno do pescoço dele e pressionou seu corpo contra o dele. Os ruídos leves que ela emitira enquanto ele a beijava. A avidez com que seu mamilo havia enrijecido sob a palma de sua mão quando ele envolvera seu seio.

— Acho que sim — concordou ele, então pigarreou. — Sim, eu gosto dela e acho que ela gosta de mim. Eu a convidei para jantar essa semana, e ela aceitou.

Pete gritou tão alto que John teve de afastar o celular do ouvido.

— É isso que eu gosto de ouvir — disse ele. — Agora, não estrague tudo.

— Como eu vou estragar tudo?

— Olha, acabei de falar que já faz um tempo desde a última vez que você saiu com alguém, amigo. As regras mudaram. Não pense que você pode levar essa pequena bibliotecária para jantar e depois partir para dentro.

John estava horrorizado.

— Eu não estava planejando fazer isso.

— Ótimo. Porque é preciso três encontros para isso, amigo.

— Antes que possa partir para dentro?

— É o que estou dizendo. A menos que ela parta para dentro primeiro.

— Muito esclarecedor. Obrigado pela informação, Sr. Procurador.

— Ah, e nada disso — disse Pete. — Nada de agir como um pai rabugento em vez de se comportar como um cara da sua idade. Ela não vai gostar disso.

John estava ofendido.

— Eu não estou agindo como um pai rabugento.

— Está brincando, né? Posso apresentar você para o delegado John Hartwell? Não posso tomar mais de uma cerveja durante a semana. Minha calça está muito apertada. As músicas que essa garotada ouve hoje em dia só têm palavrões. Não pise no meu gramado.

Embora algumas dessas coisas soassem ligeiramente familiares, John ainda se sentia irritado.

— Essa última eu nunca falei. E, se exagerar na cerveja, sua calça vai ficar apertada, a menos que você malhe. Isso é um fato.

— Só vai devagar com a bibliotecária, tá? Não vai fazer nenhuma besteira.

— Tipo partir para dentro antes do terceiro encontro?

— Tipo mandar uma mensagem para ela imediatamente. Ou levar flores quando vocês ainda nem...

Felizmente, entrou outra ligação. Quando John olhou para a tela do celular, viu que era a Dra. Nguyen.

— Pete — disse ele. — Preciso desligar. É a obstetra. Ela provavelmente está ligando por causa da bebê abandonada ou da mãe da criança.

— Falo com você mais tarde, amigo. — A voz de Pete soava alegre, como sempre. — E me mantenha informado sobre...

John clicou na tela, passando para a outra ligação. Como era de costume, a Dra. Nguyen não perdeu tempo com amenidades. O que lhe faltava em simpatia sobrava em competência.

— Pode vir interrogar a mãe agora, se quiser, John. Ela saiu da UTI.

John achava que sabia de quem ela estava falando, mas, como parecia bom demais para ser verdade, perguntou só para garantir:

— Tabitha Brighton?

— Correto. Conseguimos baixar a temperatura dela, que já está normal, mas a menina ainda está um pouco fraca por ter perdido sangue. Então, por favor, não exagere.

— Mas ela vai ficar bem?

— Sim, vai ficar tudo bem com ela — respondeu a médica. — Fisicamente. Mas mentalmente pode demorar um pouco. Ela passou por muita coisa.

Por hábito, ele pegou o bloco de notas.

— Ela falou alguma coisa para você? Quem pegou a bebê? Quem é o pai?

— Não, nada desse tipo. Dar à luz naquelas condições já é trauma suficiente. Ainda assim, ela pediu para ver a bebê e, como você sabe, nosso objetivo, assim como o do Conselho Tutelar, é reunir as mães com seus bebês, sempre que for possível. Tabitha já está segurando a filha no colo e até fez uma tentativa de amamentar. Considero os dois fatos avanços imensamente positivos.

John emitiu um grunhido.

— E está tudo bem com a criança?

— Ela está bem. Os exames toxicológicos da bebê não deram nada. Nem os da mãe.

— Então ela não estava na gandaia durante a gravidez?

— Não. Mas estou preocupada com ela, de qualquer forma. A menina não está se alimentando direito. E não quis dar um único telefonema, o que eu acho estranho. Era de se esperar que uma jovem que passou por uma situação como essa quisesse ligar para alguém. Também não houve ligação para o quarto dela nem nenhuma visita. Parte disso se deve ao fato de você ter tomado muito cuidado para que nenhuma notícia sobre ela fosse divulgada para a imprensa... Mas será que ela não tem família? Ou amigos?

— Certo. — John tamborilava a caneta contra a página que havia aberto. Não haviam encontrado nenhum telefone celular entre os pertences de Tabitha. Beckwith provavelmente o levara, assim como fizera com a bebê, e o escondera em algum lugar. — Ela tem, mas eles não parecem muito ansiosos para entrar em contato. Tem alguma coisa errada. Obrigado, doutora. Daqui a pouco estou aí.

Então, vinte minutos depois, John estava no hospital. Ficou parado na enfermaria da maternidade da pequena ilha — quatro quartos privativos e um balcão —, de braços cruzados diante da enfermeira Dani, que tinha se recuperado do estado de embriaguez em que se encontrara no baile e parecia profissional e alerta no uniforme cor-de-rosa estampado com ursinhos roxos.

— Você não costuma trabalhar no pronto-socorro? — perguntou ele.

Ela sorriu.

— Trabalho! Obrigada por lembrar. Algumas enfermeiras aqui de cima pegaram aquele resfriado que está circulando por aí, então me ofereci para ser substituta. Que semana para a equipe ficar reduzida! Desde que aquele canal de notícias nos mostrou na TV, recebemos ligações o tempo todo de pessoas implorando para adotar a Bebê Afrodite. Como se tivéssemos algum poder de decisão sobre o assunto.

John balançou a cabeça severamente. Estava acontecendo a mesma coisa na delegacia e, provavelmente, ele suspeitava, na biblioteca também. Ele se perguntou se Molly se arrependia de sua decisão bem-intencionada, mas extremamente inoportuna, de contar na TV como havia encontrado a bebê.

— Tabitha Brighton falou alguma coisa para você? — perguntou ele à enfermeira. — Qualquer dica sobre como ela veio parar aqui, quem deixou a bebê na biblioteca ou quem seria o pai?

Ele havia notado que as mulheres se abriam mais com outras mulheres do que com homens — ainda mais se fosse alguém da polícia —, e a enfermeira Dani era do tipo que gostava de conversar. Se alguém podia fazer uma menina falar, era ela.

Mas Dani o desapontou ao balançar a cabeça.

— Sinto muito, não, nada. Ela só fica lá deitada, chorando e assistindo à TV. Food Network, principalmente, o que é estranho, visto que ela não come. Nós a colocamos em um soro para hidratação, é claro, mas a Dra. Nguyen diz que, se ela não voltar a comer logo, talvez tenhamos que recorrer a um tubo de alimentação. O que é terrível, mas o que mais podemos fazer?

Ele deu de ombros.

— Se a pessoa não se ajuda, o que vocês podem fazer?

— Exato. Sinceramente, sei que o que ela fez foi horrível, mas tenho pena. Vocês não vão indiciá-la, vão? Ela é apenas uma criança.

John estava ficando um pouco cansado de todo mundo — no geral mulheres, principalmente Molly Montgomery — perguntar isso a ele. Por sorte, Marguerite escolheu aquele momento para aparecer.

— Por que demorou tanto? — perguntou John. Ele não queria falar com a menina sem a presença de uma policial mulher e preferia Marguerite a outras policiais mais jovens porque a sargento era mais experiente e tinha o radar de uma mãe para a mentira.

— Incentivo. — Ela ergueu um saco de papel que tinha um par de arcos dourados desenhados. — Ouvi dizer que a menina não está comendo.

John balançou a cabeça.

— Mas fast-food? Pensei que esses hippies ecochatos ficassem longe disso... com exceção de pizza, é claro.

— Confie em mim: quando sentir o cheiro dessas batatas fritas, ela não vai resistir. Lembro de não querer comer nada que serviam nesse lugar quando dei à luz meus filhos. Tudo parecia papa congelada. Mas isso aqui? Maná dos céus. Ela vai devorar cada pedacinho. — Marguerite não perdeu tempo ao abrir a porta do quarto da menina. — Oi, querida. Espero que a gente não esteja incomodando você.

Eles não estavam. Pelo menos era o que John achava. A menina pálida e com o rosto levemente inchado estava fazendo exatamente o que Dani disse que ela vinha fazendo — assistindo ao Food Network, as lágrimas escorrendo pelo rosto.

— Oh — disse ela quando os viu, parecendo assustada, mas não tanto. — Vocês são da polícia?

— Somos, querida — respondeu Marguerite, posicionando a bandeja de comida para que ficasse na frente dela, abrindo o saco de papel. — Esse é o delegado John Hartwell, e eu sou a sargento Marguerite Ruiz. Trouxemos uma coisinha para você comer: é só um pouco de batata frita e dois cheeseburgers. Já verifiquei com sua médica, e ela disse que está tudo bem.

John sabia que isso era uma grande mentira, mas não imaginava que tivesse muita importância. O nariz da garota se contraía como o de um coelho faminto com os aromas que saíam do saco de papel.

— Você trouxe nuggets? — perguntou ela debilmente.

— Trouxe — respondeu Marguerite. — Eu não sabia de qual molho você gostava, então trouxe todos. E um refrigerante e um milk-shake de baunilha também. Você passou por muita coisa, então precisa comer. Acredite em mim, tive três filhos nesse mesmo hospital e sei o quanto a comida daqui é ruim. Então experimente isso.

A menina, olhando nervosamente de John para a sargento, murmurou um educado "Muito obrigada" e começou a enfiar batatas fritas discretamente na boca. Ponto para Marguerite: a comida do hospital era o motivo de ela não estar comendo. Embora provavelmente tivesse traumas mais profundos envolvidos também.

— Então, Tabitha — começou John, sentando-se na cadeira de acompanhante perto da janela, que tinha uma visão deslumbrante e revigorante do depósito de lixo da ilha. — Seu nome é Tabitha, não é? Tabitha Brighton, de New Canaan, Connecticut, e você tem dezoito anos? Porque é o que diz aqui.

A menina, que estava tomando um grande gole do milk--shake, se deteve e fitou como uma coruja a carteira de motorista que ele havia tirado do bolso da frente da camisa. Ela tinha cabelos castanhos, no momento repartidos ao meio, que pendiam como cortinas de ambos os lados do rosto. Isso lhe dava a inocente aparência de uma freira.

E, como uma freira, ela não mentiu. Lentamente assentiu.

— Sim — confirmou, baixinho. — Sou eu. — Então irrompeu em um choro, dessa vez ruidoso, com grandes soluços. — Vocês vão me prender?

— Ah, minha querida — consolou-a Marguerite, movendo--se para abraçar a garota. — Shhh.

John sentiu-se agradecido por ter levado Marguerite com ele. Também se perguntou se Tabitha havia percebido que a sargento não disse não.

— Bem — continuou ele. — Por que você não me conta o que aconteceu, começando por como veio parar aqui em Little Bridge?

A menina deu de ombros levemente — era o que ela conseguia com Marguerite sentada ao seu lado na cama, os braços ainda a envolvendo.

— Eu... eu não sei. Sempre ouvi dizer que a Ilha de Little Bridge era um lugar legal.

— Certo — disse John. Ele tinha ouvido isso milhares de vezes, talvez umas cem mil, ao longo da vida. — Todo mundo acha que a Ilha de Little Bridge é um lugar legal. É um dos principais destinos turísticos dos Estados Unidos. Mas, geralmente, quando as pessoas vêm para cá, elas alugam um Airbnb ou reservam um quarto de hotel. Ninguém sai invadindo um prédio público, ocupando e vandalizando o lugar com lixo e pichações.

As lágrimas transbordaram dos olhos de Tabitha de novo. Ela parecia o ser humano mais triste que John já vira...

E, no entanto, ele pensou ter visto também uma centelha de indignação naqueles olhos cor de avelã.

— Não é porque algumas pessoas rejeitam as normas sociais e resistem à assimilação total à cultura dominante que significa que nossos valores não sejam válidos — disse ela com a voz embargada.

Era obviamente algo que memorizara de tanto repetir.

John tampouco precisou perguntar onde ela havia aprendido aquilo. Ele tinha ouvido a coisa de Little Bridge ser legal umas mil vezes. Mas só ouvira o que Tabitha estava vomitando de uma pessoa... e dos seguidores dessa pessoa.

Ele fechou o bloco de notas com um estalo.

— Muito bem, Tabitha — disse o delegado. — Onde ele está?

Ela piscou várias vezes.

— O que... de quem você está falando?

— Dylan.

— Eu... eu não conheço nenhum Dylan.

— Ah, não? Dylan Dakota?

Ela balançou a cabeça.

— N-não.

— Nunca ouviu falar dele?

— Eu já d-disse. Não.

Ela mentia muito mal. Não só evitava contato visual ao mentir, como também tinha o mesmo comportamento de Katie quando mentia, ou seja, olhava para o teto e para a direita, como se a saída para a situação difícil em que do nada se encontrava pudesse ser encontrada ali.

Isso fez John sentir um pouco mais de pena dela, mas, ainda assim, tinha de fazer o seu trabalho.

— Não me venha com essa, Tabitha — disse ele severamente. — Apenas uma pessoa nessa cidade sai por aí vomitando bobagens sobre normas sociais e resistência à assimilação total, e essa pessoa é o Dylan Dakota, cujo verdadeiro nome, caso ele não tenha mencionado, é Lawrence Beckwith III. Eu sei que ele provavelmente te contou alguma historinha sobre ter sido criado em um orfanato no Marrocos, mas adivinhe só: Larry é de Cleveland Heights, Ohio, onde o pai dele é dono de uma rede muito popular de lojas de pneus e a mãe é dona de casa. Larry estudou na Universidade Estadual de Ohio, embora eu tenha certeza de que ele gostaria que fosse Brown ou Dartmouth ou alguma outra universidade da Ivy League para que pudesse se gabar de ter desistido porque estava rejeitando as normas dominantes da nossa sociedade. Talvez seja daí que venha esse senso de direito que ele tem: o fato de que nunca obteve o diploma chique que acha que merecia em uma instituição de primeira linha. De qualquer forma, não sei a razão de nada disso e não me importo. Só quero saber onde posso encontrá-lo para prendê-lo pelo que fez com você, sua bebê e a biblioteca da Srta. Montgomery. Você tem algo a dizer sobre isso?

Ela engoliu em seco, o olhar ainda colado no teto.

— Eu... não conheço nenhum Dylan Dakota nem esse tal de Larry Beckwith. E não sei o que aconteceu comigo. Eu dei à luz, e foi lindo, e depois adormeci. — Ela finalmente o encarou de novo. Agora estava dizendo a verdade. — Quando acordei, a bebê tinha desaparecido, e uma mulher estava lá.

Marguerite havia afastado seus braços da menina e saído da cama.

— É isso que você vai dizer para a sua filha sobre o nascimento dela quando ela ficar mais velha? Como foi lindo dar à luz no chão sujo de um prédio inacabado, cercada por garrafas de bebida vazias e caixas de pizza e sem uma epidural ou qualquer ajuda médica?

— E você não adormeceu — acrescentou John. — Você desmaiou em razão da perda de sangue. Seus supostos amigos a abandonaram. Nenhum deles veio visitá-la nem mesmo telefonou para saber se você estava bem. E aquela mulher era a bibliotecária da seção infantil, a Srta. Molly Montgomery. Se ela não tivesse encontrado você, você estaria morta. O mesmo vale para a sua filha. Alguém... imagino que tenha sido seu bom amigo Dylan... colocou a bebê em uma caixa vazia de sacos de lixo e a deixou no banheiro da biblioteca. Ela teria morrido congelada se a Srta. Montgomery não a tivesse encontrado.

— E-eu não acredito em vocês. — Tabitha estendeu a mão para enxugar as lágrimas com um dos guardanapos que Marguerite lhe dera. — Foi isso que ele falou que vocês fariam.

Tentar nos demonizar por rejeitar o materialismo e a tecnologia do mundo de hoje.

— Ninguém está demonizando você, querida — disse Marguerite com voz gentil. — Estamos tentando fazer você ter bom senso. Coma um nugget de frango.

— Quem é *ele*? — perguntou John. — Dakota?

— Vocês têm medo da gente, sabe? — disse Tabitha, seus olhos ainda brilhando com as lágrimas, mas agora também assumiam um ar desafiador. No entanto, ela ouviu Marguerite e mordiscou um nugget. — É exatamente o que ele diz. Que vocês nos temem porque rejeitamos essa idealização de felicidade, encontrando propósito em uma vida sem dinheiro, financiamentos, bens materiais...

— Encontramos carregadores de celular e de laptop pela sala. — John se sentia mais triste do que zangado. — Para um grupo que rejeita bens materiais, vocês com certeza parecem gostar do Facebook.

— Só para podermos espalhar nossa mensagem de paz e amor.

— Sabe, Tabitha, estamos do lado da paz e do amor também — disse ele. — Do seu lado e da bebê. Sabemos que o que aconteceu com você foi traumático... tão traumático que você talvez não consiga encarar a realidade. Provavelmente no momento mais vulnerável da sua vida, você foi deixada para morrer por pessoas em quem pensou que poderia confiar. Deixe a gente ajudar você a encontrar essas pessoas e impedi-las de fazer isso com mais alguém. Porque, da próxima vez, pode não haver uma Srta. Montgomery por perto para salvar a menina.

Os olhos de Tabitha voltaram ao teto.

— Não haverá uma próxima vez.

— O que você está dizendo? — Ele balançou a cabeça. — Você está me dizendo que Dylan Dakota não vai se aproveitar de mais de nenhuma menina ingênua como você, engravidá-la e depois abandonar tanto ela quanto a bebê recém-nascida para morrer em algum lugar?

Pela primeira vez, ela sorriu para ele. Era um sorriso pálido e doentio. Mas, ainda assim, um sorriso.

— Sim — disse ela, olhando-o bem nos olhos. — É isso que estou dizendo. Porque o Dylan me ama. Ele me ama e ama a nossa filha também. E vai voltar para buscar a gente. Espere e verá.

CAPÍTULO 17

• Molly •

— Não, Srta. Molly.

Elijah debruçou-se na mesa de Molly e pressionou o gancho, pondo fim à ligação para a mãe dele antes mesmo que a chamada completasse.

— Por favor. *Por favor*, não liga para a minha mãe.

Molly olhou para o rosto subitamente pálido do garoto e sentiu que não tinha escolha a não ser ceder. Ele era seu leitor. Mais do que isso, era uma criança.

— Tudo bem, Elijah — concordou ela, baixando lentamente o telefone. — Então me diga a verdade. Onde você conseguiu essa câmera? E por que não quer que sua mãe saiba sobre ela.

Elijah suspirou exageradamente e se acomodou na cadeira infantil, que para ele não era tão pequena assim. Parecia um cachorrinho, com mãos e pés mais desenvolvidos que o restante do corpo.

— Ok, olha. Eu não encontrei a câmera do meu pai *do nada*. Já faz alguns dias que eu achei, então pensei o seguinte: várias garotas na escola, especialmente as Parguitas, querem fazer fotos. Não selfies, mas, assim, fotos profissionais de verdade. Elas têm esse programa de capacitação para líderes de torcida para o qual vão todo verão, e tem um desfile em Nova York. Acontece perto do Dia de Ação de Graças...

Molly tentou manter a impaciência fora de seu tom.

— O Desfile do Dia de Ação de Graças da Macy's?

— Sim, sim, é isso. É um negócio importante. Elas têm que enviar uma foto para participar e também para o programa, ou algo assim. Eu não sei. Então, quando achei a câmera do meu pai, pensei: por que não abrir meu próprio negócio me oferecendo para fazer as fotos das meninas? Quer dizer, posso cobrar bem mais barato do que o cara que elas costumam chamar. Além disso, elas me conhecem. Eu não sou nenhum estranho...

— Elijah. Essa história vai chegar a algum lugar?

— Ah, sim. — Ele enfiou a mão no bolso do jeans *skinny* e tirou algo de lá. — Desculpa. Bom, então comecei meu próprio negócio. Olha aqui.

Ele entregou a Molly um cartão de visita impresso num papel preto rígido no qual se liam as palavras ELIJAH TRUJOS, FOTÓGRAFO AUTÔNOMO gravadas numa elegante impressão prateada. Abaixo das palavras estava o número do celular dele.

— Eu distribuí na escola, e você não acredita na quantidade de Parguitas que começou a me mandar mensagens perguntando se eu podia tirar fotos delas para o formulário de inscrição. Enfim, era isso que eu estava fazendo ontem à noite.

— O quê? — Molly estava confusa.

— Eu estava na casa de uma delas... — explicou ele, estendendo a mão para a Leica, mas não para pegá-la de Molly, apenas para mostrar as fotos que tinha tirado. Havia um pequeno visor na parte detrás da câmera. — Tirando as fotos para elas se inscreverem. Está vendo?

Ele apertou alguns botões, e as fotos começaram a aparecer no minúsculo visor. Molly percebeu que estava olhando para o interior de uma sala de estar na Ilha de Little Bridge — ela reconheceu as paredes revestidas e a decoração com tema náutico —, onde várias garotas usando o uniforme das Parguitas posavam para a câmera, ora juntas, ora sozinhas. Ela reconheceu a filha de John, Katie Hartwell, imediatamente. As outras duas meninas ela não conhecia.

— Veja — disse Elijah, enquanto passava as fotos. — Foi difícil acertar a luz, porque estava muito escuro lá.

Molly podia ver que atrás de cada menina havia portas de vidro de correr — não muito diferentes das portas francesas da Sra. Tifton — que levavam ao quintal. Como as fotos foram tiradas à noite (tinha uma marcação de data no canto superior direito da tela, indicando que as fotos haviam sido tiradas na noite anterior), o vidro estava escuro, exceto pelo reflexo das meninas. Aparentemente Elijah percebeu isso em algum momento e tentou contornar o problema fazendo as garotas posarem diante de uma parede branca do outro lado da sala.

— Eu acho de verdade que consegui capturar a essência da personalidade de cada uma delas — disse ele enquanto mostrava a Molly as fotos das quais mais se orgulhava. — Como Katie, por exemplo. Ela é muito extrovertida, então fazê-la plantar bananeira foi uma ideia de última hora que tive, mas acho que funcionou muito bem.

— Tudo bem, Elijah — disse Molly. — Mas, se isso é tudo que você estava fazendo ontem à noite, por que não quis que eu ligasse para a sua mãe?

— Ah, hã, bem, porque eu meio que menti quando falei que encontrei essa câmera em uma caixa com coisas que meu pai deixou para trás. — Elijah ao menos teve a decência de parecer envergonhado. — Quer dizer, ele deixou *mesmo* a câmera para trás. Assim como me largou, largou a minha mãe e tudo que *deveria* ser importante para ele. Mas acontece que ele quer a câmera de volta. Minha mãe não para de procurar porque ele vive pedindo a câmera de volta. Só que eu peguei a câmera e escondi no meu quarto. Não acho que ele mereça que ela devolva depois de ter largado a gente.

Molly olhava para ele com a testa franzida.

— Elijah — disse ela, fingindo desaprovação.

— Eu sei. Eu sei! Mas ele não paga nem a minha pensão. O cara é um fracassado. Eu devia ficar com *alguma coisa* dele. E, de qualquer forma, se minha a mãe descobrisse que estou com a câmera *e* que estou fotografando meninas com ela, ia me matar.

Na verdade, Molly pensou que a Sra. Trujos ficaria aliviada — pelo menos em relação às meninas —, porque isso mostrava que Elijah finalmente estava saindo de sua concha e interagindo com outras pessoas da sua idade.

No entanto, ela não disse isso porque achava que Elijah estava sentindo certo prazer com essa desobediência. Em vez disso, continuou olhando as fotos, que estavam bem boas — seria difícil tirar uma foto ruim com uma câmera de tamanha qualidade — até que ela viu algo curioso e gritou...

— Elijah! Espera!

Ele parou de passar as fotos.

— O que foi? Por quê? Qual o problema?

— Volte algumas fotos. Acho que vi uma coisa... ali!

Molly pegou a câmera das mãos dele. A princípio, pensou que fosse coisa da sua imaginação.

Mas, ao olhar mais de perto uma das fotos que ele tirou das meninas na frente das portas de correr, encontrou precisamente o que achava que tinha visto.

E o que viu fez sua pele se arrepiar, embora estivesse usando um cardigã, como sempre, para se proteger do vento frio do ar-condicionado potente da biblioteca.

— Elijah, quem é esse homem? — perguntou ela, mostrando a foto a ele.

Elijah fitou o visor, semicerrando os olhos.

— Que homem?

— O homem de pé do lado de fora, no quintal, espiando por trás das portas de correr de vidro.

Elijah semicerrou um pouco mais os olhos.

— Ah, uau. Não tinha percebido isso. Você tem razão, tem um homem ali fora. — Ele avançou mais uma ou duas fotos enquanto Molly observava. — Ele aparece em algumas. Argh! Que sinistro. Ele ficou ali parado, olhando a gente.

— Então você não conhece esse homem? — perguntou Molly com cautela. — Ele não foi convidado por nenhum de vocês?

— O quê? — Os olhos de Elijah ainda estavam colados no visor da câmera. — Não! Éramos só eu e as meninas. Os pais da Sharmaine não estavam nem em casa. Tinham ido a alguma festa, ou algo do tipo. Ai, olha ele aqui. Ele devia saber que ninguém veria que estava ali porque estava muito escuro do lado de fora e muito claro lá dentro. Mas está fazendo o sinal de paz e amor assim mesmo!

Elijah mostrou a foto para Molly. Ele tinha razão. O homem — um rapaz branco, mais ou menos do tamanho de Elijah, porém uns dez anos mais velho, e com um cavanhaque bem aparado — aparecia através do vidro escurecido atrás das três Parguitas que faziam caras e bocas para a câmera, dois dedos de uma das mãos erguidos no sinal de paz e amor, com um sorriso zombeteiro nos lábios.

Ele usava jeans escuro e moletom preto — um moletom preto com o capuz puxado para cima apenas o suficiente para cobrir seus cabelos, mas não os grandes alargadores de orelha nem a tatuagem de ramos no pescoço.

E certamente não o suficiente para impedir que os calafrios de Molly se multiplicassem por dez. Ela sabia que estavam olhando para uma foto do Ladrão do Colégio... e também que o Ladrão do Colégio era Dylan Dakota. Havia uma foto dele em uma das matérias que Meschelle Davies mostrara a ela.

— Elijah — disse ela, esperando que ele não percebesse que seu coração batia descontroladamente. — Onde a Sharmaine mora?

Elijah deu a Molly um endereço que ela conhecia muito bem. Ficava a apenas alguns quarteirões da casa da Sra. Tifton. Enquanto John e ela estavam se beijando em Jasmine Key, Dylan Dakota — também conhecido como o Ladrão do Colégio — andava furtivamente pelo quintal da casa onde a doce e alegre Katie tinha ido passar a noite com as amigas, espionando-a enquanto ela fazia poses lúdicas para fotos com as Parguitas.

— Você pode me mandar uma cópia dessas fotos? — pediu Molly, tentando manter a calma. Se ela estava assustada, imagine o que John sentiria quando soubesse que sua filha, sem fazer a menor ideia, estivera bem perto do homem mais procurado de Little Bridge? — Preciso mandar essas fotos para uma pessoa.

Elijah balançou a cabeça.

— Não, não posso. É uma câmera, não um telefone. Não consigo enviar fotos com ela.

— Ah, certo. — Como ela podia ter esquecido? — Então como consigo uma cópia dessas fotos para mostrar a uma pessoa?

— Bem, eu teria que ir para casa e baixá-las no laptop da minha mãe, porque essa câmera tem um cartão de memória especial, sabe, que só pode ser lido em computadores muito antigos. Tinha um cabo, mas ele se perdeu. Então uma possibilidade seria enviar as fotos para você por e-mail, que poderia mandar para essa pessoa, ou eu imprimo e trago as cópias. Eu investi em alguns...

Parecia que a cabeça de Molly ia explodir.

— Escuta, Elijah — disse ela, seus dedos envolvendo a câmera. — Você pode só deixar a câmera comigo, e eu...

— Com licença.

Molly ergueu os olhos e viu que o pai que tinha levado o *bourbon* e o café para a biblioteca estava em frente à sua mesa. Ela lhe dirigiu um sorriso tenso. É claro. Claro que alguém ia interrompê-la justamente durante aquela conversa crucial. Ela trabalhava em um balcão de atendimento. Estava ali para ajudar as pessoas com seus problemas relacionados a livros, não para solucionar crimes.

— Pois não... Posso ajudá-lo?

— Eu só queria pedir desculpas mais uma vez por causa do livro. — O homem parecia envergonhado pelo que havia acontecido. — Se você quiser que eu arque com o prejuízo, ficarei feliz em fazê-lo.

Molly olhou para o exemplar de *Six-Dinner Sid*, que se encontrava encharcado e pegajoso em sua mesa.

— Tudo bem — disse ela. — Ótimo! São vinte e cinco dólares.

O homem pareceu chocado.

— Vinte e cinco dólares? Por um livro infantil? Você só pode estar brincando.

— Bem, é um livro ilustrado de capa dura. — Molly estava louca para se livrar dele e voltar à conversa com Elijah. — Colorido, e ainda por cima uma edição de biblioteca com encadernação especial. Então, na verdade, vinte e cinco dólares é uma pechincha. Eles são realmente...

— *Usado!* — O pai se abaixou para pegar a filha, que estava com um dedo no nariz e outro na boca. — Não vou pagar vinte e cinco dólares para substituir um livro *usado*! Isso deveria sair do dinheiro que nós, contribuintes, desembolsamos para manter esse lugar. Vamos, Juniper. A gente não volta aqui nunca mais!

Então ele saiu com raiva, parecendo não se importar com o fato de que todos pudessem ver a garrafa de uísque que havia enfiado no bolso detrás.

Molly suspirou e voltou-se para Elijah:

— Preciso que você me empreste isso — disse ela, pegando a câmera dele. — Tenho que mostrar essas fotos para uma pessoa o mais rápido possível... e não posso esperar que você vá para casa para imprimir as fotos nem mandar por e-mail. Devolvo assim que puder.

— Claro, sem problemas. — Elijah não parecia estar prestando atenção. — Uau, Srta. Molly, esse tipo de coisa acontece muito com você?

— Que tipo de coisa? — Molly estava ocupada procurando em seu celular o número de John, que felizmente ela adicionara à sua lista de contatos no dia em que o conhecera e ele lhe dera seu cartão de visita.

— Gente como aquele cara — disse Elijah. — Um poço de grosseria.

— O tempo todo. — Molly encontrou o número de John e começou a digitar uma mensagem para ele.

Elijah balançou a cabeça, decepcionado.

— Por que você aguenta isso?

Ela olhou para ele, surpresa.

— Porque, Elijah, sempre sonhei com esse emprego. E amo o que faço. Eu sou *bibliotecária*.

CAPÍTULO 18

• John •

— Bem, isso foi horrível — disse John, quando ele e Marguerite saíram do quarto de hospital de Tabitha Brighton.

Marguerite sorriu.

— Qual o problema, chefe? Não gosta de atazanar jovens indefesas?

— Eu não diria que ela é indefesa. — Ele pensou na maneira como Tabitha vomitara as bobagens de Larry Beckwith sobre a contracultura. — Mas, seja como for, não gostei de fazer aquilo.

— Ah, como assim? Você sabia que o trabalho era perigoso quando aceitou. — Marguerite deu-lhe uma cotovelada de brincadeira. — Vamos ver a bebê. Isso vai animar você. Ver uma recém-nascida feliz e saudável que ajudamos a salvar é capaz de alegrar qualquer um.

Visitar a Bebê Afrodite realmente o animou um pouco. Especialmente porque ela estava enrolada numa manta com patinhos amarelos — uma das muitas doadas pela população, explicou a enfermeira. A mãe da bebê — Tabitha — tinha determinado que a maior parte das doações fosse levada para o abrigo de mulheres e crianças vítimas de violência da ilha.

Isso deixou John ainda mais alegre. Significava que, embora Tabitha ainda não se desse conta da lavagem cerebral a que tinha sido submetida por parte de Dakota, pelo menos era capaz de pensar no próximo. Era um sinal de que ainda tinha salvação.

Mais tarde naquele dia, recebeu outra boa notícia — boa pelo menos para ele —, embora tenha vindo de uma fonte inesperada. Murray — que em geral se recusava a trabalhar aos domingos, porque o delegado Wagner sempre permitira que ele tirasse o dia de folga para visitar a família da mulher em Key West — entrou em sua sala e disse:

— Chefe.

John ergueu os olhos dos relatórios de seus policiais, que afirmavam não haver sinal de Dylan Dakota nem de seus seguidores em nenhum canto de Little Bridge, e fitou o chefe de seu departamento técnico.

— Murray! O que está fazendo aqui?

— Estou aqui desde sexta. — Era o que a aparência dele de fato revelava. Seu uniforme amarrotado, a barba, por fazer, e os óculos precisavam ver água. — Espero que você aprove minhas horas extras.

John franziu o cenho.

— Claro, principalmente se você tiver alguma notícia boa.

— Ah, tenho, sim, chefe. Pelo menos acho que você vai achar boa: tem cabelo do Dakota no moletom encontrado na casa da viúva ontem à noite.

John ergueu uma das sobrancelhas. Ele já esperava essa confirmação. Mesmo assim, era muito bom ouvir aquilo.

— Mais de um fio?

— Ou o cara está ficando careca ou foi cortar o cabelo usando o agasalho. Eu aposto na primeira possibilidade. Claro, estou falando de uma análise de microscópio apenas. Só teremos o DNA daqui a alguns dias, mas estou achando que o resultado vai ser o mesmo. E não é só isso.

— Não?

— Não. Sabe de quem são as impressões digitais na caixa em que a bibliotecária encontrou a bebê? Dele.

John quase deixou cair a caneca de café que estava segurando.

— O *quê?*

— Isso mesmo. — As linhas profundas no rosto de Murray se franziram num sorriso. — Foi uma luta porque tinha muitas digitais na caixa, mas consegui isolar algumas do Dakota no ponto em que alguém estaria segurando uma caixa como aquela se, digamos, estivesse levando dentro dela um bebê. E se tivesse feito o caminho da nova sede da biblioteca para a antiga.

Nem em um milhão de anos John poderia imaginar que ia querer abraçar seu perito-chefe, mas teve de reprimir a vontade de fazer isso naquele momento.

— Murray. Isso é excelente! Excelente! Horas extras aprovadas.

Murray ainda estava sorrindo.

— Obrigado, chefe. Fazemos de tudo para pegar esse cara. Dá para imaginar abandonar uma bebezinha como se fosse lixo?

— Não — disse John, indo do sorriso para a testa franzida em um décimo de segundo. Na verdade, ele estava se sentindo um pouco emotivo, e não só por causa das digitais. Murray estava finalmente deixando o delegado Wagner para trás e colaborando com ele. — Não, não dá. Obrigado, Murray. Obrigado por ter aberto mão de visitar seus sogros esse fim de semana para ajudar na investigação. Acho que a gente vai conseguir manter Beckwith atrás das grades dessa vez... isso é, se conseguirmos pegá-lo.

Murray assentiu e virou-se para sair.

— Assim espero. E, para ser franco, abrir mão de visitar os meus sogros não é exatamente o maior dos sacrifícios.

John riu e, naquele instante, seu celular sinalizou a chegada de uma mensagem de texto. Ele verificou, esperando que fosse de Katie. Ela ficaria o dia inteiro ensaiando com o grupo de dança, mas eles tinham combinado de jantar juntos para pôr a conversa em dia.

No entanto, não era Katie.

> Oi, John, é a Molly. Encontrei uma coisa que preciso mostrar a você. Pode dar uma passadinha aqui hoje?

O coração dele disparou. Pete o tinha aconselhado a não acelerar as coisas e a não estragar tudo sendo ansioso demais.

Mas era ela quem havia entrado em contato com ele. Menos de vinte e quatro horas desde que tinham se visto pela última vez, *ela* estava mandando uma mensagem para *ele*, e pedindo que fosse vê-la. Tudo bem se ele fosse até lá, não?

Claro que tudo bem. Pete estava errado. Eles eram adultos. Não existiam regras. Existiam?

Ele sabia que existiam *leis*, é claro, e sabia o que fazer com as pessoas que as violavam. Mas isso era diferente. Certamente não existiam essas regras às quais Pete se referia, sobre responder mensagens rápido demais e partir para dentro (Deus, como ele odiava essa expressão) em certos encontros, e coisas do tipo. Aquilo era simplesmente inconcebível.

Embora, para ser franco, Katie já tivesse conversado com ele sobre seus interesses românticos da escola, e tudo aquilo era tão inacreditável quanto as regras de Pete. Na verdade, John achara tudo tão medonho que tentou instituir uma nova regra na casa, que era proibir Katie de namorar até a faculdade.

Ela, porém, havia simplesmente rido dele e dito "Ah, papai", e continuou fazendo o que bem entendia. A tentativa de impor aquela regra tinha sido um fracasso, exatamente como sua vida amorosa até agora, e, portanto, estava claro que ele não sabia nada do assunto.

Mas até então estavam falando de namorinhos de escola. Aqui era vida de adulto.

Rapidamente, ele respondeu a Molly que precisava terminar algumas coisas (Pete aprovaria isso), mas poderia encontrá-la em algumas horas.

Um balão de texto apareceu. Ela estava respondendo!

Ótimo. Estarei na pousada trabalhando. Pode me encontrar lá?

Claro que podia. A pousada ficava no caminho de casa. E o lado bom era que tinha um bar. Poderiam tomar um drinque (certamente ela tinha permissão para beber enquanto trabalhava na recepção), e isso seria quase como se tivessem marcado de sair. Seria rápido, mas poderia contar como um segundo encontro.

Então, quando eles finalmente conseguissem jantar, seria o terceiro...

Não. Não, ele não cairia na pilha de Pete.

Vejo você lá, John respondeu.

É óbvio que, para que fosse considerado um encontro, ele tinha de comprar flores no caminho, embora Pete o tivesse alertado contra isso.

Mas Pete não sabia tudo. John e ele eram da mesma idade e, no entanto, nenhum dos relacionamentos do procurador durava mais de quatro meses. Então, como aquelas regras poderiam funcionar para ele? John sabia por experiência própria que mulheres gostavam de flores, e sentia que Molly merecia flores depois dos últimos acontecimentos: encontrar uma bebê abandonada *e* a mãe à beira da morte.

O problema é que era domingo, e a única floricultura da ilha estava fechada. Mas isso não era problema, porque John sabia, depois de lidar com um caso de fraude com cartões de crédito na Flores da Ilha, que os Morettis, donos da floricultura, moravam numa pequena e charmosa casinha que ficava atrás da loja, além de serem proprietários de diversos apartamentos localizados em cima do estabelecimento.

Então ele bateu à porta dos donos da floricultura até que eles atendessem e, espantados, concordassem em abrir a loja. Deixaram-no comprar um lindo buquê de margaridas. Rosas não, porque seria exagero, e Molly parecia ser do tipo que gostava de margaridas.

Enquanto estava ali, aproveitou para perguntar aos Morettis se eles teriam algum apartamento disponível para a nova bibliotecária da seção infantil. Era ridículo Molly precisar ter dois empregos para poder arcar com os custos de morar em Little Bridge, e os Morettis eram conhecidos por serem senhorios conscientes, que cobravam um preço razoável pelo aluguel, já que os apartamentos eram bem pequenos.

— Molly é muito silenciosa — garantiu ao casal, apesar de, na realidade, achar Molly bastante barulhenta ao expressar suas opiniões, o que fazia com frequência. — E como ela é servidora pública, tem uma renda fixa.

Isso despertou o interesse da Sra. Moretti. Ela disse que, por acaso, eles tinham um inquilino que seria despejado de um dos apartamentos de um quarto no fim do mês.

— Ele nunca paga o aluguel em dia... sem falar nas festas que dá! — Ela balançou a cabeça, desgostosa.

— Por que vocês não me chamaram? — perguntou John. Barulho excessivo sem uma licença era considerado perturbação da ordem pública.

A Sra. Moretti deu de ombros.

— Chamar você todo dia? Com que finalidade? De qualquer maneira, ele está saindo. Podemos alugar para a sua namorada.

John sentiu que enrubescia.

— Ela não é minha namorada. Como eu disse, ela é a nova bibliotecária da seção infantil, e, desde o furacão, como vocês sabem, tem sido difícil achar moradias por um aluguel razoável...

— Sim, sim. — O Sr. Moretti riu e deu um tapinha no ombro de John. — Sabemos disso. Ela não é sua namorada, mas você está levando flores para ela. Entendemos muito bem.

John, ainda vermelho, pediu que embrulhassem as margaridas em papel pardo comum — não queria que o buquê parecesse demais — e foi embora depois de agradecer profusamente aos Morettis. Chegou à Papagaio Preguiçoso na hora do *happy hour,* e os hóspedes que já tinham se instalado estavam relaxando ao redor da piscina, com margaritas e tira-gostos.

— Ei, policial sexy — chamou uma das hóspedes quando ele entrou procurando Molly, que não estava na recepção. — Essas flores são para mim?

— Não — respondeu John, secamente. — E sou delegado, não um simples policial. As flores são para Molly Montgomery. Você por acaso a viu?

— Ah, John!

Ele viu uma mulher com uma saída de praia verde neon e chinelos de dedo da mesma cor acenando para ele do outro lado da piscina, e reconheceu Joanne Larson, uma das proprietárias da Papagaio Preguiçoso. Ele se aproximou, grato por se afastar da mulher que o chamara de policial sexy.

— Olá, Joanne — disse ele, ao se aproximar. — Molly me mandou uma mensagem pedindo que a encontrasse aqui.

— Sim, eu sei. — Joanne segurava uma bandeja com algo bege espalhado sobre rodelas de pepino. — Ela me falou. Ela já volta. Está ajudando um hóspede novo com a bagagem. Patê de peixe?

John balançou a cabeça. Ficou irritado com a situação injusta. Uma bibliotecária não deveria precisar fazer um bico para conseguir pagar o aluguel.

Claro que, se convencesse Molly a deixar seu emprego e o quarto na pousada e se mudar para o apartamento dos Morettis, Joanne e Carl Larson ficariam desfalcados. A única solução para isso seria encontrar para o casal um novo gerente noturno. John se perguntou se o policial Swanson, que tinha sido tão descuidado em sua demora em atender ao alarme da casa da Sra. Tifton, se interessaria pelo cargo. Ele certamente não tinha dom para atuar nas forças de segurança. Talvez sua verdadeira vocação fosse a hotelaria.

— Molly me contou que você vai dançar na apresentação de mães e filhas das Parguitas — disse Joanne, servindo-se de um de seus próprios petiscos.

John tentou sorrir.

— Vou, sim. Estou ansioso pela apresentação — mentiu ele.

— Eu também — disse Joanne. — Já comprei os ingressos para mim e Carl, e para todos os nossos amigos também. Mal podemos esperar para ver. Vai ser bem divertido! Você vai usar mesmo o uniforme das Parguitas?

— Eu, hã, não decido nada sobre o figurino, então não sei. Tenho certeza de que, seja o que for, vai ser de muito bom gosto.

— Ah, espero que não — disse Joanne. — Todos nós queremos ver você com um uniforme das Parguitas. É para isso que estamos pagando, na verdade.

— Espera, do que estamos falando? — quis saber uma das hóspedes que estavam por perto.

— Ele vai participar de uma apresentação de dança beneficente com as líderes de torcida da escola — contou Joanne, apontando para John.

— É um grupo de dança — corrigiu ele.

Mas ninguém ligou. Todos no deque da piscina o olhavam de cima a baixo, avaliando-o. As mulheres sorriam, e os homens pareciam confusos.

— De *vestido*? — perguntou um dos homens, horrorizado, embora estivesse segurando um drinque enfeitado com um guarda-chuva de papel rosa-shocking.

— Sem camisa, espero — completou uma das mulheres, piscando sugestivamente para John.

— Onde eu compro o ingresso? — perguntou outra mulher na hidromassagem, cutucando a amiga.

— A apresentação é só no mês que vem — respondeu Joanne.

— Não tem problema — disse a hóspede, com uma gargalhada. — Vou prorrogar minha estadia, principalmente se houver uma chance de ele dançar sem camisa.

John estava começando a ficar desconfortável.

— Esperem aí — começou ele, porque tinha aprendido em seu treinamento de quatro horas sobre assédio sexual que a objetificação não acontece apenas com as mulheres, mas também com homens, até mesmo com profissionais das forças de segurança. E não era nada menos danoso, embora fosse ocasionalmente reforçado por esses mesmos profissionais, como aqueles bombeiros e seu ridículo calendário anual. — Vamos...

— John!

Graças a Deus, Molly finalmente apareceu. Ela usava um vestido de alcinha branco esvoaçante, e parecia tão revigorante como uma chuva muito aguardada depois de um dia quente.

— Olá — cumprimentou ele, esquecendo Joanne e suas hóspedes e tudo que não fosse Molly e seu sorriso radiante. Então ele se lembrou de outra coisa. — Trouxe para você. — E entregou as flores para ela.

Molly arquejou ao pegá-las.

— Margaridas! — exclamou. — São lindas! Minhas flores preferidas. Como você sabia?

Ele não fazia ideia de como sabia. Apenas sabia. Não ficou nem um pouco surpreso por ter acertado. Ficou surpreso, porém, quando Joanne e todas as suas hóspedes soltaram um "*Ahhhh*" coletivo. Ele quis se jogar na piscina, mergulhar até o fundo da parte mais profunda e não sair de lá até que tivesse se afogado ou que todos tivessem ido embora.

— Que lindas — elogiou Joanne, pousando sua bandeja de patê de peixe e pegando as flores de Molly. — Pode deixar que eu coloco num jarro. Você e John vão conversar. — Molly hesitou, mas Joanne acenou com as unhas incrivelmente longas, verde neon. — Pode ir. Eu cuido disso!

Molly riu e pegou John pela mão, levando-o para longe da piscina, na direção de um bar *tiki*, debaixo da escada externa que ela subira na noite anterior para chegar ao seu quarto.

— Vou pegar uma bebida para você — disse ela. — O que vai querer?

— Uma cerveja.

— Cerveja saindo. — Ela deslizou para trás do balcão e pegou uma garrafa do frigobar. — Quer limão?

— Meu Deus, não.

Ela riu mais uma vez e entregou-lhe a cerveja.

— Desculpa — sussurrou ela, indicando com a cabeça os hóspedes que ainda comentavam sobre os dois, muitos olhando na direção deles. — Você sabe como é. Esse lugar é como um parque da Disney para eles. Tudo em Little Bridge é uma atração, até os moradores. Me ver com um homem que me trouxe flores é quase o mesmo que ver o cara que se veste de Pateta sem a parte de cima da fantasia.

Ele olhou para ela.

— Não acho que vejam você como o Pateta. Talvez como uma das princesas... Cinderela, por exemplo.

— Ah, e você é meu príncipe encantado, que está aqui para me salvar da vida de proletária?

Droga. Outra gafe.

— Eu não quis dizer... não foi o que eu... quis dizer que é porque você é muito...

Ela riu mais uma vez, estendeu a mão e tocou o pulso dele.

— John, eu estava brincando. Não me importaria de ser salva de lavar tantas toalhas. Mas está difícil achar um lugar barato perto do centro, e Carl e Joanne realmente precisam de ajuda.

John assentiu, pensando que esse seria um momento inapropriado para falar com ela sobre o apartamento em cima da floricultura. Ficaria mesmo parecendo que ele estava tentando salvá-la.

John resolveu mudar de assunto:

— Então... você me mandou uma mensagem falando que tinha uma coisa para me mostrar.

— Ah, sim. — Ela se curvou para pegar algo embaixo do balcão. — Mas acho que você não vai gostar muito.

— Bom, vamos lá. — Ele tomou um gole da cerveja, sentindo-se muito contente. Era bom simplesmente estar na companhia dela, mesmo com uma dezena de pares de olhos observando cada movimento deles. A cascata ao lado da piscina e os jatos da hidromassagem produziam um som relaxante, e as flores da dama-da-noite já tinham começado a abrir e exalar seu perfume inebriante. Se ele não tivesse de ir para casa ver Katie, ficaria ali, feliz, a noite toda.

— Um dos meus leitores levou isso para a biblioteca hoje — disse Molly, revelando uma Leica digital. Ela deve ter percebido a expressão no rosto dele mudar, porque acrescentou rapidamente: — Não precisa se preocupar, é do pai dele, e não da Sra. Tifton. A hora e a data nas fotos na câmera provam isso. E é por causa das fotos tiradas com essa câmera ontem à noite que eu precisava falar com você. Você não vai gostar, mas precisa vê-las.

Agora John estava começando a se sentir menos relaxado. Esquecendo a cerveja, ele se debruçou sobre o balcão para olhar o visor da câmera quando Molly a ligou.

— Por que eu não vou gostar delas?

— Porque são da Katie — respondeu Molly. — Da Katie e do Ladrão do Colégio.

CAPÍTULO 19

• Molly •

A princípio, Molly pensou que John estivesse infartando. Ele ficou ligeiramente pálido, e sua respiração pareceu acelerar à medida que ia passando as fotos no visor da câmera de Elijah.

— Você... você está bem? — perguntou ela, se questionando se deveria correr para buscar o desfibrilador de emergência que os Larson guardavam na cozinha. Ela já tinha feito muitos cursos de primeiros socorros obrigatórios para o trabalho, então sabia como usar o aparelho.

Só que sempre torcera para que nunca precisasse usá-lo.

— Estou bem.

As palavras saíram num tom inexpressivo. Ele não tinha erguido os olhos nem uma vez do visor da câmera.

— É *ele*, não é? — perguntou Molly. — O Dylan Dakota?

— É ele — confirmou John, os olhos ainda grudados no visor. — E a minha filha.

— Sim. Aparentemente, a Katie e as amigas fizeram uma pequena sessão de fotos para uma espécie de programa de capacitação de líderes de torcida para o qual estão se inscrevendo. — O que havia de errado com ele? Parecia estranho. — Acho que o Dylan andou rondando os quintais de um monte de gente ontem à noite, antes de decidir invadir a casa da Sra. Tifton. Aposto que câmeras de segurança de várias residências devem ter imagens dele, e os donos dessas casas não fazem ideia disso. Eu estava pensando numa coisa... se a gente mandar essa foto para a Meschelle no *Gazeta*...

Ele finalmente levantou o olhar do visor e, quando o fez, seus olhos azuis pareciam perturbados.

— Não posso.

Molly ficou surpresa.

— Mas, John, por que não? Se a Meschelle publicar essa foto na primeira página, não vai passar despercebido. Isso chama muita atenção. É muito melhor do que publicar a foto da ficha criminal do cara, uma ideia que eu tenho certeza que você já deve ter tido, mas não rola de fazer porque os advogados dele comeriam você vivo. Além disso, é uma foto atual, e mostra o Dylan em ação. Alguém com certeza vai reconhecê-lo e se dar conta de que o viu em algum canto da ilha. E aí vão ligar e dizer onde você pode...

John apontou uma das fotos — para Katie especificamente, que estava com o quadril projetado para a frente enquanto jogava um beijo provocativo na direção de quem olhava a foto, usando uma saia bem curta das Parguitas e top.

— É a minha *filha*.

Molly ainda estava confusa.

— Eu sei, mas, John, tenho certeza de que a Katie ficará feliz em ajudar. Ela é uma menina extrovertida, vai amar ser o centro das atenções.

— Você não entendeu — disse John, olhando para Molly como se ela tivesse enlouquecido. — Eu não quero *essa* foto da minha filha na primeira página do jornal local.

De repente, ela teve um estalo — entendeu por que ele tinha ficado tão surpreso com as fotos. Não era apenas o fato de Dylan estar à espreita no fundo de algumas delas. Não, ele estava igualmente perturbado com a aparência de Katie.

No entanto, embora algumas das poses da menina fossem um pouco sugestivas, Molly não via nada de mais. Era basicamente o que todas as adolescentes que ela conhecia postavam na internet.

Pobre Katie. Já era tão difícil para a menina lidar com o fato de que a mãe a abandonara logo quando ela estava chegando à adolescência, período tão importante da vida, e ainda ser criada por um pai solo. E esse pai em questão ser o *delegado* da cidade? Molly esperava não ter colocado a garota numa encrenca muito grande ao mostrar as fotos ao pai dela.

— John, tenho certeza de que a Meschelle pode editar a foto para que a Katie não apareça, borrando o rosto dela, considerando que é menor de idade. — Molly apressou-se em explicar. — Não há necessidade de mencionar o nome dela nem de mostrá-la.

Ele levantou a garrafa para tomar um longo gole de cerveja, olhando para a foto, ainda parecendo aflito.

— Preciso pensar.

Molly não achou essa resposta muito tranquilizadora.

— Olha, sei que você está levando isso para o lado pessoal agora. Como não levar, né? Quando Dylan vandalizou minha biblioteca, também levei para o lado pessoal. Mas não podemos deixar que nossos sentimentos nos impeçam de fazer tudo que pudermos para encontrar esse cara. Eu realmente acho que deixar a Meschelle publicar essa foto seria...

Ele bateu a garrafa de cerveja no balcão com força, fazendo um barulho alto o suficiente para que vários hóspedes virassem a cabeça a fim de ver o que estava acontecendo.

— *Nós* não vamos fazer nada para encontrar esse cara — disse ele. — Esse é o *meu* trabalho.

E, antes que ela pudesse dizer qualquer coisa, ele estava pegando a câmera e se virando para sair.

— Me desculpa, mas é melhor eu ir. Fiquei de encontrar a Katie para jantar. Isso vai ser de grande ajuda. — Ele balançou a câmera. — Obrigado.

Molly foi tomada pela desagradável sensação de que, em vez de ajudar, tinha piorado as coisas — especialmente quando se tratava da possibilidade de os dois terem algum tipo de relacionamento, romântico ou não. Ela se esforçou para pensar em alguma coisa — qualquer coisa — para dizer, que pudesse salvar a situação.

— John, sinto muito. Eu...

— Não, tudo bem — disse ele, e conseguiu dar um sorriso tenso por cima do ombro enquanto se afastava. — Sério.

E foi embora.

Molly tinha certeza de que não estava tudo bem. Com um suspiro e a expressão atormentada, ela se virou para Joanne, que bebericava uma margarita enquanto fingia enxugar alguma coisa em uma mesa externa próxima para disfarçar, como se não estivesse escutando a conversa.

— Estraguei tudo? — perguntou Molly a ela.

— Ah, querida, não. — Joanne correu para junto de Molly. — Ele é só um homem, e é do tipo protetor. Ver a filha daquele jeito, tão perto do sujeito que ele está tentando prender há tanto tempo, o pegou de surpresa, só isso. Deve ter sido difícil para ele descobrir isso justamente através de você!

— O que tem de tão ruim ele ter descoberto através de mim? Eu só estava tentando ajudar.

— É claro que estava. Mas ele gosta de você. Ele trouxe flores, não trouxe? Porque quer causar uma boa impressão. Aí você joga na cara dele que ele não é capaz nem mesmo de proteger a própria filha daquele ser desprezível...

— Eu não tive intenção de fazer isso!

— Claro que não. Não precisa se preocupar. Assim que ele colocar aquele projeto de gente atrás das grades, tudo isso vai passar, e ele vai voltar com flores para se desculpar.

Molly balançou a cabeça, pensando na dor que tinha visto naqueles olhos azuis.

— Acho que ele não vai voltar.

— Ah, para com isso. Por que não?

— Bom, porque eu não estava na lavanderia cuidando da roupa ainda há pouco. Estava usando o seu antigo computador, da recepção, para baixar o cartão de memória daquela câmera. Estava pressentindo que ele não ia concordar com a minha sugestão de mandar as fotos para Meschelle. — Molly deu de ombros, tristemente. — Então, se ele não mandar, eu mando, Joanne. Eu *preciso* fazer isso. Não posso deixar aquele cara se safar depois do que fez na biblioteca, sem falar naquela bebezinha e na mãe dela!

Joanne deu um longo gole em sua margarita, pensativa. E, depois de engolir, disse:

— Nesse caso, você tem razão, querida. O delegado provavelmente não vai voltar tão cedo com flores para você.

CAPÍTULO 20

• John •

Domingo à noite no Café Sereia tinha espaguete com almôndegas e, independentemente do que estivesse acontecendo, John sempre fazia questão de levar Katie até lá, não só porque muitas outras famílias da ilha também apareciam, o que gerava um senso de pertencimento, mas também porque ele adorava espaguete com almôndegas.

No entanto, Katie não era grande fã nem de espaguete nem de almôndegas. Na infância, quando colocavam o prato à sua frente, ela costumava chorar até que lhe dessem macarrão passado na manteiga, sem almôndegas. Agora, como uma jovem sofisticada, ela pedia apenas uma salada Caesar com algumas tirinhas de frango grelhado por cima para acrescentar uma porção de proteína.

Mas John não queria quebrar a tradição, nem mesmo depois da bomba que Molly Montgomery lançara sobre ele... A última de uma série de bombas lançadas por ela, que tinham virado sua metódica vida de cabeça para baixo.

Como e por que ela continuava fazendo isso? Ele nunca tinha conhecido uma mulher que fosse ao mesmo tempo tão atraente e tão determinada a destruí-lo. Teria ela ido àquela ilha com esse único propósito, sob o disfarce de uma simpática bibliotecária?

Era o que parecia.

Agora ele estava sentado em um dos reservados laranja e verde-azulado do Sereia, olhando a filha acenar alegremente para alguns amigos do outro lado do restaurante. Se estivesse em casa, ela estaria no celular, mandando mensagens de texto, se ele permitisse, mas, no Sereia, era *absolutamente* proibido mexer no celular, e Ed, o proprietário, expulsava os clientes que teimavam em tentar.

John esperou Katie comer um pouco do frango para se certificar de que ela tinha algo no estômago e não estava mais zonza por todas as calorias gastas em um dia inteiro de ensaio de dança. Então, pegou a câmera que Molly tinha lhe dado e disse:

— Precisamos conversar sobre isso aqui.

Katie deu uma olhada na câmera e perguntou:

— Essa não é a câmera do Elijah? Ele disse que o pai dele deixou para trás quando saiu de casa. — Os olhos dela se arregalaram. — Ah, meu Deus. Não me diga que ele *roubou* isso. Não acredito. Sei que o Elijah é um pouco estranho, mas ele nunca...

— Não estou falando da câmera. — John ligou o visor. — Estou falando dessas fotos.

Katie piscou ao olhar as fotos.

— Sim, o que têm elas?

Ele sentiu uma onda de exasperação.

— Katie, essas fotos... você parece... elas... você... a sua pose...

Ela revirou os olhos e voltou a se concentrar na salada.

— Pai, a gente só estava zoando.

— É, estou vendo. Mas...

— Não vamos *postar* essas fotos em lugar nenhum. Bem, vamos mandar as fotos de rosto com nossos requerimentos para o programa de capacitação de líderes de torcida. Mas as outras foram só zoação.

— Só zoação — repetiu ele, olhando para uma foto das três meninas levantando a saia e mostrando o traseiro para o fotógrafo, que provavelmente era esse Elijah. Elas estavam com o short do uniforme de líder de torcida ou sabe-se lá como se chamava aquilo que elas usavam por baixo da saia, mas isso não vinha ao caso.

— Ah, pai — disse Katie, ainda rindo enquanto espetava um *croûton* com o garfo. — Não vai me dizer que você nunca fez esse tipo de coisa na escola.

— Fiz, sim — admitiu ele, pensando num incidente envolvendo um arpão, ovos e o carro de um velho amigo. — Mas nunca filmamos.

— Os tempos são outros agora. — Katie pôs o *croûton* na boca. — Todo mundo filma tudo. Não tem nada de mais.

— Tem, *sim* — retrucou John, passando as fotos até encontrar a que queria. — Pelo menos dessa vez. E vou mostrar por quê. — Ele mostrou a foto dela com Larry Beckwith no fundo.

Primeiro, a expressão de Katie permaneceu inalterada, e ela disse:

— Qual é o problema? Estou jogando um beijo. Você sabe que todas nós fazemos isso quando toca "Mack the Knife"...

Mas em seguida a expressão dela *mudou*. Katie estendeu a mão para puxar a câmera para mais perto e ver melhor.

— Ah, meu Deus, pai! Quem é esse cara? Ele está espionando a gente? Isso é nojento! Que horror!

— Esse — respondeu John — é Larry Beckwith III, também conhecido como Dylan Dakota.

— O cara que você está tentando prender há um tempão? O que vandalizou a casa da MTV e a biblioteca? Ah, meu Deus, ele está me *stalkeando*?

Katie parecia estar mais empolgada do que assustada com a ideia de ter um *stalker*. John suspirou e estendeu a mão sobre a mesa para pegar a câmera de volta.

— Não, ele não está perseguindo você. Ele roubou uma casa perto da casa da Sharmaine ontem à noite. Achamos que ele deve ter tentado entrar em várias residências até encontrar uma casa onde não havia ninguém.

— Então ele está perseguindo a Sharmaine? — Instintivamente Katie pegou a bolsa, onde estava o celular. — Tenho que ligar para ela agora. Ela sempre quis ter um *stalker*. Ela vai *morrer*.

— Você não vai contar nada para a Sharmaine — disse John. — Pelo menos não ainda. E antes de qualquer coisa, é proibido usar o celular aqui, lembra?

Ela olhou na direção da placa ao lado do caixa do Sereia:

SEM SAPATOS, SEM CAMISA, SEM PROBLEMA.
VAI USAR O CELULAR? CAI FORA.

Ela suspirou.

— Ah, é mesmo. Droga.

— Segundo — continuou John —, esta foto sua e do Beckwith agora é uma prova. E há quem acredite que ela deveria ser entregue à imprensa para que as pessoas possam ver a cara do Beckwith e ajudar a pegá-lo...

Katie arquejou. Infelizmente, parecia estar arquejando de empolgação, e não de horror.

— Ah, meu Deus, pai, é sério? Em qual site? BuzzFeed? Quando? Amanhã?

Ele franziu a testa. A conversa não estava tomando o rumo que ele tinha previsto. Embora devesse saber que sua extrovertida filha bailarina adoraria a atenção — qualquer atenção.

— No *Gazeta* — disse ele, e ficou meio confuso ao ver os ombros dela se encolherem de decepção.

— No *Gazeta*? Eles só têm uns cinco mil assinantes. E o acesso pago. Ninguém vai ver isso. Eu estou tentando de verdade fazer meu nome, e, aliás, o Elijah também. Você acha que consegue colocar isso na primeira página do *Miami Herald*? Ou na CNN? Aí muito mais gente vai ver. E não pode deixar de dar os créditos a Elijah como fotógrafo, Elijah Trujos. Nós prometemos que o nome dele entraria nos créditos se usássemos as fotos como material promocional.

John encarou a filha. Seria possível que Molly Montgomery conhecesse sua filha melhor do que ele? Ela dissera que Katie não se incomodaria com os holofotes, e estava certa.

— Katie, seu rosto não vai estar na primeira página de nenhum jornal amanhã porque, se eu decidir entregar a foto para os jornalistas, vou mandar borrar a sua imagem...

— Ah, pai, não!

— ... para proteger você.

— Mas, papai...

— E é claro, não vou permitir que usem o seu nome nem o de Elijah, porque vocês dois são menores de idade, e não quero que você fique para sempre associada a esse caso nem àquele homem.

— Mas, pai, eu fiquei tão bem naquela foto. Estou até com o uniforme das Parguitas. Pensa em todas as doações que eu poderia conseguir para o grupo!

John balançou a cabeça.

— É exatamente isso que me preocupa. Você faz ideia de quantos pervertidos sexuais estão por aí e que adorariam ver essa imagem e ir atrás da garota na foto?

— Ai, pai. — Katie ficou emburrada. — Não entendo como você é tão careta, mesmo tendo nascido nos anos oitenta.

Ele apontou o dedo para ela.

— Depois desse comentário, hoje não tem sobremesa para você, mocinha.

Ela mostrou a língua para ele, de brincadeira. Ele sabia que a filha não estava zangada de verdade, assim como ela sabia que o pai também não estava zangado de fato. Eles eram uma dupla havia muito tempo, esses pequenos desentendimentos não abalavam o afeto que tinham um pelo outro.

Ao contrário do seu relacionamento com Molly Montgomery, que era recente demais para que ele permitisse que uma discussão boba se prolongasse. Ele precisava acertar as coisas com ela. Mas como?

— O que vão querer de sobremesa? — Angela, que sempre trabalhava na noite do espaguete com almôndegas, aos domingos, veio à mesa deles perguntar.

Katie ainda fingia estar emburrada.

— Meu pai disse que hoje não tem sobremesa para mim.

— Ah, que isso, delegado. — Angela apontou a caneta na direção do balcão. — Ed preparou algumas de suas mundialmente famosas tortas de limão hoje à tarde. Você sabe que não tem nada melhor do que uma fatia de torta para curar os males.

John olhou para o balcão e viu na vitrine as tortas fresquinhas e cobertas com picos de merengue levemente tostados. Será que era verdade que uma fatia de torta tinha o poder de resolver os problemas de alguém? Não na experiência dele.

Mas com certeza poderia fazer alguém se sentir melhor no momento.

— Vou querer uma — disse John, e fez um movimento indicando que ia pegar a carteira no bolso. O Café Sereia só aceitava dinheiro.

— Pa-aa-ai! — A expressão de Katie estava séria, reprovadora. — Você não pode comer torta. O seu colesterol, lembra?

— Não quero uma fatia — disse John. — Vou levar a torta inteira.

Quando ele viu as sobrancelhas de Katie se erguerem de surpresa, explicou.

— Não é para mim, é para uma amiga. Devo desculpas a ela, e que jeito melhor de pedir desculpas do que com uma das tortas do Ed?

Agora Katie dirigiu a ele um olhar malicioso de quem começava a entender.

— Uma amiga? Uma *amiga*, pai? Por acaso é uma bibliotecária que você me arrastou para conhecer outro dia? É isso? *É isso?*

— Não é da sua conta — respondeu John, jogando as notas em cima da mesa enquanto Angela embalava a torta. — Consegue arrumar uma carona com alguém aqui? Tenho que ir à redação do *Gazeta* antes que eles fechem o jornal de amanhã.

— Consigo — disse Katie, e indicou com a cabeça uma mesa próxima. — Nevaeh está ali com Marquis e o pessoal. Eles me deixam em casa. Por que você está tão preocupado de eu ir para casa andando sozinha, pai? Por causa do *stalker*?

— Para com isso. Você sabe que eu não gosto que você ande por aí sozinha depois que escurece. E não esquece de acionar o alarme quando chegar em casa. Talvez eu chegue tarde.

— Por quê ? Depois que sair do *Gazeta* você vai levar a torta para *a bibliotecária*?

John lançou um olhar de advertência para a filha, ao mesmo tempo que recebia a torta de Angela, embrulhada em uma embalagem térmica para mantê-la gelada.

— Obrigado — disse ele à garçonete.

E falou para a filha:

— Te amo. — Ele se inclinou sobre a mesa e beijou-lhe o alto da cabeça. — Comporte-se. E se cuida.

— Ai, pai! — Ela lhe deu um empurrão de leve, sorrindo. — Te amo também. E você sabe que vou me cuidar.

Mais tarde, John se viu a caminho da Papagaio Preguiçoso, questionando a própria sanidade. Quem levava uma torta para a mulher de quem estava a fim? Ainda mais uma torta e flores no mesmo dia. Se Pete ficasse sabendo disso, falaria que ele tinha enlouquecido.

Mas John tinha de fazer alguma coisa para mostrar a Molly o quanto lamentava ter agido como um...

Pai rabugento.

John não estava muito seguro de sua decisão ao entrar na recepção da Papagaio Preguiçoso e não ver ninguém (como sempre) no balcão. Não tinha se dado conta do quanto já era tarde. Provavelmente Molly já estava na cama. Afinal, amanhã era segunda, dia útil, inclusive para as bibliotecárias da seção infantil. Ele devia ter ligado antes.

Mas, se tivesse ligado, poderia tê-la acordado. Podia arriscar, pensou, e torcer para que ela ainda estivesse acordada e no bar. Mas o que ela estaria fazendo ali tão tarde numa noite de domingo?

Ele atravessou o saguão e chegou ao pátio, arrependendo-se no mesmo instante.

— Olá de novo, policial sexy!

A turista de antes estava no ofurô — embora fizesse uns vinte e quatro graus lá fora — e continuava bebendo. Como era possível? Pela lógica, ela já deveria ter desmaiado de desidratação.

Mas não — ela segurava um copo plástico em formato de coco, enfeitado por um guarda-chuva de papel cor-de-rosa. Alguma coisa devia estar mantendo a mulher bem hidratada.

— Olá — respondeu John, apenas por educação.

— Está procurando a Molly de novo? — perguntou ela.

Havia várias outras pessoas no ofurô com ela e nenhuma, infelizmente, era Molly.

— Bem — disse John —, tentando pensar na melhor resposta. Se respondesse que sim, poderia não pegar bem e, se dissesse que não, seria mentira.

— Ele está procurando a Molly — afirmou a mulher às amigas, e todas deram uma risadinha simpática, demonstrando que sabiam exatamente o que estava acontecendo.

Sentindo-se um tolo de pé ali com a torta nas mãos, John começou a recuar.

— Acho que vou voltar em outra...

— Ah, não, não faça isso — disse a mulher. — Isso é para ela?

A mulher encarava a embalagem térmica em suas mãos.

— Hã — falou ele. — É, sim.

— O que é?

— É, hã... — John não se lembrava de algum dia ter se sentido tão idiota assim. — É uma torta.

— Uma torta?

— Torta de limão.

As mulheres no ofurô se entreolharam. John não conseguia vê-las direito, pois estava escuro no pátio, exceto pelas luzes que vinham do ofurô e das luzinhas que iluminavam o bar *tiki*. Mas achou que elas estavam sorrindo.

— Não se preocupe, querido — disse uma das mulheres, por fim. — Vamos chamar a Molly para você.

E então, para total constrangimento de John, elas começaram a gritar:

— Molly! Molly!

— Esperem — disse ele —, não precisa...

Mas era tarde demais. Ele ouviu uma porta se abrir em algum lugar ali perto, virou-se e viu Molly na sacada, usando apenas uma camiseta dos Denver Broncos de um tamanho grande e o que parecia ser uma cueca boxer. E o mais espantoso: os grandes óculos com armação de tartaruga.

Jamais lhe ocorrera que Molly usava óculos, mas, evidentemente, ela usava. Devia usar lentes de contato durante o dia. Isso ao menos em parte explicava por que seus olhos sempre pareciam tão grandes e escuros.

— O que foi, Sra. Filmore? — gritou ela na direção das mulheres com uma voz ligeiramente irritada, então notou John.

— Ah! — exclamou ela, num tom totalmente diferente. — É você.

Seus olhos se encontraram, e foi como se o restante do mundo tivesse evaporado. A única coisa que existia era ela, e o perfume da dama-da-noite.

Pelo menos até a mulher no ofurô atrás dele gritar:

— Ele trouxe torta para você!

John desejou que um buraco se abrisse embaixo dele e o engolisse inteiro.

Ouviu Molly rir, confusa.

— O quê?

Ele ergueu a embalagem térmica.

— Torta de limão — disse. — Como pedido de desculpas. Eu posso... posso subir?

Era uma tentativa ousada pedir para entrar no quarto dela, especialmente com aquele tanque borbulhante de turistas atrás dele, reparando em cada coisinha que ele fazia. Qualquer que fosse a resposta dela, haveria comentários, possivelmente até assobios.

— Claro — respondeu Molly. — Pode subir.

As mulheres no ofurô foram rápidas com seus "Oooohs" e "Aproveitem, crianças", mas John fez todo o possível para ignorá-las, subindo os degraus de dois em dois, feliz que a escuridão esconderia — tomara — o rubor de suas bochechas.

Quando se aproximou de Molly, viu que ela estava rindo.

— Me desculpa pelo coro grego — sussurrou ela, fazendo um gesto na direção do ofurô. — Elas estão ali desde o *happy hour*. Troquei a bebida por água tônica pura há algum tempo, para o bem delas, mas acho que nem perceberam... ou não se importaram.

John assentiu. Achava que nunca tinha visto uma pessoa ficar tão bonita de óculos quanto Molly. Por trás das lentes, seus olhos pareciam maiores e mais escuros do que nunca.

— Desculpa pelo que aconteceu mais cedo. — Ele entregou a torta a ela. — Eu fui um idiota.

Molly olhou para a embalagem em suas mãos. Era difícil para ele interpretar a expressão dela porque, com a cabeça baixa, seus cabelos escuros faziam sombra no rosto, e a única fonte de luz na sacada vinha da porta aberta atrás dela, a porta do quarto.

— Uma torta? — perguntou ela com o que pareceu um tom cético.

— Uma torta. — Ele sabia que ia ser difícil, mas não pensou que seria *tão difícil*. — É de limão, do Café Sereia. Foi feita hoje de manhã pelo Ed. Se você ainda não experimentou, eu aconselho, é deliciosa. Eu vi a torta e me lembrei de você, porque... bem, achei que você ia gostar, e também porque... bem, você estava certa.

Ela levantou a cabeça ao escutar aquilo. John não tinha certeza, porque o rosto dela ainda estava ligeiramente na sombra, mas achou ter visto suas sobrancelhas se erguerem.

— Eu estava o quê?

— Você estava certa. Sobre as fotos. Falei com a Katie sobre elas, e depois eu as levei para Meschelle, no *Gazeta*. Ela vai fazer o possível para que uma delas saia na primeira página amanhã de manhã...

Molly deu um passo para trás, e a princípio ele achou que ela pediria que fosse embora. Mas o movimento fez com que o rosto de Molly ficasse sob a luz, e ele viu que ela estava sorrindo.

— Por que não entra — sugeriu ela, fazendo um gesto na direção da porta aberta do quarto — e come uma fatia de torta comigo?

John olhou para o brilho quente e convidativo que vinha do interior do quarto e engoliu em seco. Podia ouvir a voz de Pete em sua cabeça, instando-o a aceitar.

Uma voz mais forte, porém, lhe dizia que, se aceitasse, só sairia pela manhã. Havia coisas que ele queria fazer com Molly Montgomery que levariam a noite toda, talvez dias, e ele tinha responsabilidades, com a filha, com a população. Não podia jogar tudo para o alto só porque queria...

— Ok — disse John, e, sorrindo, entrou no quarto de Molly. — Obrigado.

CAPÍTULO 21

• Molly •

Molly não acreditou no que estava vendo quando abriu a porta e se deparou com o delegado parado no pátio lá embaixo, segurando o que parecia uma embalagem térmica de frango frito.

Então ficou mais chocada quando soube que não era frango frito, e sim torta — torta de limão, a sua favorita.

Mas a cartada final foi quando ele subiu a escada para o quarto dela, parou à sua frente e disse as três palavras que ela mais amava ouvir no mundo todo — as três palavras que Molly tinha certeza de que todo bibliotecário, ou pelo menos amante de conhecimento, adorava mais do que quaisquer outras na língua humana:

Você estava certa.

Eram palavras que ela nunca, jamais tinha ouvido seu ex proferir. Mesmo nas noites de quiz, quando Eric dava uma resposta incorreta, ele argumentava que o erro, na verdade, estava na pergunta mal formulada.

Esse deveria ter sido o primeiro sinal para ela de que os dois não tinham sido feitos um para o outro, pois uma pessoa razoável deveria estar sempre disposta a admitir um erro quando cometia um.

No entanto, ela tinha ficado cega pela boa aparência de Eric e — por que não admitir? — pelo dinheiro. Ele não apenas tinha um loft de dois quartos realmente incrível em LoDo, como também um apartamento em um condomínio nas proximidades de uma estação de esqui em Breckenridge, e participação em propriedades tanto em Tulum quanto em Kauai.

Foi um erro que ela jurou que jamais cometeria novamente. Então, quando o delegado admitiu que ele estava errado, e ela, certa, o que Molly poderia fazer, senão convidá-lo a entrar?

— Então, eu sei que não é grande coisa — disse Molly, correndo na frente dele para desligar a TV. Ela não queria que ele visse ao que ela estava assistindo: estava maratonando a série *Forensic Files*. — Mas me serve perfeitamente bem por enquanto.

John avançou dois passos para dentro do quarto e falou:

— Ah, tenho certeza que sim... — Então congelou, olhando ao redor do quarto da pousada com a mesma expressão horrorizada que Molly imaginou que ele poderia apresentar ao ver pela primeira vez a cena de um crime particularmente horrível.

Confusa, Molly correu o olhar pelo quarto, tentando ver o que o estava perturbando tanto. É verdade que o quarto era pequeno. Mas era um quarto de pousada! Ninguém esperaria que fosse enorme.

E, claro: ela teve de amontoar mais de trinta anos de pertences naquele pequeno espaço — excluindo as coisas que havia deixado na casa da mãe e em um depósito até que estivesse em uma situação mais permanente —, como todos os seus móveis e a maioria dos utensílios de cozinha e, claro, todas as roupas de inverno.

Na verdade, as únicas coisas que trouxera para Little Bridge, além de suas roupas de verão, foram...

— Livros — disse John em um tom ligeiramente atordoado, correndo os olhos com espanto pelo pequeno espaço. — Você tem muitos... livros.

— Ah. — Molly seguiu o olhar dele e percebeu que, se olhasse do ponto de vista dele, o número de livros que trouxera do Colorado poderia parecer excessivo. Como os quartos da pousada tinham poucas estantes, seus livros ficavam empilhados ao longo das paredes até quase chegarem ao teto, em todos os cantos do cômodo, inclusive ao redor da cama e — embora John ainda não soubesse disso — no banheiro.

Mas será que isso era estranho mesmo? Molly achava que não.

— Eu sei que pode parecer muito — comentou ela, levando a torta para a minicozinha, onde havia empilhado os livros de culinária e, claro, romances de mistério com temas ligados à culinária, embora tivesse deixado algum espaço para preparar a comida. — Mas não podia deixar meus livros num depósito até achar um apartamento. E se eu me lembrar de algo que li e precisar reler?

John perambulava atrás dela, olhando os títulos de todos os livros.

— Você tem algo contra e-books?

— Ah, não, nada contra. Muita gente gosta de e-books, eu sei. Mas eu amo o cheirinho dos livros impressos, sabe? E a sensação do papel, adoro tocar as páginas com os meus dedos. Aceita uma bebida?

Ele ergueu os olhos das pilhas de ficção científica, assustado.

— Como?

— Eu perguntei se você quer algo para beber com a torta. Tenho de tudo. Ela abriu o frigobar para mostrar a ele. — Cerveja, vinho, refrigerante, coisas mais pesadas... ou posso fazer um café, um chá...

— Ah, não, obrigado. — Ele parecia obcecado pelos livros. — Você não trabalha em uma biblioteca? Não poderia verificar o que quisesse a qualquer momento... de graça?

— Claro. Mas esses livros são *meus*. Alguns deles eu tenho desde que era criança. São como amigos, sabe? Nunca fui a lugar nenhum sem eles. Ah, cuidado com os Miss Marples!

Ele olhou para baixo, livrando seu pé de bater em uma pilha de livros que parecia estar sustentando outra pilha de exemplares embaixo de uma das extremidades da mesinha de centro.

— Os o quê?

— Miss Marple. — Molly tinha cortado duas fatias grandes da torta de limão e apressou-se em entregar uma a ele. — Você deve conhecer Miss Marple. Ela é uma das detetives amadoras mais famosas de Agatha Christie.

John aceitou a torta e sentou-se no sofá, felizmente livre de livros, embora houvesse pilhas deles de ambos os lados.

— Eu não leio mistérios.

— Ah, imaginei que não. — Molly se aconchegou no sofá ao lado dele. — Por que você leria? É o que você faz da vida. Aposto que nunca assiste a *Lei & Ordem* ou *CSI* ou nada do tipo, né?

Ele balançou a cabeça.

— Essas séries... não tem nada certo nelas nunca. Você sabe quanto tempo leva na vida real para receber os resultados de uma amostra de DNA?

Molly riu. Não pôde evitar. Ele era muito engraçado, mas não fazia ideia disso.

— Eu imagino que, para você, ler mistérios seria como trabalhar no tempo livre. O que você lê, então?

Ele comeu uma garfada da torta.

— Biografias, principalmente.

Molly dirigiu a ele um sorriso sincero. Ela não se importava com o que as pessoas liam, desde que lessem alguma coisa, qualquer coisa — bem, exceto livros sobre como fazer bombas ou outras armas que machucam pessoas.

— Que tipo de biografia? — Ela se perguntou como ele seria por baixo daquele uniforme e quanto tempo levaria para tirá-lo.

— De figuras históricas, principalmente — respondeu John. Ele estava realmente concentrado na torta, afinal, era deliciosa. Mas Molly se perguntou se o fato de comer irrefletidamente também se devia em parte a um nervosismo. — Atletas.

— Qual é a sua favorita?
— Minha biografia favorita?
— Isso.
Ele pensou um pouco antes de responder.
— Sabe a sua chefe... bem, na verdade ela não é mais sua chefe, porque se aposentou, mas você disse que ela meio que te contratou para substituí-la... a Sra. Robinette?
Molly assentiu.
— A Phyllis. Sim?
— Quando eu era criança e morava aqui, vivia me metendo em encrenca. Nada sério, mas eu poderia ter enveredado pelo caminho errado se não tivesse ido à sua biblioteca um dia e encontrado a sua chefe... a Sra. Robinette. Estava chovendo naquele dia, então eu não tinha exatamente outro lugar para ir, aí ela me entregou um livro e disse que talvez eu fosse gostar.
Molly continuava sorrindo, pensando em Elijah.
— Que livro era?
— Uma autobiografia escrita por um homem chamado Dick Gregory.
O sorriso de Molly se ampliou. Ela teria de se lembrar de contar isso a Phyllis mais tarde. Ela ficaria tão feliz.
— Foi uma boa escolha?
— Eu adorei aquele livro. Não tinha ideia de que existiam livros assim. Acho que nunca tinha lido um livro inteiro antes, só quando a escola exigia. Mas aquele livro... li em um dia. E, depois, tudo o que eu queria era encontrar mais livros como aquele. Tentei até entrar para o time de atletismo da escola uma semana depois, porque era o esporte que Dick Gregory praticava.
Molly franziu a testa.
— Achei que você tivesse jogado beisebol na escola, não?
— E joguei. O treinador de beisebol me viu na pista de corrida e me chamou para o time. Acho que eu era bom, porque chegamos ao campeonato nacional.

Ela sorriu, pegou o prato vazio dele e o colocou, junto com o dela, na mesinha de centro.

— Adoro ouvir histórias assim. Para fazer alguém gostar de ler, basta indicar o livro certo... um livro que pode inclusive mudar a vida da pessoa.

— Foi por isso que você se especializou em literatura infantil? — perguntou ele. — Teve uma experiência parecida?

— É claro. Só lamento dizer que foi Nancy Drew... mas um exemplar original, não uma dessas reimpressões sem graça. Eu achei o livro no sótão da minha bisavó, se desfazendo todo, e foi como encontrar um tesouro secreto. A Nancy original dirigia um conversível amarelo, usava um chapéu cloché e perseguia gângsteres de verdade com armas. Eu tenho aqui se você quiser...

Ela fez menção de se levantar para ir até sua pilha de mistérios juvenis, mas ele agarrou a mão dela, puxando-a gentilmente de volta ao sofá. Quando se virou para John, tentando entender o que estava acontecendo, Molly viu que o azul de seus olhos parecia mais intenso do que nunca.

— Como você sabia que eu jogava beisebol na escola? — perguntou ele.

O coração dela errou uma batida. *Ops*.

— A cidade é pequena. Sabe como é, as pessoas falam.

— É mesmo? Ou você andou perguntando sobre mim? — Os lábios dele estavam tentadoramente próximos aos dela.

— Não. — É claro que ela tinha perguntado. — Por que eu faria isso?

— Porque você gosta de mim.

— Bem, eu não desgosto de você. E com certeza respeito você como profissional.

— Já o meu respeito não é só profissional.

Quando ela se deu conta, ele a estava beijando, seus lábios tinham um gosto tão doce quanto a torta. Aliás, ele não estava apenas beijando-a, mas dando início, com a língua, a uma exploração minuciosa do interior de sua boca enquanto as mãos deslizavam por baixo de sua camiseta. Felizmente, ela não estava de sutiã.

Ela não fazia ideia do que tinha dito para causar esse tipo de reação nele — algo sobre respeitá-lo, e Nancy Drew.

Mas se mencionar Nancy Drew era tudo o que precisava fazer para que ele respondesse dessa maneira, ela só falaria sobre a solucionadora de crimes atrevida a partir de agora. Os lábios dele então começaram a explorar seu pescoço, enquanto as mãos fortes faziam coisas com Molly por baixo da camiseta, causando espasmos até nos dedos dos pés dela. Logo depois ele começou a puxar a camiseta dela pela cabeça, expondo-lhe os seios aos lábios curiosos. Quando sua boca quente beijou um de seus mamilos, provocando-o com a língua, Molly enterrou as unhas nos cabelos escuros e cheios de John e pressionou o corpo contra o dele, inclinando a cabeça para trás em êxtase e... uma pilha de livros caiu atrás dela. Droga! O som dos exemplares de capa dura desabando em cascata fez com que ele erguesse os olhos, surpreso, mas Molly apenas puxou a cabeça dele de volta e falou:

— Deixa isso pra lá. — Ela arrumaria os livros amanhã.

O único problema era que a ereção dele não era a única coisa dura que ela podia sentir contra suas curvas suaves e nuas.

— Hã, com licença. — Ela puxou a camisa dele, mostrando que uma das pontas do distintivo de delegado se enterrava em sua pele. — Você se importa?

— Desculpa — disse ele com a voz rouca, se atrapalhando com os botões do uniforme.

— Deixa que eu te ajudo — sugeriu ela, e em instantes ele estava gloriosamente sem camisa em cima dela. E era exatamente como ela tinha imaginado. E até mais. No entanto, não era o suficiente.

— E isso. — Ela apontou impaciente para o cinto de guarnição dele, no qual a arma ainda estava presa.

Ele tirou o cinto e o colocou no alto da pilha de romances góticos, que desabou no chão na mesma hora. Seu olhar de consternação era cômico.

— Me desculpa.

— Tudo bem — disse Molly e se pôs a abrir a braguilha dele, percebendo que nunca chegariam aonde ela queria, tão rápido quanto ela precisava, se não tomasse a iniciativa.

— Não, eu posso...

— Pode deixar.

E ela resolveu. O que surgiu dali de dentro quando conseguiu abrir a calça dele foi tudo o que Molly suspeitava que encontraria desde o momento em que o viu jogar *cornhole* na praia, admirando seu físico, tanto de frente quanto de costas. Era pura perfeição, e estava ali com toda a atenção voltada apenas para ela.

— Ah, John — disse ela e suspirou, enquanto se enroscava nele, deliciando-se com seu calor denso e viril.

— Molly — sussurrou ele, junto aos seus cabelos. O delegado parecia preocupado. — Eu não... eu não tenho... não trouxe nada porque não achei que íamos...

Molly inclinou a cabeça para trás e piscou, olhando para ele.

— Está falando da camisinha?

— Isso. — Ele se apoiou nos cotovelos, claramente frustrado. Ela podia sentir aquela frustração latejando contra sua coxa nua. — Não pensei que a gente fosse transar hoje. Só vim me desculpar e trazer uma torta. Não trouxe nenhuma... hã...

Molly riu. Não pôde evitar.

— Não se preocupa. Eu tenho aqui. — Ela se inclinou e enfiou a mão na bolsa que havia jogado no chão junto com o sutiã no momento em que chegara do trabalho. Do fundo da bolsa, ela tirou um invólucro rosa-shocking. — São sobras da minha aula sobre educação sexual para adolescentes no mês passado.

John pareceu um pouco sem fôlego quando ela montou nele.

— Todas as bibliotecárias são como você?

— Ah, sim. — Ela rasgou o invólucro com os dentes, então habilmente desenrolou a camisinha ao longo do pênis de John, com os seios roçando os pelos escuros e finos que cobriam o peito dele. — Tentamos estar sempre preparadas.

— Acho que eu... — As mãos dele tinham ido para os quadris dela, e quase como se não pudesse se conter, ele havia começado a penetrá-la, o que não tinha nenhum problema, porque ela estava mais molhada do que nunca. — Acho que eu...

Molly, porém, nunca chegou a ouvir o que ele achava, porque, naquele momento, ele a penetrou bem fundo, e ela gritou de puro prazer.

E não era isso que tornava as melhores coisas da vida tão mais agradáveis, a doçura temperada com um pouco de acidez, fazendo seu batimento cardíaco acelerar e todos os seus sentidos despertarem?

E, ah, ele estava se mexendo embaixo dela, as mãos deslizando para envolver seus seios, e Molly mal conseguia respirar. A sensação era tão gostosa, a pele dela parecia formigar toda, enquanto pilhas de livros desabavam ao redor deles. Cada vez mais rápido, cada vez mais forte, e isso era um desastre, por que eles não tinham ido para a cama, e ah! Os livros continuavam despencando ao seu redor, mas nenhum deles parecia pesado. Eram como penas, penas douradas, despencando em cascata em torno de seu corpo, e agora tudo o que ela queria era que esse sentimento nunca acabasse. Só que todas as coisas boas tinham de acabar em algum momento, e...

Quando ela abriu os olhos, estava caída sobre o peito úmido do delegado. Ambos ofegantes. E alguém estava batendo à porta.

— Molly? Molly, está tudo bem aí dentro?

— Ah, não. — Molly levantou a cabeça. — É a Sra. Filmore — sussurrou. — Ela está no quarto lá embaixo. Deve ter ouvido os livros caírem.

— Eu cuido disso. — John começou a se levantar.

— John, não, você não precisa falar nada com ela.

— Não vou deixar isso barato. — John já estava pegando a camisa. — Vou falar é muita coisa para ela.

— John. — Molly não conseguiu deixar de rir do absurdo da situação. — Não acho que seja uma boa ideia.

— Como delegado dessa cidade, é meu dever manter a paz, mesmo que isso signifique dar um jeito em vizinhos barulhentos.

— Ela não é uma vizinha barulhenta — insistiu Molly. — Ela é só uma turista intrometida, que devia ter ido embora no fim de semana passado. Mas ela e o marido estenderam a estadia porque ela está obcecada com a história toda da bebê abandonada. Ela só quer saber o que está acontecendo entre nós.

Como se fosse uma deixa, a Sra. Filmore chamou pela porta:

— Ouvi alguma coisa caindo. Você precisa de ajuda?

— Não, Sra. Filmore — respondeu Molly, procurando freneticamente sua camiseta. — Sinto muito, foram apenas alguns livros.

— Tem certeza? — A Sra. Filmore não parecia convencida. — Pensei ter ouvido gritos.

Enquanto isso, John vestia a camisa.

— Não, não houve gritos, Sra. Filmore — disse Molly, vestindo a camiseta, mas John foi mais rápido. Ele já estava com a calça do uniforme levantada e fechada. — Está tudo bem aqui. Não precisa se preocupar.

— Bem, não estou exatamente *preocupada*. — A voz da Sra. Filmore estava impregnada de falsa preocupação. — É só que Peludo, o Gato, está chorando para entrar, e você geralmente é tão...

John escancarou a porta e ficou parado ali, o uniforme completamente abotoado, tudo no lugar, exceto o coldre, e sorriu para a Sra. Filmore.

— Posso ajudar a senhora com alguma coisa?

O corpo de John bloqueava quase totalmente a entrada — de propósito, para que a Sra. Filmore não pudesse ver que Molly não estava totalmente vestida.

Mas Molly podia ouvir o espanto na voz da mulher, mesmo que não pudesse vê-lo em seu rosto.

— Ah, hã, não, policial — disse a Sra. Filmore, ofegante. — Sinto muito por ter incomodado você. Só queria saber se a Molly estava bem. Eu ouvi, hã, um baque, sabe, e pensei...

— Delegado — disse John.

— Eu... como?

— A senhora me chamou de policial. Mas sou o delegado. Sou o delegado John Hartwell. — Ele apontou para seu distintivo. — Está vendo? Já te disse isso antes, lá embaixo.

Molly, a essa altura, já tinha vestido novamente sua boxer. Ela correu para se juntar a John na porta.

— Estou bem, Sra. Filmore — disse, efusiva. — Está vendo? Está tudo bem. Estávamos comendo torta.

A Sra. Filmore olhou, além de Molly e do delegado, para a mesa de centro, que estava coberta com os pratos vazios nos quais eles tinham comido a torta antes. Claro, o chão também estava coberto de livros, ao redor dos quais Peludo, o Gato, agora passeava. Ele havia conseguido se esgueirar entre as pernas de ambos quando não estavam olhando.

— Ah — disse a mulher mais velha. — Bom. Tudo bem então. Estou feliz que esteja tudo bem. Eu só...

O celular de John começou a tocar, estridente. Ele o tirou do bolso da calça, olhou para a tela, fechou a cara e falou:

— Preciso atender. Se as senhoras puderem me dar licença um momento...

Então, com o telefone pressionado contra a orelha, ele saiu do quarto e foi para a escuridão da sacada do segundo andar da pousada para atender a ligação.

Mas, infelizmente, não longe o suficiente para impedir que Molly ouvisse cada palavra que ele dizia.

CAPÍTULO 22

• John •

John reconheceu o número na tela de seu celular e sentiu uma onda de irritação. É claro que os pais de Tabitha Brighton escolheriam aquele momento, entre tantos outros, para retornar sua ligação.

Mas concluiu que seria pior se tivessem ligado dez minutos antes, quando estava mais agradavelmente ocupado.

— Alô — disse ele. — É o delegado John Hartwell.

— Delegado? — A voz da mulher do outro lado da linha parecia surpresa. Surpresa e agitada. — Eu não sabia... ah, meu Deus. De novo, não. Desculpa, policial. O que foi que a Tabby fez dessa vez?

Ele não corrigiu o uso do título errado.

— Bem, isso depende. Com quem estou falando?

— Ah, me desculpa. Sou a mãe dela, Beth, Beth Brighton. Lamento não ter ligado antes, mas eu e meu marido, o pai da Tabby, estamos viajando, e nem sempre tem sinal de celular, e... bem, você sabe, nós recebemos tantas queixas sobre a Tabby...

— O que foi que ela fez agora, Beth? — perguntou uma voz masculina ao fundo. — O que quer que tenha sido, eu não vou pagar.

— Ah. — Beth Brighton parecia desconfortável. — Desculpa. É o meu marido, Tom. Como eu ia dizendo, Tabby tem causado alguns... problemas nos últimos anos, e nós achamos que merecíamos um tempo, então...

— Entendo — disse John. — Qual foi a última vez que viram a sua filha?

— Ah, deixa eu pensar. Há um ano? Acho que faz mais ou menos um ano que ela fugiu.

— Fugiu?

— Sim. Bom, agora parece ser definitivo. Não é a primeira vez que ela faz isso, mas nunca tinha durado tanto. Tivemos uma discussão sobre as provas finais dela... As notas dela nunca foram as melhores, embora ela seja uma menina inteligente. Uma vez a levamos a um psiquiatra infantil que constatou que o QI dela é de gênio. Mas parece que nunca conseguimos fazê-la entender que as notas são importantes para entrar na faculdade certa. Todos os amigos da nossa filha estão indo para ótimas universidades esse ano: Yale, Duke, Baylor. Mas, na primavera passada, Tabby se recusou a fazer as provas. Ela disse que as avaliações não mediam nada realmente importante, apenas memorização mecânica, que não é conhecimento nem inteligência de verdade... Pode imaginar uma coisa dessas?

Lembrando-se de sua conversa com a filha dos Brighton, John disse:

— Sim, posso.

— Bem, naturalmente, entramos em pânico. Afinal, ela é nossa única filha. O que seria do futuro dela se não fizesse uma faculdade? Como ela poderia ser financeiramente bem-sucedida?

John teve vontade de ressaltar que conhecia algumas pessoas bem-sucedidas que não tinham feito faculdade e que havia muitas maneiras diferentes de medir o sucesso além da financeira, mas não falou nada. Tinha aprendido havia muito tempo que uma das ferramentas mais valiosas na aplicação da lei era a habilidade de ficar em silêncio e ouvir.

— Ela sempre foi assim, de verdade... teimosa. Você sabia que ela também se recusou a usar aparelho ortodôntico? Disse que não via por que tinha que se adequar aos padrões de beleza da sociedade.

John desejou que Katie pensasse assim. Teria economizado milhares de dólares em despesas de ortodontia.

— Mas em relação às provas, nós realmente pensamos que tínhamos conseguido convencê-la — prosseguiu a mãe de Tabitha. — Nós a levamos a vários coaches e terapeutas e pensamos que ela havia entendido. Então, no dia da prova, fui acordá-la de manhã, e ela tinha simplesmente... sumido. Tinha levado todas as coisas de que mais gostava... livros, principalmente... e desaparecido. Sem dizer uma só palavra.

— Inclusive meu cartão American Express Platinum. — John ouviu Tom Brighton gritar ao fundo. — Recebo a conta todo mês. E posso ver todas as coisas ridículas que ela compra!

— Ah — disse a Sra. Brighton. — É. O cartão de crédito. Está no nome do Tom, mas apenas com a inicial dele: T. Brighton. Então não cancelamos, porque pensamos que poderia ajudar a Tabby. Ela ainda pode usá-lo, mesmo que alguém peça a identidade. As contas que recebemos todos os meses... e, claro, ligações de pessoas como você, da polícia... são a única maneira de sabermos... de sabermos... — Ela suspirou. — ... que ela está bem.

— Entendo — disse John novamente. Foi a única coisa que lhe ocorreu dizer. Para falar a verdade, ele estava um pouco decepcionado. Não por causa do cartão de crédito, embora ele tivesse sumido da carteira de Tabitha. O que fez John presumir que um dos Garotos do Sol o havia roubado... provavelmente Beckwith.

Não, ele estava decepcionado que o relacionamento de Tabitha com os pais fosse tão hostil. Isso significava que eles não teriam ideia de quem era o pai da criança. Embora a própria Tabitha insistisse que era Beckwith, e que Beckwith a amava e amava a bebê também, John estava começando a ter dúvidas sobre isso. Por que Beckwith colocaria a própria filha em uma caixa e depois a deixaria no banheiro de uma biblioteca? Ele não conseguia imaginar nenhum pai fazendo isso. Era possível que Tabitha estivesse tão louca pelo cara que apenas *desejasse* que a bebê fosse dele.

Por outro lado, Beckwith era o pior tipo de pessoa. Se alguém fosse abandonar a própria filha recém-nascida, seria ele.

Por que, porém, ele abandonou a bebê e a mãe e continuou na cidade? Em um barco decente, ele poderia ter cruzado o Golfo e estar no México agora.

Não que isso importasse. Independentemente de a bebê ser dele ou não, John pretendia passar o resto de sua vida certificando-se de que Beckwith pagasse pelo que havia feito.

— Onde ela está? — A Sra. Brighton aparentemente colocara o marido no viva voz, porque John agora podia ouvi-lo rosnando muito claramente em seu ouvido: — Onde está a minha filha e o que ela fez agora? Se você a prendeu, pode falar com ela que não vou pagar a fiança de novo. Estou farto de todas as opiniões malucas dela. Tudo o que eu quero é uma filha que vá para a faculdade, arrume um emprego e pare de gastar todo o meu dinheiro em pizza e tinta spray.

— Bem, Sr. Brighton — disse John em seu tom mais calmo —, eu não sei nada sobre isso. O que posso afirmar com certeza é que a sua filha, nesse momento, está na maternidade do hospital da Ilha de Little Bridge, na Flórida.

— *Flórida?* — repetiu o Sr. Brighton horrorizado como se John tivesse dito *Inferno*.

A mulher estava um pouco mais atenta.

— *Maternidade?* Ela... ela está bem, policial?

— Meu entendimento é de que ficará bem. Parabéns. Vocês são avós. Sua filha deu à luz uma menininha saudável.

— O *quê?*

Ambos os pais se calaram, atordoados. Enquanto esperava que recuperassem o fôlego, John ouvia o barulho da cascata ao lado da piscina no pátio abaixo, junto com o barulho dos jatos no ofurô e o coaxar alto dos sapos que viviam nos arbustos logo atrás. Ele decidiu aproveitar que os Brighton estavam muito abalados e, portanto, não pensariam em não revelar informações pessoais, para perguntar:

— Vocês saberiam quem é o pai?

— O pai? — murmurou a Sra. Brighton vagamente.

Ainda estava em choque com a notícia de que ela, uma mulher atraente e relativamente jovem, de quarenta e poucos anos — John havia pesquisado sobre ela e o marido e visto que eles eram ricos —, era avó.

— Não. Não, como eu iria saber? Eu nem sabia que ela estava grávida. Não temos notícias dela há meses... Ah, minha menininha — choramingou a Sra. Brighton. — Eu simplesmente não consigo acreditar. Meu bebê... tem um bebê!

— Onde está a minha neta? — perguntou, em tom autoritário, o pai de Tabitha. — Quando posso vê-la? E a minha filha?

— Bem, assim que vocês conseguirem embarcar em um avião e vir para a Ilha de Little Bridge — respondeu John, esperando que nem Tabitha Brighton nem Molly Montgomery ficassem muito descontentes com o que ele tinha feito. Obviamente, Tabitha tinha o direito de manter seu paradeiro e o nascimento da filha em segredo dos pais, com quem ela aparentemente estava brigada fazia algum tempo.

Mas ela estivera à beira da morte. E a filha também. Essas eram informações que John achava que os pais dela também tinham o direito de saber.

— Tudo bem — disse o Sr. Brighton. — Estaremos aí amanhã... Espera, onde fica essa Ilha de Little Bridge, exatamente?

John levou algum tempo para explicar a logística da viagem para a Ilha de Little Bridge aos Brighton, posto que não havia voos diretos, a menos que fretassem um jato particular. Isso irritou o Sr. Brighton, mas a mulher parecia ansiosa para fazer a viagem e ver a filha e a neta, independentemente de quantas horas levasse ou quanto a viagem parecesse inconveniente.

John considerou isso um bom sinal.

O que decididamente não tinha sido um bom sinal foi dar de cara com Molly Montgomery parada em frente à porta aberta do quarto, encarando-o com os braços cruzados na frente do peito quando ele encerrou a ligação, guardou o telefone e se virou.

— O que foi? — perguntou ele. Era difícil dizer com certeza com a luz por trás dela, mas sua linguagem corporal indicava que estava brava. Ele tinha a sensação de que sabia o porquê, mas certamente, depois da noite extraordinária que haviam acabado de ter, ela não podia estar assim *tão* brava.

A menos que não tivesse sido tão extraordinário para ela quanto fora para ele. No entanto, a impressão foi de que ela havia gostado também. A Sra. Filmore tinha ouvido os gritos de Molly, não os dele. John apenas derrubara algumas pilhas de livros... e, obviamente, naquele momento, quase disse a ela que a amava, porque — naquele momento — ele tinha certeza de que a amava.

Agora ele estava feliz por ter guardado aquelas palavras para si.

— É isso mesmo? Você ligou para os pais da Tabitha Brighton? — perguntou Molly com a voz fria.

Ok. Ela estava brava.

— Sim, liguei. — Ele deu um passo à frente, entrando no campo de luz, para poder ver o rosto de Molly. Sim, definitivamente ela estava brava. Por trás das lentes dos óculos, seus olhos escuros estavam em chamas. Os lábios também formavam uma linha resoluta de desaprovação. — Ela quase morreu. Achei que eles tinham o direito de ser informados.

— Ela tem dezoito anos! — gritou Molly. — É adulta!

— Ela é uma fugitiva — disparou ele de volta — que afanou o cartão de crédito do pai, se meteu em uma seita, engravidou, invadiu uma propriedade, vandalizou a sua biblioteca e quase morreu no parto. Se ela fosse minha filha e alguém a encontrasse no estado em que você a encontrou, eu gostaria de saber. Então, sim, fui atrás dos pais dela e entrei em contato com eles.

Molly descruzou os braços e agora andava de um lado para o outro na sacada, ainda cuspindo marimbondo. Ficou claro que a Sra. Filmore tinha voltado para seu quarto, mas Peludo, o Gato, ficara para trás e agora estava sentado na porta do quarto de Molly, lambendo calmamente uma das patas dianteiras e olhando para ambos com grandes olhos cor de âmbar que pareciam dizer: *Uau, amigo. Você com certeza estragou tudo dessa vez.*

John não poderia concordar mais.

— Você percebe que, legalmente, ela tem direito à privacidade? — perguntou Molly.

— É claro. Mas a Tabitha não é uma das leitoras da sua biblioteca, Molly. E ela está envolvida em uma investigação criminal.

Molly congelou quando ouviu esse comentário e lançou um olhar incrédulo para ele.

— Você vai indiciá-la?

— Talvez, se essa for a melhor maneira de fazê-la entregar Beckwith. Acho que ela sabe onde ele está escondido.

— John, ela está traumatizada!

— Mais uma razão para ela entregar a pessoa que a traumatizou. Eu sei que você pensa que, por ela ter dezoito anos, é uma adulta, mas a verdade é que a Tabitha não está agindo como uma adulta.

— Bem, talvez os pais dela tenham um pouco de culpa por ela agir dessa maneira — disse Molly. — Talvez os pais dela sejam horríveis, e por isso ela tenha fugido deles.

John teve de admitir que Molly tinha razão. Os pais de Tabitha pareciam horríveis — o pai, pelo menos.

Mas ele não diria isso em voz alta. Tinha certeza de que ela não ia gostar.

— Não me diga que você nunca ligou para os pais de uma criança — falou John, por fim.

— Eu ameacei, muitas vezes — confessou Molly. — Mas nunca fiz isso. As crianças têm direito à sua privacidade... e a ter autonomia também.

— Concordo... até que comecem a se machucar, ou machucar outras pessoas. E não é verdade que você nunca ligou para os pais de uma criança. Você me procurou hoje com fotos comprometedoras da minha filha, tiradas por um dos seus leitores.

Molly enrijeceu.

— Isso foi diferente.

— Diferente como?

— Porque isso fazia parte da sua investigação. Foi para ajudar a solucionar o caso.

— Assim como a ligação para os pais da Tabitha. Investigo os casos nos quais estou trabalhando da maneira que achar melhor. Às vezes, meus métodos podem não ser bonitos, mas tendem a funcionar. — Exceto quando não funcionaram... como nesse caso do Larry Beckwith III.

— Mas provavelmente era justamente dos pais que a Tabitha estava fugindo, John! E agora você contou para eles onde encontrá-la.

— Você não sabe nada sobre ela. — John pensou que era possível que ele estivesse ficando louco. Ela o estava *deixando* louco. — Você ficou com essa jovem quando ela estava lá sangrando e mal conseguia se manter consciente, mas isso não é o mesmo que ter uma conversa com ela, porque, acredite em mim, se tivesse tido, você ligaria para os pais dela e para uma assistente social, e para um psiquiatra, e chamaria toda a ajuda que pudesse conseguir para ela, porque o que quer que tenha acontecido com aquela garota a deixou *pirada*.

Molly piscou com força.

— John — disse ela, no que pareceu a ele uma voz chorosa —, acho melhor você ir embora.

— O quê?

— Você ouviu. É tarde e eu tenho que estar na biblioteca pela manhã para uma reunião de equipe. Acho que está na hora de você ir embora.

Tardiamente, ele percebeu que ela estava zangada de verdade. E também prestes a chorar.

— Molly, você não vai deixar que isso faça as coisas ficarem estranhas entre a gente, vai? Porque achei que passamos momentos ótimos juntos essa noite...

— Foi — concordou Molly. — Fisicamente. Mas não tenho certeza se estamos tão entrosados.

— Quer mais entrosamento do que aquilo que fizemos lá dentro? — perguntou ele, apontando o polegar em direção ao quarto dela. — Onde, eu gostaria de ressaltar outra vez, acho que ficamos *mais do que* entrosados.

— Estou falando de empatia.

Se ela tivesse dado um tapa nele, John não teria ficado tão surpreso.

— Você acha que me falta *empatia*?

— Não sei quanta empatia você pode ter quando chama uma mulher que passou pelo que a Tabitha acabou de passar de pirada.

Ele não devia ter ficado surpreso. Ela já o havia chamado de amoral. Por que não também destituí-lo de empatia?

Mas, mesmo assim, ele ficou ali parado, com a sensação de ter levado um soco no estômago, enquanto o gato começava a lamber lentamente a outra pata. *Não olhe para mim, amigo,* o bichano parecia dizer. *Eu também não sei o que está acontecendo aqui.*

— Acho que, se você tivesse conversado com ela — disse John, tentando desesperadamente contornar a situação —, concordaria que Larry Beckwith fez uma lavagem cerebral na Tabitha Brighton a ponto de deixá-la pirada.

Não funcionou. Molly tinha voltado ao quarto para pegar o coldre dele.

— Eu acho que não — disse ela quando voltou.

Ele sabia que deveria pedir desculpas, mas... por quê? Não tinha feito nada errado! Pelo menos, não tecnicamente. Ele era o delegado. Esse era o trabalho dele!

— Você precisa ser coerente, Molly — insistiu ele. — Não pode exigir que eu publique a foto da minha filha no jornal e depois falar que não posso entrar em contato com os pais da Tabitha. Fiz bem em ligar para os pais dela, porque ela precisa deles. Desesperadamente. E quando vir que estou certo, você vai... bem, você vai levar uma torta para *mim.*

Ele sorriu, orgulhoso de si mesmo pelo gracejo. Dizer algo descontraído talvez ajudasse a situação. Isso sempre funcionava com Katie, e até com Marguerite, quando elas ficavam chateadas.

Mas logo viu que agora, definitivamente, a estratégia não tinha funcionado. Soube disso no minuto em que o cinto de guarnição veio voando em sua direção.

Felizmente, ele o pegou antes que caísse no piso de madeira. Ela praticamente o jogou em cima dele, o que não era bom.

Nunca era bom jogar armas de fogo, mesmo quando estavam no coldre, com a trava de segurança ativada.

— Não vai acontecer — disse Molly. Ela não parecia chorosa agora, apenas zangada. — Vou dormir. Acho que você também deveria ir. Boa noite.

— Boa noite — respondeu ele e ficou olhando enquanto ela entrava no quarto, batendo a porta e deixando tanto ele quanto o gato do lado de fora, imersos no breu silencioso.

O gato, imperturbável, bocejou e foi até ele. John deu um passo rápido para trás, sabendo o que o gato pretendia fazer — esfregar-se nele e mais uma vez deixar a calça do uniforme cheia de pelo laranja.

— Não — disse ele. — De jeito nenhum, gato.

Então correu pelos degraus até o pátio da pousada, prendendo o cinto enquanto descia. O gato sentou-se no topo da escada e o observou partir sem piscar os olhos arregalados. John não pôde deixar de pensar que o bichano o estava julgando, da mesma forma que ele estava se julgando. A noite, que tinha começado como uma das melhores que ele tivera até onde se lembrava, terminara em desastre.

Mas como? Ele não conseguia entender. O que ele tinha feito? Violado o direito de privacidade da menina ao ligar para os pais dela?

O que havia de tão errado nisso? Durante uma investigação, aquilo fazia parte do seu *trabalho*.

E, sim, talvez ele tenha mencionado que Tabitha estava um pouco fora da si. Mas ele não mentira sobre os fatos em um caso. Fatos eram fatos. Isso não significava que ele não tinha empatia. Ele era muito empático!

Exceto com idiotas que infringiam a lei, colocando em risco a vida e a propriedade de cidadãos inocentes.

Se Molly Montgomery não conseguia ver isso, então talvez ela estivesse certa e eles não tivessem nenhum entrosamento.

Só que...

Só que não.

Tudo parecia tão certo quando eles estavam juntos. Tão certo, tão bom e tão verdadeiro.

Só que, agora, com os dois brigados, tudo parecia péssimo.

O que ele faria?

CAPÍTULO 23

• Molly •

Molly não conseguiu pregar os olhos naquela noite.

O que era preocupante, porque ela não tinha dormido quase nada na noite anterior também.

Na verdade, ao descer cambaleando até a cozinha na manhã seguinte para ajudar Joanne a preparar o café da manhã, percebeu que vinha dormindo muito mal desde que encontrara aquela bebê no banheiro da biblioteca e conhecera o delegado de olhos azuis que agora estava assombrando seus sonhos — isso quando conseguia dormir alguns minutos, o que nem de longe era o suficiente.

— Então — disse Joanne, piscando para Molly, que passava alguns dos famosos muffins de mirtilo dos Larson do tabuleiro para uma travessa. — Como foi ontem à noite? Ouvi dizer que você recebeu uma visita.

Molly deu um sorrisinho.

— Ótimo. — Era impossível manter qualquer coisa em segredo na pousada ou em uma ilha tão pequena quanto Little Bridge. Não demoraria muito para que todos soubessem que ela e o delegado tinham dormido juntos. Era apenas uma questão de tempo.

Joanne abriu um grande sorriso.

— Eu sabia. Eu simplesmente sabia que vocês dois foram feitos um para o outro. Sabe por quê?

— Não. Por quê?

— Porque vocês dois levam o trabalho muito a sério. Não são muitas as pessoas que encontram sua verdadeira vocação, mas vocês dois encontraram.

— Hummmm. — Interessante. Na verdade, talvez eles levassem seus trabalhos um pouco a sério *demais*. — Sim. Pois é.

Por que ela fora agressiva com ele daquele jeito? Ela não sabia. Bom, saber ela sabia, mas depois que ele foi embora, pareceu meio insensato. Sim, John havia ligado para os pais de Tabitha. E daí? Ele obviamente sentiu que precisava. E estava certo ao dizer que tinha passado mais tempo com a garota do que ela. Devia saber melhor qual era o estado mental dela, e o que ele estava fazendo. Não devia?

Molly não tinha certeza. Ele era homem, e os homens eram meio... misteriosos. Não importava quantos livros lesse, ela achava que nunca seria capaz de entendê-los. Veja o que tinha acontecido com seu ex. Molly pensava que o conhecia, até que ele se revelou ser uma pessoa completamente diferente. Não que ele a tivesse traído ou virado um jogador compulsivo ou um *serial killer* nem nada do tipo. Ele havia simplesmente presumido que, depois que se casassem e tivessem filhos, ela abandonaria a carreira para assumir a tarefa de educá-los em casa.

Não que isso fosse uma coisa terrível. Em algumas situações, a educação domiciliar era até preferível e/ou necessária. E algumas pessoas — como a nova noiva de Eric, Ashley, pelo menos de acordo com suas postagens nas redes sociais — ficariam *radiantes* em dedicar a vida a isso.

Mas de onde Eric havia tirado a ideia de que educar em casa uma criança que ainda nem existia era algo que *Molly* queria?

Talvez ela simplesmente nunca o tivesse conhecido de verdade, nem ele a ela.

Bem, ela não cometeria esse erro de novo.

Era uma pena que ela tivesse transado com o delegado antes de conhecê-lo melhor — bem, não exatamente uma pena, porque transar com ele tinha sido muito bom. Mais do que bom. Fora uma das melhores experiências sexuais que ela já tivera, para ser sincera.

A menos que... bem, a menos que ele estivesse certo.

Mas como ele poderia estar certo? Quem se referiria a uma jovem que passou pelo que Tabitha Brighton passou como pirada? Aquilo foi insensível demais. Quem chamaria os pais da jovem quando ela tão claramente escolheu se afastar deles? Quem...

— Ah, dê só uma olhada nisso! — A Sra. Filmore e o marido foram as primeiras pessoas a chegar ao bufê do café da manhã, como sempre, e também as primeiras pessoas a pegarem o *Gazeta* daquela manhã e abri-lo. — Que foto assustadora!

— O que é isso? — grunhiu o Sr. Filmore. Ele nunca falava muito, mas falava menos ainda antes da primeira xícara de café.

— Olhem. — A Sra. Filmore ergueu o jornal para que todos que estavam ali tomando o café da manhã pudessem ver.

E ali, logo acima da dobra, via-se a impressão colorida da foto que Elijah havia tirado de Katie com o uniforme das Parguitas, jogando um beijo para a câmera, com Dylan Dakota à espreita ao fundo.

Ao lado da foto, em grandes letras pretas, gritava a manchete:

VOCÊ VIU ESTE HOMEM?

Abaixo da foto com vários parágrafos havia uma matéria, escrita por Meschelle Davies.

Molly quase deixou cair a tigela de salada de frutas de aspecto lamentável que havia preparado.

A imagem de Katie não fora nem cortada nem borrada. Seu rosto estava claramente identificável na foto.

— Santo Deus! — exclamou Joanne, que servia ovos mexidos ao Sr. Filmore. — Essa é...

— Kathleen Hartwell — disse a Sra. Filmore, lendo a legenda abaixo da foto. — Filha de dezesseis anos do delegado John Hartwell, em imagem capturada por Elijah Trujos, na qual é possível ver o suspeito de ser o Ladrão do Colégio. Qualquer pessoa que tenha informações sobre a identidade desse homem deve ligar para a polícia. — Ah, meu Deus, o delegado não é o homem que estava com você aqui ontem à noite, Molly?

Molly pousou a tigela de salada de frutas com um baque surdo.

— S-sim. — Ela engoliu em seco. — Eu... eu... é melhor eu ir.

— Molly? — Joanne a chamou enquanto Molly saía correndo do bufê do café da manhã. — Está tudo bem?

— Está! É que eu só tenho uma reunião. Até mais tarde!

Molly sentiu-se culpada por sair correndo daquele jeito, deixando Joanne cuidando sozinha do serviço de café da manhã (embora o marido de Joanne, Carl, em geral aparecesse mais tarde para ajudar, depois de medir sua glicemia). Mas Molly simplesmente não podia enfrentar o escrutínio dos Filmore, especialmente com a foto de Katie Hartwell encarando-a — a foto que ela insistira que John desse ao *Gazeta*.

Ela entendia por que ele tinha feito aquilo. Seu desejo de pegar o Ladrão do Colégio era quase patológico.

Mas o que ela não conseguia entender era por que ele não mandara Meschelle recortar Katie ou desfocar seu rosto. Embora ela tivesse de admitir que não fazer isso tornava a imagem muito mais impactante. Certamente chamaria muita atenção...

Essa suspeita foi comprovada quando ela chegou à biblioteca (atrasada, é claro) e encontrou os funcionários debruçados sobre *A Gazeta*.

— Ah, meu Deus — disse Henry quando ela entrou. — Você já viu a foto na primeira página do jornal de hoje? Não é aquela menina que estava aqui outro dia com o pai, o delegado?

— Sim — confirmou ela, com um sorriso tenso. — É a Katie Hartwell.

Molly se arrependeu de não ter ligado falando que não se sentia bem. Pensou em dizer que estava com intoxicação alimentar ou enxaqueca — qualquer coisa para não ser obrigada a falar sobre John ou qualquer outro assunto que tivesse a ver com os acontecimentos do fim de semana.

E agora se lamentava profundamente por não ter feito isso.

— Essa foto é muito sinistra! — declarou Henry. Aparentemente, *sinistra* era palavra para descrever a foto que Elijah havia tirado de Katie e do Ladrão do Colégio. — Tenho a sensação de que já vi esse cara em algum lugar, mas não consigo lembrar onde.

— Bem — disse Molly, indo guardar a bolsa. — Se lembrar, você deve entrar em contato com a polícia imediatamente.

— Eu sei — disse Henry. — Mas sinto que, se tivesse visto mesmo alguém tão grotesco, com certeza me lembraria de onde.

— Não acho que ele seja realmente grotesco — comentou Phyllis com sua voz calma. — Acho que o fato de ele estar no escuro atrás da menina dá esse aspecto maligno. Talvez, em outro cenário, ele parecesse mais normal.

Henry balançou a cabeça, ainda olhando para a foto.

— Não. Não, eu definitivamente já o vi antes. Mas onde?

— Talvez perto da nova biblioteca. Sabemos que ele andou por lá.

Molly pegou o telefone em sua mesa e verificou a caixa postal, ao mesmo tempo que percorria os e-mails no computador. Não sabia o que esperava encontrar — alguma coisa do delegado, talvez?

Mas ele tinha o número do celular dela. Se quisesse entrar em contato, teria ligado ou enviado uma mensagem.

E ele não tinha feito nada disso, é claro. Ela já havia checado o celular um milhão de vezes. Por que ele se daria ao trabalho de entrar em contato com Molly quando ela deixara tão claro que não queria mais nada com ele?

Havia, porém, uma mensagem incomum na caixa postal do telefone da biblioteca. Molly parou de correr os olhos pelos seus inúmeros e-mails quando começou a ouvi-la. Uma voz feminina, hesitante e estranhamente fraca, dizia: "Alô, Srta. Montgomery? Olá, aqui é, hã, a Tabitha Brighton. Sou, hã, a pessoa que você encontrou na biblioteca... Bem, hã, me disseram que você salvou a minha vida e a da minha bebê. Eu só queria ligar e dizer, hã... obrigada. Muito obrigada pelo que você fez."

Houve uma longa pausa, durante a qual parecia que a menina estava contendo o choro. E então Tabitha falou: "Bom, é isso. Só queria agradecer."

Molly estava tão surpresa — e emocionada — que ficou segurando o fone por um ou dois segundos a mais do que o necessário depois que Tabitha desligou, olhando para a mesa bagunçada, os olhos lacrimejantes demais para ver qualquer coisa.

— Você está bem?

A voz a assustou, embora fosse gentil. Molly se virou e deu de cara com Phyllis Robinette ao seu lado, segurando uma xícara de chá.

— Ah, sim. — Molly desligou o telefone e rapidamente enxugou os olhos. — Era Tabitha Brighton, a mãe da Bebê Afrodite, me agradecendo por tê-la ajudado. Não sei o que há de errado comigo. Eu nunca choro... exceto, é claro, com o final dos livros.

— Bem, você teve uns dias difíceis. — Phyllis sentou-se na cadeira ao lado da mesa de Molly. Era uma mulher tão pequena que cabia facilmente nela. — Eu ia comentar que você não parece muito bem. Está pálida. Aconteceu alguma coisa?

Muitas coisas, Molly teve vontade de dizer. Mas não queria sobrecarregar sua mentora e amiga com suas atribulações, especialmente porque elas não tinham nenhuma relação com o trabalho.

— Estou bem — mentiu Molly, por fim. — Estou só com dor de cabeça. — Esta parte não era mentira. Estava pressentindo uma dor de cabeça desde que pedira ao delegado que fosse embora ontem à noite. — E não dormi bem.

Isso também não era mentira.

— Por que você não tira o dia de folga? — Phyllis inclinou-se para a frente e deu um tapinha carinhoso no joelho de Molly, a única parte da jovem que ela conseguia alcançar da cadeirinha.

— Eu não posso. Temos muitas demandas. A reunião de equipe... a mudança...

— Tudo isso estará aqui quando você voltar. Nós nos virávamos muito bem aqui antes de você chegar, sabia?

Era verdade.

Ela olhou para o telefone em sua mesa, lembrando-se do que John tinha dito a ela na noite anterior sobre Tabitha. *Você não sabe nada sobre ela.*

Talvez ela precisasse remediar isso.

— Bem... Eu poderia tirar a manhã de folga — disse Molly, pegando a bolsa dentro da grande gaveta de sua mesa. — E voltar à tarde.

— Só se você estiver se sentindo melhor — disse Phyllis.

Molly já havia se levantado com um pulo.

— Se eu estiver me sentindo melhor, é claro. Obrigada, Phyllis.

— *Poesia completa,* da Maya Angelou — gritou Phyllis, quando Molly já estava se afastando.

Isso fez com que Molly se detivesse. Lentamente, ela se virou.

— Desculpa, Phyllis. O que você disse?

— *Poesia completa*, da Maya Angelou — repetiu Phyllis. — É o que eu levaria para a menina ler. Ela acabou de se tornar mãe, então, supondo-se que fique com a bebê, não terá muito tempo para ler. Mas pode tirar um tempinho para um poema aqui e outro ali. E Maya Angelou é quase sempre a escolha certa.

Molly, sentindo-se um pouco envergonhada por não ter pensado nisso, assentiu.

— É claro. E eu devia levar algo para ela ler para a bebê. Nunca é cedo para começar a ler para uma criança. — Ela sorriu para a mulher mais velha. — Como você sabia que eu estava indo para o hospital?

— Ah, minha querida. — Phyllis balançou a cabeça enquanto se levantava da pequena cadeira. — Você está mais para Harry Potter do que para Proust... não é muito difícil de ler.

Molly não tinha certeza se deveria se sentir insultada ou lisonjeada com isso, mas escolheu a segunda opção.

Teve de recorrer a um aplicativo de serviços de transporte para chegar ao hospital porque era muito longe para ir a pé ou de bicicleta. Estava preparada para receber um não quando perguntou o número do quarto de Tabitha Brighton — Molly não era da família, afinal —, mas o gentil voluntário no balcão de informações procurou o número e lhe deu depois de perguntar quem ela era e verificar com atenção sua identidade. Aparentemente, Molly estava em algum tipo de lista de visitantes aprovados — ou melhor, não era nem Dylan Dakota nem alguém da imprensa, então tinha permissão para andar livremente pelos corredores do hospital.

No segundo andar, ela não teve dificuldade em encontrar o quarto de Tabitha e estava quase entrando sem bater (visto que a porta estava escancarada) quando reparou que Tabitha estava amamentando. Uma enfermeira estava ao lado dela, olhando para a cabecinha escura da Bebê Afrodite e murmurando:

— Pronto. Pronto, está vendo? Você conseguiu. Eu falei que ia conseguir.

Molly parou na soleira, satisfeita por ver que tanto a mãe quanto a bebê pareciam ótimas, especialmente considerando a condição em que se encontravam na última vez que as vira.

Agora ambas tinham o rosto corado, e Tabitha sorria, com um brilho nos olhos. Molly não conseguia ver os olhos da bebê porque sua cabeça estava virada para o outro lado, mas supôs que eles teriam o mesmo brilho que os da mãe.

Sentindo-se uma intrusa, ergueu a mão e bateu suavemente no batente da porta. Quando Tabitha e a enfermeira levantaram a cabeça, surpresas, pois estavam completamente absortas em sua tarefa, Molly falou suavemente:

— Olá. Peço desculpas por interromper. Sou a Molly Montgomery, a bibliotecária da seção infantil. Não queria incomodar, mas recebi sua mensagem e pensei em passar aqui para ver como vocês estão. Espero que não seja uma hora ruim.

A expressão de Tabitha mudou quando Molly revelou quem era. Claro que ela não a reconheceu — como poderia? Ela não se lembrava daquele momento terrível na biblioteca — ou pelo menos era o que Molly esperava —, então tinha olhado para ela com desconfiança. Agora, porém, relaxou.

— Ah, oi — cumprimentou-a Tabitha. — Por um segundo, pensei que você fosse a assistente social. Ficaram ameaçando mandar a assistente para cá o dia todo.

Molly estava um pouco confusa — o que havia de tão errado com os assistentes sociais? Mas então a enfermeira disse:

— Olha, Tabitha, só queremos ter certeza de que você e sua bebê já criaram um vínculo e que tenham um lugar seguro para ir quando receberem alta.

— Claro que criamos — disse Tabitha, dando uma risadinha com um leve tom de desdém. — Olha só para a gente!

E de fato a Bebê Afrodite estava aconchegada à mãe e parecia ter um apetite voraz. De onde estava parada, junto à porta, Molly podia ouvi-la sorver sofregamente.

— Então — disse Molly, hesitando em entrar no quarto, pois não havia sido exatamente convidada —, você vai ficar com ela?

Tabitha pareceu chocada.

— Claro que vou ficar com ela! Por que todo mundo fica me perguntando isso?

Molly sentiu que essa resposta bastava como convite para ela entrar. E foi o que fez, colocando a bolsa e a sacola no chão e sentando-se na cadeira de visita, que ficava ao lado da cama da jovem.

— Acho que é porque alguém a deixou na minha biblioteca — disse Molly. — Você já sabe quem pode ter feito isso?

Tabitha revirou os olhos.

— Bom, a polícia fica falando o tempo todo que foi o meu namorado. Mas eu sei que ele nunca faria uma coisa dessas.

— Hummm — replicou Molly, meio evasiva. — Bem, a polícia pode estar errada.

— Não é? Quer dizer, por que o meu namorado faria isso com a própria filha?

— Porque os homens podem ser horríveis — disse a enfermeira, em cujo crachá se lia *Cecile*.

— Não o meu namorado. — A voz de Tabitha era firme. — Ele vem buscar a gente, e nós vamos morar em um barco, navegar ao redor do mundo e educar a Cosette em casa.

— Foi esse o nome que você escolheu? — perguntou Molly, estendendo a mão para tocar um dos dedinhos rosados do pé da bebê. Ela não resistiu. O pezinho pendia sob a manta a apenas alguns centímetros dela, parecendo tão macio, doce e inocente que Molly teve de tocá-lo. — Cosette?

— Foi. — Tabitha tinha o olhar sonhador com que todas as mulheres ficavam ao amamentar, incluindo a irmã de Molly.

Mas o de Tabitha estava especialmente evidente, porque era uma adolescente pensando no menino que amava. — De *Os miseráveis*. Esse é o meu livro favorito. Cosette passa por muitas dificuldades, mas ela é uma sobrevivente, não uma vítima. Quero que a minha filha seja igual a ela.

— Tirando as dificuldades, espero.

— É claro! — Tabitha olhou para Molly como se ela fosse louca.

— Bem, ela é tão novinha, duvido que se lembre do começo difícil que teve na vida. Tenho certeza de que você e o seu namorado darão uma educação maravilhosa para a sua filha. Ele ligou para você? — Molly não conseguia acreditar que estava sentada ali, interrogando com toda calma a jovem mãe enquanto ela amamentava. O que havia de errado com ela? — Suponho que você receberá alta em breve.

— Bom, não. — Tabitha parecia ligeiramente perturbada. — Mas ele está ocupado.

— Claro que está — disse Cecile com voz monótona.

— Não, está mesmo. Ele está providenciando o barco. Nós conversamos sobre isso. Ele disse que levaria alguns dias para conseguir um bom.

— Você quer dizer roubar um — disse Cecile.

— Não é roubo — insistiu Tabitha. — É errado possuir propriedade ou pessoas.

Molly trocou um olhar com a enfermeira, que estava ajustando o acesso intravenoso de Tabitha. A enfermeira reprimiu um sorriso e se virou. Ficou claro que ela já tinha ouvido esse tipo de comentário de Tabitha.

De repente, Molly entendeu por que John insistira que Tabitha estava "pirada".

Mas Molly tinha uma opinião diferente. Tabitha não estava mentalmente doente. Ela simplesmente era jovem... jovem, ingênua e apaixonada.

— Bem, claro que é errado possuir pessoas — concordou Molly com cuidado. — Mas talvez você pensasse diferente se alguém pegasse algo que pertencesse a você... se fosse o seu barco, por exemplo.

— Não se de fato precisassem dele — replicou Tabitha, balançando a cabeça. — Se eu tivesse algo de que uma outra pessoa estivesse realmente precisando, não me incomodaria em dividir. Fico feliz em compartilhar tudo o que tenho com aqueles que têm menos.

— Sim, mas e se quisessem a Cosette?

Os braços de Tabitha se contraíram protetoramente em torno da filha.

— Do que você está falando?

— Estou falando do fato de alguém ter tirado sua bebê de você. Você não concordou com isso, não foi?

— Claro que não! Mas estou falando de coisas materiais, não de bebês.

— Você disse que era errado possuir pessoas.

— Eu não possuo a Cosette. Ela é minha filha. Eu nunca deixaria alguém levá-la embora.

Molly assentiu.

— Ok. Eu só fiz uma pergunta. Olha, trouxe uma coisa para você. Ela se levantou e levou a mão à bolsa, tirando os livros de lá de dentro e entregando ambos a Tabitha.

Tabitha dirigiu ao livro de poesia apenas um olhar fugaz, mas arquejou ao ver o livro infantil.

— *Um dia de neve*! Meu Deus, eu tinha esse livro quando era criança. Era o meu favorito. Como você sabia disso?

— Todo mundo lê esse livro quando é criança — explicou Molly. — É o preferido de todo mundo. É o nosso livro mais consultado na biblioteca, embora nunca tenha nevado em Little Bridge. Acho que é por isso que as crianças daqui gostam tanto dele. Achei que você gostaria de começar a ler para a Cosette.

— Ah, eu vou. — Quando sorria, como agora, Tabitha era uma menina muito bonita. — Obrigada. Muito obrigada, Srta. Montgomery!

Foi nesse momento — uma Tabitha de bochechas rosadas folheando as páginas de seu livro infantil favorito enquanto amamentava a filha recém-nascida, com Molly e a enfermeira ao lado da cama dela — que um homem e uma mulher bem--vestidos entraram no quarto, alguns segundos depois, puxando malas e trazendo com eles o cheiro inconfundível de aeroporto e dinheiro.

— *Tabby?* — exclamou a mulher, incrédula, quase deixando cair a mala.

Tabitha ergueu os olhos do livro e seu queixo caiu com o choque.

— Mãe? Pai?

CAPÍTULO 24

• John •

— Os telefones não param de tocar — foram as palavras com as quais Marguerite recebeu John quando ele entrou na delegacia. — Todo mundo... e quero dizer *todo mundo* mesmo... nessa ilha viu Dylan Dakota.

— O nome dele é Larry Beckwith.

— Você sabe de quem estou falando.

— Ótimo.

John achava que nunca tinha se sentido tão cansado. Parecia que havia sido atropelado por um caminhão. Tudo que ele queria era se arrastar de volta para a cama, esconder a cabeça com as cobertas e dormir por oito horas. Talvez dez.

Mas, infelizmente, ele não podia, porque tinha um criminoso para prender.

Dylan Dakota fora visto no empório do Frank comprando cerveja.

Dylan Dakota fora visto no Bar do Ron bebendo rum.

Dylan Dakota fora visto na inauguração de uma galeria de arte na noite de quinta-feira admirando uma aquarela de Bree Beckham e até perguntara o preço, embora não a tivesse comprado.

Dylan Dakota fora visto perto da enseada admirando o iate de Randy Jamison, responsável pelo planejamento urbano, e algumas pessoas até desconfiaram da possibilidade de haver um roubo, mas, quando os policiais chegaram, ele já havia sumido.

Dylan Dakota tinha estado em todos os lugares e fora visto por todos, mas ninguém parecia saber onde ele se encontrava agora.

John sentou-se à sua mesa e esfregou o rosto. Perguntou-se o que tinha feito para merecer uma pedra como Larry Beckwith em seu sapato. Pensou no que fazer para que Molly Montgomery voltasse a gostar dele e em como poderia colocar Larry Beckwith na prisão definitivamente. Perguntou-se se estava velho demais para deixar a polícia e ir jogar no Miami Marlins.

Marguerite bateu à porta de sua sala e a abriu sem esperar que ele dissesse "Entre".

— Chefe, estou com Dorothy Tifton no telefone, a senhora cuja casa foi roubada.

John lhe dirigiu um olhar cansado.

— Eu sei quem ela é, Marguerite.

— Bem, ela está insistindo que precisa falar com você, e só com você. Eu falei para ela que você estava ocupado, embora não me pareça que esteja, na verdade. Parece que é importante. Aposto que é algo sobre o seguro dela. O que quer que eu faça?

John agitou a mão no ar.

— Pode me passar a ligação.

— Certo, chefe. Se não se importa, você está com uma cara péssima.

— Ah, obrigado, Marguerite. É muito gentil da sua parte.

— Só estou avisando, chefe.

Marguerite fechou a porta ao sair. A ligação da Sra. Tifton entrou alguns segundos depois.

— Olá, senhora — disse John, tentando soar o mais alegre possível, já sabendo que havia fracassado. — O que posso fazer pela senhora nessa bela manhã?

— Delegado. — A voz da Sra. Tifton mal passava de um sussurro. — Quero que saiba que eu o peguei.

— Me desculpa — disse John. — Não consigo ouvir direito, Sra. Tifton. Pode falar um pouco mais alto?

— Não, não posso. Porque estou atrás daquele animal que invadiu minha casa e, se eu falar mais alto, ele pode me ver.

Isso fez com que John corrigisse a postura na cadeira.

— Me desculpa, Sra. Tifton. A senhora disse... que está... que está com Dylan Dakota agora?

— Se você está se referindo ao Ladrão do Colégio, a resposta é sim — sussurrou a idosa. — Só que não foi esse o nome que ele me deu. Ele me disse que se chamava Larry.

John estava tão empolgado que se levantou da cadeira e atirou o grampeador com toda a força na porta da sala. O grampeador quebrou o vidro da parte central da porta, no qual estavam escritas as palavras *Delegado John Hartwell*. Agora, graças ao objeto, havia apenas um buraco — um buraco que foi rapidamente preenchido pelo rosto de Marguerite Ruiz, com uma expressão incrédula e balbuciando as palavras: *Mas o que foi isso...?*

John apontou para o telefone que estava segurando contra o ouvido. *Pegamos ele*, John articulou com os lábios. Em voz alta, falou:

— Então onde vocês estão, Sra. Tifton?

— Estou na Fitness 24 Horas — sussurrou a idosa. — Normalmente eu não malho aqui, mas talvez eu mude de academia, já que eles foram muito legais agora deixando que eu trouxesse minha cadelinha... Você conheceu a minha cadelinha, não foi, delegado? Minha Daisy?

— Sim, conheci a sua cachorrinha — respondeu John, enquanto rabiscava Fitness 24 Horas em um bloco perto de seu telefone e o erguia para que Marguerite pudesse vê-lo. A policial assentiu com a cabeça e falou baixinho no rádio de ombro. — A Daisy é muito fofa — continuou o policial.

— Ela é, não é? Bom, eu estava passeando com a Daisy hoje de manhã, como costumo fazer, e pensei em passar naquele Café Cubano, porque eles fazem o melhor café *con leche*, não acha?

— Sim. — No bloco de notas, John escreveu: *SEM SIRENES. NÃO O ASSUSTEM*. Então o mostrou para Marguerite. Ela acenou com a cabeça e novamente falou baixinho em seu rádio de ombro.

— Bem, eu estava lá pedindo o meu café e não é que eu dou de cara com esse menino, também pedindo café, e ele começa a fazer carinho na minha cachorra... Todo mundo adora fazer carinho na minha cachorrinha porque ela é fofa, se me permite o elogio. Então eu penso comigo: "Bom, esse garoto se parece com o garoto da foto no jornal de hoje." Só que ele está usando um boné, talvez como disfarce, mas eu também penso: "Bem, não é um disfarce muito bom, porque você ainda pode ver todas as tatuagens e as coisas nas orelhas." E quer saber, delegado? Dava para sentir o cheiro dele. E esse garoto cheirava exatamente como o moletom com capuz que vocês encontraram na minha casa! E não é só isso, sabe o que ele me falou?

— O quê? — perguntou John.

— Ele percebeu que eu estava olhando para ele e disse: "Aposto que a senhora está pensando que eu sou o cara do jornal de hoje." Bem, eu não poderia ter levado um susto maior, porque era exatamente o que eu estava pensando! Então eu falei para ele: "Na verdade, sim. Sabe, aquele garoto me roubou e também vandalizou a minha biblioteca." E ele riu e disse: "Ah, a biblioteca era sua? Achei que fosse pública." E eu disse: "É, mas fui eu que doei o dinheiro todo da reforma." E ele rebateu: "Bom, obrigado por isso. Precisamos de mais bibliotecas nesse mundo. Desculpa por meus amigos e eu termos feito aquilo com sua biblioteca. Mas a senhora sabe que tecnicamente ela pertence ao povo, e nós somos o povo, então temos o direito de fazer o que quisermos." E logicamente eu repliquei: "Meu jovem, com todo o respeito, eu discordo."

John sentiu que estava começando a suar, embora mantivesse o ar-condicionado da delegacia — diferentemente do que ocorria com o de sua casa — em rigorosos vinte e um graus. Ele estava segurando o telefone com tanta força que corria o risco de quebrá-lo.

— E ele teve a coragem de sorrir para mim e dizer: "Bom, a senhora não vai me dedurar, vai?" E sabe, delegado, eu estava com muito medo... Ele me assustou! Aquele sorriso dele... E os olhos... é como se ele estivesse morto por dentro. Então eu falei: "É claro que não. Você é gentil com os cachorros, então não pode ser mau." Porque ele estava bem ali! Fazendo carinho na minha cachorrinha! Ele poderia ter quebrado o pescoço da Daisy! O que mais eu poderia fazer?

— A senhora fez a coisa certa, Sra. Tifton — assegurou-lhe John ao telefone. Cobrindo o bocal, ele se dirigiu a Marguerite: — Quantos?

— Temos um carro na região, dois a caminho. O que está na região deve chegar lá a qualquer instante.

— Quem é?

— Martinez.

— Bom. — Para a Sra. Tifton, ele disse: — Então como foi que ele acabou indo parar na academia, senhora?

— Bem, achei que deveria segui-lo, ver onde ele está ficando. — John quase revirou os olhos. Não era de admirar que a viúva e Molly Montgomery se dessem tão bem. As duas tinham lido romances policiais demais. — E descobri que é na academia.

É claro. Claro que era. Beckwith poderia alugar um armário para guardar suas coisas lá, tomar todos os banhos quentes, e ter todas as toalhas limpas e sabonete de que precisava, fazer um bom treino e provavelmente até dormir ali em algum espaço escuro se não houvesse mais ninguém por perto — e, se na equipe noturna houvesse uma mulher ou um homem gay, ele poderia usar seu charme para que o deixassem ficar, dependendo do quanto fossem suscetíveis a seus encantos. Tudo por apenas vinte dólares por dia. Era muito mais barato do que um quarto de hotel e muito mais conveniente do que dormir em alguma casa ou prédio vazios.

John quis se socar por não ter pensado nisso antes.

— Tem certeza de que ele está aí agora, Sra. Tifton?

— Bom, estou olhando para ele agora no aparelho elíptico... Ah, tem um policial chegando... Você o mandou?

— Mandei. Escuta, Sra. Tifton, quero que fique fora do caminho. A senhora fez algo incrível, mas não posso permitir que se machuque.

— Não precisa se preocupar comigo, delegado. Sou uma velha durona. Ah, seu policial está prendendo o garoto! Ele está sendo algemado! — A Sra. Tifton não estava mais preocupada em sussurrar. — Mal posso esperar para contar para todas as minhas amigas!

— Contar o que para elas, Sra. Tifton?

— Que a Daisy e eu pegamos o Ladrão do Colégio, é claro!

— Eu também não, Sra. Tifton — disse John, sentindo-se bem como havia muito tempo não se sentia. — Mal posso esperar por isso.

CAPÍTULO 25

• Molly •

— Ah, Tabby.

As duas pessoas paradas no vão da porta do quarto de hospital de Tabitha só podiam ser os pais dela. A mãe até se parecia um pouco com ela — mas tinha um corte de cabelo mais estiloso, luzes, e usava um traje bem inadequado para Little Bridge: um suéter de lã com calça de sarja e botas de grife.

— Mãe? — Tabitha parecia mais atordoada do que feliz em vê-los.

Molly não sabia exatamente o que fazer. Por um lado, não parecia certo ela se intrometer naquela reunião familiar.

Mas, por outro, se não era isso que Tabitha queria — e, na noite anterior, Molly havia expulsado John porque estava certa de que não era —, então talvez ela devesse ficar. Alguém precisava estar ao lado da menina, independentemente do quanto ela parecesse equivocada.

— Tabby, querida. — A Sra. Brighton avançou correndo para abraçar e beijar a filha.

Tabitha não correspondeu. Ela parecia paralisada pelo choque. A bebê havia adormecido em seu peito.

— Ah, que fofurinha — disse a Sra. Brighton, deslizando um dedo delicadamente pela testa de Cosette ao mesmo tempo que puxava a camisola hospitalar de Tabitha, cobrindo-lhe o peito.

— Mãe — disse Tabitha, finalmente parecendo recuperar a voz. — Pai. O que vocês estão fazendo aqui? Como... como vocês me acharam?

— Bom, o delegado telefonou, querida — respondeu a Sra. Brighton. Ela foi se sentar na cadeira da qual Molly tinha acabado de se levantar. — Ele estava muito preocupado com você. E com a bebê, é claro.

Tabitha olhava friamente da mãe para o pai.

— Não entendo por quê. Estamos bem.

Cecile, a enfermeira, ergueu seu iPad — pranchetas pareciam ser uma coisa do passado — e falou:

— Que tal eu levar a bebê de volta para o berçário?

— Não vai ser necessário. — A voz de Tabitha estava fria. — Essas pessoas já estão indo embora.

— Então, Tabby — disse o Sr. Brighton com o tom de voz calmo de um homem acostumado a lidar com clientes irracionais e com mulheres com os hormônios à flor da pele. Molly se perguntou com o que ele trabalhava. — Vamos ser racionais. Não se trata mais apenas de você. Agora você precisa pensar na bebê.

— Eu *estou* pensando nela. — Tabitha apertou Cosette mais em seus braços. — As últimas pessoas no mundo que eu quero perto dela são vocês.

— A propósito... — Cecile estendeu os braços para pegar a bebê. — Por que não levo a pequena Cosette para que vocês todos possam conversar e ela possa dormir sem ser perturbada?

Tabitha entregou a filha à enfermeira — mas não sem dizer, com a voz cortante:

— Muito bem. Mas lembre-se de que sou a única pessoa que tem permissão de levá-la desse hospital. Não deixe que eles façam isso.

— Tabitha! — O Sr. e a Sra. Brighton pareciam chocados. Até mesmo a enfermeira mostrou-se ligeiramente ofendida.

— Nós aqui só permitimos que os bebês sejam levados pelos pais — disse ela a Tabitha, lançando um olhar severo aos Brighton, enquanto saía do quarto com Cosette em seu bercinho. — Os pais cujos nomes constam na certidão de nascimento das crianças.

— Escutem aqui — começou o Sr. Brighton, mas a esposa dele pousou a mão em seu braço e balançou a cabeça. *Agora não, querido.*

Aquela reunião estava seguindo justamente o curso que Molly havia temido, e fora por isso que ela havia aconselhado John a não contactar os pais da jovem. Ela se sentiu obrigada a intervir.

— Talvez eu possa ajudar de alguma forma.

— E quem é você? — perguntou o Sr. Brighton, sua paciência começando a se esgotar.

— Sou Molly Montgomery, a bibliotecária da seção infantil da ilha...

— Ela é a mulher que me encontrou — interrompeu-a Tabitha. — E que também encontrou a Cosette. Se não fosse por ela, nenhuma de nós estaria viva.

— Ah. — O Sr. e a Sra. Brighton olharam para Molly com interesse renovado. Molly abaixou a cabeça com humildade.

— Bem, eu não falaria dessa forma — disse ela.

— Não, é verdade. — Tabitha estava ajeitando sua camisola de hospital, agora que Cosette havia sido levada para o berçário. — Ela foi muito legal comigo. Todo mundo aqui está sendo, embora eu não necessariamente mereça isso.

— Ah, bem... — Molly estava prestes a dizer a Tabitha que obviamente ela merecia ser tratada daquela forma quando se lembrou do que ela e seus companheiros, os Garotos do Sol, tinham feito na sala de mídia da nova sede da biblioteca. Então apertou os lábios e não disse nada.

— Podemos conversar de forma sensata só por um minuto? — perguntou o Sr. Brighton. — É claro que somos muito gratos a você, Sra. Montgomery, por ajudar a nossa filha e a nossa neta. Mas quais são exatamente seus planos, Tabby? Você tem uma filha agora. Como pretende sustentá-la? Onde você planeja morar? Não acha que é hora de desistir de toda essa tolice de "viver da terra" e voltar para casa?

— Sim, querida, faça isso. — A Sra. Brighton estendeu a mão para apertar a da filha. — Papai e eu adoraríamos ter você e... Cosette, não é?

— Obrigada pelo convite — disse Tabitha rigidamente. — De verdade, obrigada. Mas já tenho um lugar para morar, e é com o pai da minha filha.

Tabitha então lançou-se em seu discurso, dizendo que ela, Dylan e a bebê Cosette iam velejar juntos pelo mundo, assim que Dylan conseguisse um barco.

— Dylan diz que a primeira parada da nossa viagem será no Taiti. Eu nunca estive lá, mas ele diz que você pode simplesmente ir até uma árvore, qualquer árvore, e, se houver frutas crescendo nela, você pode colhê-las e comer, e ninguém vai te acusar de roubo. Bem diferente do que acontece aqui nesse país.

Os Brighton pareceram um tanto atordoados ao ouvir aquilo, então Molly perguntou, mais por educação do que por qualquer outra coisa:

— Isso aconteceu com você aqui, Tabitha? As pessoas ficaram com raiva porque você estava comendo as frutas delas?

— E como! Um dia passamos por um pé de lima-da-pérsia aqui perto do tribunal, e ele estava cheio de frutas... Não sei se você já comeu limas-da-pérsia, mas são deliciosas... Então o Dylan subiu no pé e começou a sacudir a árvore para que as frutas caíssem e eu recolhesse tudo e juntasse na minha saia, até que uma velha mesquinha saiu da casa e começou a gritar para que a gente parasse, pois aquilo era roubo.

— Bem — disse Molly com toda a paciência —, a árvore era dela. Talvez ela fosse fazer uma torta com as frutas mais tarde.

— Que fizesse — disse Tabitha, com desdém. — Tinha mais do que o suficiente para compartilhar!

Aquele era um plano muito romântico, e Molly gostaria de acreditar nele tanto quanto Tabitha.

Havia apenas dois problemas. O primeiro era que Molly sabia que Dylan havia deixado Tabitha e seu bebê para morrer, o que não o tornava exatamente o parceiro mais desejável do mundo.

E segundo: enquanto Tabitha estava falando, o celular de Molly tocou. Quando checou discretamente para ver quem era, esperando que fosse John — e também sabendo o quanto estava sendo tola por esperar que fosse o delegado —, viu que havia recebido uma mensagem de Dorothy Tifton:

> Você não vai acreditar! Eu ajudei a solucionar um crime! Sim, EUZINHA! Peguei o Ladrão do Colégio! Eu fiz o ladrão confessar, o segui até a academia e liguei para o delegado!!! Eles encontraram meu iPad e minha câmera no armário dele! Seu delegado está interrogando o garoto agora! Venha à minha casa esta noite para comemorar, às 18 horas! Champanhe e caviar!

A mensagem vinha acompanhada por uma foto, aparentemente tirada pela Sra. Tifton, de Dylan Dakota, também conhecido como Larry Beckwith III, sendo levado do que parecia ser a Fitness 24 Horas, na Washington Street, algemado por um policial jovem e forte.

Molly sentiu o chão tremer embaixo dela. Como a Ilha de Little Bridge não ficava sobre nenhuma falha geológica, era improvável que tivesse ocorrido um terremoto de verdade, então o que sentiu havia acontecido apenas em sua cabeça.

Como iria contar a Tabitha que o pai de sua filha acabara de ser preso? Os dois não iriam a lugar nenhum juntos, muito menos ao Taiti, se dependesse do delegado — lugar nenhum exceto a prisão.

Quando sua atenção retornou à conversa, ela ouviu a Sra. Brighton dizendo:

— Lamento, Tabitha, mas criar uma criança, uma recém-nascida, em um barco não é nada realista. Onde você vai conseguir fraldas?

— Vou usar fraldas de pano, obviamente, mãe, e vou lavá-las no mar.

— Ah, pelo amor de tudo que é sagrado. — O Sr. Brighton andava de um lado para o outro no quarto pequeno, e parou na janela. — É um *lixão* isso que estou vendo? Quem, em nome de Deus, constrói um hospital perto de um *lixão*?

— Hã, Tabitha — disse Molly, clicando relutantemente na foto que a Sra. Tifton havia enviado. Ela não queria deixar a jovem mãe chateada. E se o choque fizesse o leite secar? Isso acontecia com frequência nos romances, pelo menos nos mistérios dos quais Molly tanto gostava. Mas parecia necessário contar a ela. — Acabo de receber uma coisa que acho que você deveria ver.

Tabitha não parecia preocupada.

— O que é?

Seu olhar de indiferença se transformou em uma infelicidade muito, muito profunda no momento em que viu a foto.

— *Mas o quê?* — gritou ela. — O que *é* isso? *Quando* isso aconteceu? Por quê? Por que prenderiam o meu Dylan?

— Bem — respondeu Molly —-, para começar, por causa do que vocês todos fizeram na biblioteca. E, além disso, porque ele abandonou você em vez de te ajudar enquanto você estava dando à luz Cosette. Você poderia ter morrido. E o pior de tudo: porque ele abandonou a sua filha em um banheiro, invadiu a casa da minha amiga e roubou a máquina fotográfica e o iPad dela.

— Ele n-não fez isso — insistiu Tabitha.

— Tabitha, ele fez, sim. Você sabe que ele fez. Você pode mentir para a polícia o quanto quiser, mas não pode mentir para mim.

Tabitha respondeu explodindo em soluços altos e entrecortados. Isso assustou todos no quarto, mas ninguém mais do que sua mãe, que avançou rapidamente para abraçar a jovem, sentando-se ao lado dela na cama do hospital e acariciando seus cabelos enquanto murmurava:

— Ah, querida. Ah, meu bebê. Vai dar tudo certo. Vai ficar tudo bem.

Só que não ia. É claro que não ia.

O coração de Tabitha estava partido. Ela finalmente se dera conta da verdade — uma verdade que provavelmente soubera o tempo todo, só não se permitira aceitar —, e agora seus planos para ela e para a filha encontravam-se estilhaçados à sua volta. Molly olhou para a jovem aos prantos e não pôde deixar de sentir pena dela. Agora sabia por que John tinha ligado para os pais. Ele tivera de fazer isso. Era óbvio.

Porque a menina não tinha mais ninguém. A não ser a bebê, ela estava completamente só.

— Eles n-não t-têm como provar nada disso! — gritou Tabitha, tentando desesperadamente agarrar-se a um último fio de esperança. — Eles não têm como provar nada, não é?

— Na verdade — disse Molly, o coração angustiado pela jovem —, eles têm, sim.

— O que está acontecendo aqui? — A Dra. Nguyen encontrava-se no vão da porta com a enfermeira Cecile e outra mulher, que estava usando roupas comuns, não o uniforme de enfermeira nem o jaleco de médico, e segurava uma prancheta. Molly teria apostado a própria vida que se tratava da assistente social. — O que vocês disseram à minha paciente para deixá-la tão perturbada?

— Me desculpa — disse Molly, guardando o celular de volta na bolsa. — Foi culpa minha.

— Você é da família? — perguntou a assistente social.

— Não — respondeu Molly docilmente.

— Então, por favor, retire-se. Preciso falar com a paciente e a família em particular.

— É claro — concordou Molly, já se dirigindo para a saída, mas a voz estridente de Tabitha a deteve.

— Não! — gritou a jovem. — Se ela for, meus pais vão ter que ir também!

— Mas, Tabby... — A mãe afastou-se dela, parecendo abalada.

— Vão embora todos! — Tabitha estava praticamente gritando.

A voz da Dra. Nguyen soou brusca.

— Não quero a minha paciente nervosa. Saiam todos, por favor.

Molly saiu para o corredor com os pais de Tabitha. Assim que a porta se fechou atrás deles, o Sr. Brighton virou-se para a bibliotecária e perguntou:

— O que raios você mostrou para ela que fez a minha filha ficar tão nervosa?

Molly ergueu o celular e mostrou a eles.

— Esse é o namorado dela. Acho que a viagem deles ao redor do mundo vai ser adiada por um tempo.

CAPÍTULO 26

• John •

John acomodou-se à mesa na Sala de Interrogarório 3 e analisou o indivíduo sentado diante dele. Sempre se esquecia, exceto quando estava em sua presença, de como Larry Beckwith III, vulgo Dylan Dakota, era pequeno. Pequeno, porém forte, é claro, e capaz de entrar em espaços apertados e sair deles despercebido... exceto pelo caos que deixava para trás.

— Então, Larry — começou John, em tom casual. — Posso oferecer alguma coisa para você? Sei que já tomou o seu café da manhã, mas que tal um refrigerante? Suco? Água?

Larry sorriu para ele. Parecia perfeitamente à vontade na cadeira de madeira de espaldar alto. E por que não estaria? John havia tirado suas algemas — Beckwith não iria a lugar nenhum.

— Só tem uma coisa que eu quero — disse Larry Beckwith. — O meu advogado.

— Ah, certo. — John assentiu. — Você já falou isso, quando estava a caminho com Martinez. Soube que o seu advogado já está vindo para cá. Mas é um longo trajeto dirigir de Miami até aqui. Achei que talvez você e eu pudéssemos matar o tempo conversando um pouco.

Beckwith sorriu, zombeteiro.

— Meu advogado não dirige para lugar nenhum. Ele vem no jato particular dele.

John franziu a testa.

— Bom, vai demorar um pouco até que o jato seja abastecido, os pilotos recebam o plano de voo, todas essas coisas. Só por curiosidade, não te incomoda contratar um escritório de advocacia que deixa um rastro de carbono tão grande, voando para todos os lugares para se encontrar com os clientes? Isso é algo que preocuparia a minha filha... Ela é apenas alguns anos mais nova que você e vive pensando em salvar o planeta, os ursos-polares, as geleiras que estão derretendo. Isso não incomoda você?

Beckwith apenas abriu um pouco mais o sorriso de deboche e disse:

— *Advogado.*

— Sim. — John tornou a assentir. — Entendi. Você não quer falar. E é direito seu... como você sabe, porque os seus direitos foram lidos para você. Só estou curioso mesmo, pois agora você também tem uma filha. Acredite em mim, se ela acabar parecida com a minha, vai censurar você, quando for mais velha, por causa do desperdício de combustíveis fósseis.

Isso fez com que o sorriso sarcástico no rosto de Beckwith se transformasse em uma expressão de ligeira suspeita.

— Eu nunca desperdiço combustíveis fósseis. Sou o mais ecologicamente consciente possível. Não posso controlar o que meus advogados fazem. E não tenho filha.

— Ah, sim, você tem, sim — disse John. — Recebemos os resultados do exame de DNA daquela bebê que encontramos na semana passada no banheiro feminino da biblioteca. E sem querer dar uma de Jerry Springer para cima de você, Larry, mas... você *é* o pai.

O sangue sumiu completamente do rosto de Beckwith, fazendo com que seu cavanhaque escuro e as tatuagens no pescoço se destacassem contra a pele pálida.

John presumiu que ele não diria nada — exceto "Advogado" — e estava prestes a continuar quando Beckwith o surpreendeu ao dar um pulo repentino da cadeira, derrubando-a, e batendo com os dois punhos, com força, no tampo da mesa à sua frente.

— Não! — berrou ele. — Isso não é verdade!

John permaneceu sentado e calmo, sabendo que, por trás do espelho bidirecional, havia várias pessoas observando a cena e que viriam correndo para conter Beckwith, se fosse necessário.

Mas John não precisaria de ninguém. Poderia cuidar desse idiota sozinho.

— Toquei numa ferida, Larry? — perguntou ele, afável. — Francamente, não entendo por que você está tão surpreso. Você não agiu com discrição em relação a nada disso. Confessou a Dorothy Tifton no Café Cubano que foi você quem roubou a casa dela e destruiu a sala de mídia da nova biblioteca patrocinada pela própria. Encontramos os itens que você roubou da casa dela no seu armário na academia. Temos digitais e cabelos seus praticamente em tudo o que tocou. Parecia até que você queria ser pego dessa vez. Isso não combina com você. O que está acontecendo?

Com os ombros caídos, Beckwith se virou, levantou a cadeira e tornou a se sentar. Então cruzou os braços sobre a mesa e enterrou o rosto neles.

John esperava ouvir a palavra "advogado" sair de algum lugar sob aqueles braços cruzados. Mas o que ouviu o surpreendeu:

Um suspiro. Um suspiro que soava — se John não estivesse enganado — como derrota.

E, embora John achasse difícil acreditar, percebeu que, na verdade, estava fazendo progresso com Larry Beckwith III, vulgo Dylan Dakota.

— O que aconteceu com a menina, Larry? — perguntou em seu tom mais empático. — Por que você a abandonou lá para morrer?

Isso fez com que Beckwith erguesse a cabeça. Ele lançou a John um olhar de espanto.

— O quê? Eu não fiz isso!

— Fez, sim, Larry. Se a bibliotecária não tivesse chegado no momento certo, Tabitha Brighton teria sangrado até a morte.

— Isso é... Isso é impossível! — Larry Beckwith estava sentado ereto agora. Seu rosto ainda branco como papel. — Quando nós deixamos a Tabitha lá, ela estava bem. Quero dizer, sim, ela tinha acabado de ter a bebê e estava um pouco fora do ar, mas... mulheres têm bebês o tempo todo e ficam bem. Historicamente, por milhões de anos, mulheres tiveram filhos e depois se levantaram e foram trabalhar nos campos. Como eu poderia saber que ela não estava bem?

John teve de se conter para não ir até Beckwith, agarrá-lo e arremessá-lo através do espelho, tamanha era sua vontade de surrá-lo.

A repercussão, caso ele fizesse isso, não seria tão grave. Sim, ele provavelmente perderia o emprego, mas e daí? Ele sempre poderia voltar para o emprego em Miami. Katie não ia querer ir embora por causa das Parguitas, mas poderia morar com a prima.

Havia Molly, porém. Molly provavelmente nunca o perdoaria, embora Beckwith fosse um canalha que merecia sofrer. Ele não poderia surrar Beckwith, porque Molly ficaria furiosa.

Então, em vez de lançar Beckwith através do espelho bidirecional, John disse, com toda a paciência que pôde reunir:

— Em primeiro lugar, Larry, as mulheres ao longo da história nunca fizeram isso. Sem cuidados pós-natais adequados, elas morrem, mesmo nos dias de hoje. Você não é burro, Larry, tenho certeza de que sabe disso. Até pessoas sem educação universitária, o que não é o seu caso, sabem disso. Você não pode se sentar aí e me dizer com a cara mais lavada do mundo que pensou que aquela menina ia ficar bem. Você tirou a filha dela e largou a menina lá, e isso não é tudo. Você pegou o celular dela também. Você largou a Tabitha lá sem ter como pedir ajuda.

— Mas eu sabia... — Beckwith parecia quase choroso. — Eu sabia que alguém ia aparecer no prédio no dia seguinte. Eu tinha ouvido os operários da obra conversando, então sabia que haveria uma inspeção e que alguém ia encontrá-la.

— Então, em vez de você ligar para a Emergência, decidiu correr o risco de deixá-la morrer?

— Eu estava bêbado, tá bom? — Beckwith não se mostrava apenas choroso agora, ele estava chorando de verdade. Ergueu a mão e limpou com raiva as lágrimas nos olhos. — Eu não estava pensando direito. Vou me arrepender disso pelo resto da vida, mas... foi isso que aconteceu.

John sentiu um súbito choque de clareza.

Não. Não podia ser. E, no entanto, a prova estava bem diante dele.

Larry Beckwith tinha sentimentos. Ele tinha sentimentos de verdade. E, de todas as pessoas, justamente por Tabitha Brighton.

— Você ama essa menina — disse John, em tom de incredulidade.

— O quê? — Beckwith levantou a vista de seus dedos úmidos.

— Você ama a menina. Você ama aquela garota. Foi por isso que ficou aqui depois que o restante do seu bando de arruaceiros felizes foi embora. Para se certificar de que Tabitha e a bebê estavam bem.

Para surpresa de John, Larry Beckwith III começou a corar, seu rosto ficou vermelho.

— Não! — disse ele, rabugento. — É claro que não. Eu não ligo para o que acontece ou não com elas.

— Você liga, sim — rebateu John. — Foi por isso que você ficou, e foi por isso que você foi pego. Você se importa com ela. Você ama essa garota.

O rosto de Beckwith tinha ficado carmesim — se de raiva ou de constrangimento, não importava. John sabia a verdade.

— Não amo! — gritou o garoto. — Quer dizer, obviamente, não quero que ela nem a bebê *morram*, principalmente se a bebê é minha filha. Ela me disse que não podia engravidar... ela jurou para mim. E, quando me dei conta do que estava acontecendo, já era tarde demais. Ela insistiu que ficássemos com a criança.

— Aquela vadia ardilosa. — John balançou a cabeça com falsa simpatia.

Beckwith olhou para ele, mas seus olhos vermelhos entregavam seus verdadeiros sentimentos.

— Eu nem sabia se a filha era minha! Como podia ter certeza? Eu mal conhecia a garota. Ela apareceu do nada, alegando que tinha lido sobre mim no Facebook, querendo se juntar ao grupo. Mas na verdade era a *mim* que ela queria.

John, ainda fingindo simpatia, balançou a cabeça.

— Deve ter sido horrível para você.

— Estou falando sério! — Lágrimas escorriam pelo rosto de Beckwith. — Você sabe o que meu pai vai fazer comigo quando descobrir isso? Vai me deixar sem nada. Ele não se importava com nada do que eu fazia, mas engravidar uma garota?

— Você está totalmente certo — disse John, sério. — Ela merecia ser largada daquele jeito.

— Não é isso que estou dizendo. — Beckwith balançou a cabeça com força suficiente para que as lágrimas escorressem na direção de seus ouvidos. — Nós garantimos, você sabe, que a bebê nascesse bem e a deixamos em um lugar seguro, onde alguém decente ia encontrar a criança... As pessoas que frequentam bibliotecas são inteligentes, sabe... têm espírito cívico. Todo mundo sabe que quem lê livros tem mais empatia do que quem não lê. Elas fazem alguma ideia de como criar uma criança, pelo menos. E então fugimos.

— Era o mínimo que você podia fazer — disse John, e estava falando sério. Era mesmo o mínimo que o garoto podia fazer.

— Não é? Mas, por alguma razão... Eu não sei. Eu não podia... eu não consegui ir embora.

— Quando você diz "nós", a quem você se refere?

— Ah, aqueles idiotas do ano passado. — Beckwith inclinou a cadeira para trás, profundamente desgostoso com a escolha de suas amizades. — Você lembra.

— Da casa da MTV?

— É, o mesmo grupo, mais ou menos. — Beckwith, tendo antes afirmado que não diria uma só palavra até seu advogado chegar, agora não calava a boca. Ele parecia estar experimentando uma catarse ao abrir o coração para o delegado. John se perguntou se ele sabia que cada palavra que dizia estava sendo gravada, observada pelo procurador do estado, assim como por vários outros indivíduos, e anotada pelo próprio John em seu bloco. — Bando de seguidores. Ninguém tinha uma ideia original ou uma centelha de imaginação. Mas pelo menos Tabby acreditava de verdade no movimento, sabe? E em mim. — A voz de Beckwith falhou com um soluço. — Ela sempre acreditou em mim.

John assentiu, rabiscou as palavras *Esse cara está falando sério?* em seu bloco de notas e as sublinhou.

— Talvez tenha sido por isso que você não conseguiu ir embora.

— O quê? — Beckwith ergueu a vista, desviando sua atenção do festival de piedade que estava oferecendo a si mesmo — Do que você está falando?

— Estou apenas voltando à minha pergunta original. Depois que você tão generosamente abandonou a própria filha em um lugar onde ela seria encontrada por alguém com mais espírito cívico do que você, e então largou sua namorada para sangrar até a morte...

— Ei, eu já disse que não deixei a Tabitha lá para morrer!

— Me desculpa, deixa eu colocar de outra forma. Quando você a deixou sangrando até a morte em um prédio vazio e levou o celular dela para que ela não pudesse pedir ajuda...

— Meu Deus, dá para você parar de me criticar? — implorou Beckwith. — Eu já tenho um pai para fazer isso, tá? Não preciso que você faça isso também. Eu sei que estraguei tudo, está bem? E sabe de uma coisa? Eu nunca quis ser pai, mas acho que, se for preciso, quero ser um bom pai, não como o meu, que nunca fez nada a não ser falar que sou um fracassado desde o dia em que nasci, praticamente. Nada que eu já fiz foi bom o suficiente. Como se ele estivesse sempre presente, me apoiando...

— Bem, felizmente você vai poder apoiar a sua filha — disse John, fechando o bloco de notas com um estalo e pondo-se de pé. — Você vai fazer isso da prisão, mas vai poder apoiá-la. Ela e a mãe vão poder ir vê-lo todos os domingos, durante as horas de visitação. Mas tenho certeza de que você sabe disso. Esse é provavelmente o motivo pelo qual você preferiu ser preso. Para que não precisasse ser pai dela.

— Não! — Agora Beckwith, que não tinha demonstrado resistência até então, lançou-se sobre ele. — Isso não é verdade!

John empurrou o jovem bem menor que ele de volta à sua cadeira.

— Ah, cala a boca, Larry — disse ele, irritado. — É verdade, sim, e você sabe disso. Seus dias vivendo do dinheiro do papai, para não falar das propriedades e do trabalho árduo de outras pessoas, acabaram, e você se deu conta disso no minuto em que soube que era pai. Isso deixou você tão assustado que você preferiu ir para a cadeia a encarar a vida como pai. Então aguenta. Você conseguiu o que queria. E nenhum advogado no mundo será capaz de livrar você dessa.

Com isso, John se virou e saiu da sala de interrogatório, dando de cara com Pete Abramowitz no corredor.

— Como foi? — perguntou ao procurador.

— Esplêndido. — Pete estava sorrindo. — Ele está lá chorando como uma criança agora.

— Porque eu falei que ele gosta de uma garota. — John sentia-se desgostoso consigo mesmo e com o mundo em geral.

— Bom, ouvir esse tipo de coisa deve ser difícil para um sociopata.

— Ótimo — disse John. — Não aceite acordo nenhum.

— Não se preocupe. Vou me certificar de que ele receba a pena máxima. Mas você sabe que ele não ficará na sua prisão por muito tempo, né? Assim que for condenado, provavelmente vai ser mandado para um presídio no norte do estado.

John pensou com prazer em todas as algas marinhas que precisavam ser removidas das praias de Little Bridge e em como Beckwith ficaria infeliz em um macacão laranja, recolhendo-as.

— Eu sei — disse ele. — Mas vou aproveitar a estadia dele enquanto durar.

Pete piscou.

— Ok então.

Foi nesse momento que Marguerite se aproximou deles e disse:

— Com licença, chefe? Tem uma pessoa esperando em sua sala.

John tentou não fazer uma careta. Não era culpa da sargento.

— Marguerite, pensei que tivesse falado que não daria entrevistas para a imprensa até...

— Não é a imprensa, chefe. — Marguerite estava se esforçando para reprimir um sorriso. — É a Molly Montgomery, a bibliotecária e, hã... ela trouxe uma torta.

CAPÍTULO 27

• Molly •

Molly estava examinando o golfinho de pelúcia de um metro e meio no canto da sala de John quando a porta se abriu de repente e ele entrou. Ela se empertigou, com uma sensação de culpa, embora não soubesse a origem do sentimento. Não havia nenhuma lei que dizia que você não podia examinar golfinhos de pelúcia de outras pessoas.

— Ah — disse John, quando a viu. — Alguém doou isso para a Bebê Afrodite. Eu ia levar para o hospital, mas sempre esqueço.

— Cosette — corrigiu-o Molly, automaticamente.

John pareceu confuso.

— O quê?

— Cosette. Tabitha escolheu o nome Cosette para a filha, em homenagem à personagem de *Os miseráveis*.

— Ah. — John ficou parado na porta, alto como sempre, bronzeado e incrivelmente bonito em seu uniforme. Molly estava usando todas as suas forças para não se jogar no pescoço dele ali mesmo, naquele momento, e beijá-lo.

Mas obviamente não era isso que ela havia ido fazer ali. Ela fora se desculpar. Com sorte, o beijo poderia vir em seguida.

Tudo dependia do que ia acontecer nos próximos minutos.

— Bem — disse ele, fechando a porta ao passar. A porta tinha um grande pedaço de compensado no meio, onde Molly imaginou que, antes, houvera um vidro. Ela se perguntou o que teria feito o vidro quebrar... era possível que tivesse sido quebrado pela cotovelada de algum criminoso rebelde, que tivera de ser contido.

John seguiu para sua mesa. Molly observou que a mesa fora meticulosamente — alguns diriam até compulsivamente — arrumada.

— Acho que Cosette é melhor que Afrodite — falou ele. — Pelo menos é mais fácil para as outras crianças soletrarem quando ela estiver na escola.

— Sim. — Molly ficou ali sem jeito, sem saber por onde começar. Não estava acostumada a estar errada, então isso era difícil. Não que ela estivesse errada *errada*, mas não queria andar por aí corrigindo as pessoas. *Isso* era errado. As pessoas tinham o direito de expressar seus sentimentos. — Escuta — começou. — Quero me desculp...

— Não, *eu* quero me desculpar — ele a interrompeu. — Não era minha intenção...

— Não, deixa eu falar primeiro. — Molly se aproximou da mesa dele, recusando-se a permitir que a organização do delegado a intimidasse. — Acabei de chegar do hospital. Conheci a Tabitha... e os pais dela.

— Ah. — Ele não se sentou, tampouco ofereceu a ela um assento. Ficaram os dois de pé, separados pela mesa. — Isso deve ter sido... interessante.

— Foi. Você estava certo. — Molly colocou a torta que comprou no Café Sereia no centro da mesa. — Tabitha é uma garota bastante confusa. Eu pessoalmente não a chamaria de pirada, porque acho esse termo insensível. Mas ela tem muito o que amadurecer e decididamente precisa dos pais, mesmo que nesse momento esteja determinada a afastá-los.

— Bem — disse John, olhando não para a torta, que estava coberta por uma tampa de plástico transparente que brilhava com o vapor condensado, mas para os olhos de Molly. — Acabei de interrogar o namorado dela. E ele é um prato cheio.

Eu não culpo a menina por estar com a cabeça tão bagunçada depois do que ele a fez passar, embora, veja só, o cara esteja apaixonado por ela.

O queixo de Molly caiu.

— O quê?

— Sim. Não me entenda mal... ele está meio perdido com essa coisa toda da paternidade... quem não estaria? A paternidade é o trabalho mais difícil do mundo. Mas ele a ama. Por isso não tentou se esconder, e até confessou tudo. Ele se sente péssimo pelo que fez, mesmo que isso não o desculpe nem signifique que não será punido.

Molly balançava a cabeça, pasma.

— Bem, a Tabitha ficará feliz em ouvir isso. Ela ainda acha que ele vai levar ela e a filha para velejar ao redor do mundo.

— Isso não vai acontecer. Pelo menos, não por quinze ou vinte anos. Talvez um pouco menos, se ele conseguir reduzir a pena por bom comportamento.

Molly tornou a balançar a cabeça.

— As pessoas fazem loucuras por amor.

— Ah, é mesmo? — O sorriso dele mexia com ela. — Qual foi a coisa mais louca que você já fez por amor?

Molly olhou para a torta entre eles.

— Provavelmente isso.

O olhar dele pousou na torta, então voltou rapidamente para os olhos dela. Seu sorriso vacilou, e John estendeu a mão por cima da mesa para pegar a dela.

— Molly — disse ele, a voz repentinamente rouca.

Molly apertou os dedos dele entre os dela, desconcertada como sempre pelo brilho elétrico daqueles olhos azuis, e sentiu seu pulso disparar. Ela começou a balbuciar. Não podia evitar.

— Não estou dizendo que te amo, é claro — tagarelou ela. — É cedo demais para isso. Mas eu certamente gosto de você...

mais do que gosto. E gostaria de passar mais tempo com você, se isso for da sua vontade também.

Os dedos de John apertaram os dela.

— Eu quero *muito* isso — disse ele. — E eu também mais do que gosto de você, Molly.

Então ele a puxou pela mão, gentilmente, de modo que seus lábios — nada mais, apenas os lábios — se tocassem acima da mesa. Começou como o beijo mais doce que Molly já experimentou, cheio de perdão e esperança.

Porém, quanto mais eles se beijavam, mais o desejo ia se revelando. O beijo dele era realmente o melhor que ela já tinha provado, concluiu Molly. E como dessa vez eles não tinham sido interrompidos por uma batida na porta ou um telefone tocando, quando ele deslizou a mão pela cintura de Molly para puxá-la para mais perto, ela não se importou de se inclinar tão perigosamente perto da torta a ponto de quase se ajoelhar em cima do doce — valeria a pena, se fosse para sentir mais desse homem que tinha a capacidade de derretê-la por dentro ao menor toque.

Quem sabe o quanto a intimidade entre eles teria avançado se a porta da sala não tivesse sido escancarada de repente e a voz de uma jovem não tivesse soado:

— Oi, pai... Ah!

Molly se afastou do delegado e se jogou em uma cadeira ali perto.

— Ah... Katie. — John sentou-se rapidamente à mesa. — A aula já acabou?

— Hoje foi só meio período. — Katie olhava desconfiada do pai para Molly. — Conselho de classe. O que vocês dois estavam fazendo antes de eu entrar?

— Aula de dança — respondeu Molly, no exato momento em que John dizia: "Beijando."

Molly lançou a John um olhar incrédulo, mas ele apenas retribuiu o olhar de *E daí?*, dando de ombros.

— Ela vai ter que saber a verdade em algum momento, se vamos levar isso adiante — disse ele a Molly, que sentiu o rosto ruborizar. Para Katie, ele falou casualmente: — A Srta. Montgomery e eu estamos namorando. E é educado bater antes de entrar, Katie.

Em vez de parecer horrorizada ou explodir em lágrimas ou fazer qualquer uma das coisas que Molly mais temia que uma adolescente fizesse ao saber que o pai estava saindo com uma mulher que não era sua mãe, Katie Hartwell riu e se deixou cair na cadeira diante da de Molly.

— Rá! Eu sabia! — falou ela, deixando as pernas penderem sobre o braço da cadeira. — Então, onde vamos jantar?

CAPÍTULO 28

• Molly •

BEM-VINDOS À NOITE DAS MÃES E FILHAS DAS PARGUITAS!

Mães Parguitas Dançando com suas Filhas Parguitas

— Entrada: US$ 15 —

— Toda a renda será destinada ao Grupo de Dança Parguitas —

Sábado, 20h

Auditório da Escola de Little Bridge

— Bora, Parguitas! —

Nervosa, Molly decidiu reservar uma fileira no meio do auditório — não muito perto, mas também não muito atrás — para todos os seus amigos que tinham comprado ingresso, mas ainda não haviam chegado. Ela colocou a longa echarpe que usava — com estampa de livros, é claro — de uma ponta à outra da fileira, para que todos soubessem que aqueles lugares estavam guardados. Escolheu se sentar perto do corredor, para que pudesse escapar rapidamente para o saguão ou para o palco, por via das dúvidas... bem, só por via das dúvidas mesmo.

Molly nunca havia considerado a importância de poder sair rapidamente de um teatro — ou de se sentar de costas para a parede de um restaurante, e não para a janela ou a porta. Mas essas coisas estavam se tornando instintivas para ela, agora que havia engatado um relacionamento com um delegado.

Parecia que Molly conhecia a maioria das pessoas na plateia, que também sabia quem ela era e a cumprimentava com um aceno ao se sentar. Molly acenava para todos. Estava começando a sentir como era bom ser a única bibliotecária especializada em livros infantis em uma cidade pequena — e também a namorada do delegado.

— Dá licença — disse Henry ao aparecer na extremidade da fileira segurando dois sacos de pipoca. Ele não tinha o menor apreço pelo papel de Molly como a única bibliotecária especializada em livros infantis da cidade nem como namorada do delegado. — Se você vai monopolizar o assento do corredor, deve estar preparada para sair da frente para que todo mundo passe.

Molly se espremeu no assento para que Henry pudesse passar por ela.

— O saguão está muito cheio? — perguntou ela, ansiosa.

— Lotado. — Henry tirou a echarpe de cima do assento e se acomodou ao seu lado. — Praticamente a cidade inteira está aqui.

— Ah, meu Deus. — Molly pegou o saco que ele lhe ofereceu e começou a enfiar as pipocas excessivamente salgadas na boca. — E se ele for péssimo?

— Você e a Katie estão ensaiando com ele há... O quê? Três meses? — Henry revirou os olhos. — Não tem como ele ser péssimo. E, mesmo que ele seja, não é esse o ponto? Ele é o alívio cômico.

— Eu não quero que ele seja o alívio cômico! As meninas e eu queremos que ele seja *bom*.

— Fico feliz que você tenha se tornado bibliotecária, porque de teatro você não entende nada.

— Quem não entende nada de teatro? — Patrick O'Brian e o marido, Bill, estavam parados na ponta da fileira de Molly, como sempre muitíssimo bem-vestidos. Patrick segurava um buquê de rosas. Molly sentiu o estômago revirar.

— Isso é para o seu queridinho — disse ele. — Para comemorar a estreia dramática dele. Dá licença para a gente passar. Ou você marcou lugar com essa echarpe para outras pessoas?

— Foi para vocês mesmo. — Molly se levantou para permitir que eles passassem por ela. — Mas, por favor, não deem essas rosas para o John na frente de todo mundo. A gente deveria fazer festa para as meninas, não para ele. Elas e as mães trabalharam muito para montar esse espetáculo. John participa de apenas um número, elas estão em seis.

— Ah, meu bem. — Bill sorriu para Molly sarcasticamente enquanto passava. — É o John quem vai receber isso. Principalmente se estiver com o uniforme das Parguitas. Ele vai usar uniforme, não vai?

Molly revirou os olhos. Todos perguntaram isso para ela nos últimos tempos.

— Vocês vão ter que esperar para ver — disse ela, dando sua resposta padrão.

— Bem, é melhor ele usar. Esse lugar só está tão cheio assim porque as pessoas querem ver o delegado delas usando uma minissaia plissada.

— Bem, isso é sexismo. E errado — disse Molly. — Vocês deveriam estar aqui para apoiar as Parguitas, não para ver o delegado vestido de mulher.

— Meu bem, somos multifacetados. Podemos fazer as duas coisas.

— Vocês deviam parar.

— Pelo menos ele ainda vai pedir você em casamento? — perguntou Bill.

Molly o encarou, espantada.

— E por que raios ele faria isso?

— Por causa da música. — Bill cantou um trecho de "Single Ladies", que incluía a parte que dizia que, se você gosta, então devia colocar uma aliança no dedo dela. — Está correndo o boato de que, depois da apresentação, ele vai descer do palco e pedir você em casamento, com direito a aliança e tudo.

Henry deu uma gargalhada ao ver que Molly tinha ficado vermelha, e Patrick aproveitou para dar um soquinho no ombro do marido.

— O quê? — gritou Molly, morrendo de vergonha. — Isso não vai acontecer. Quem te falou isso?

— Está na página da Comunidade da Ilha de Little Bridge no Facebook — respondeu Bill, enquanto Patrick o socava novamente.

— Não está, não — Patrick apressou-se a desmentir. — Molly, não está, não.

— Não fiquei sabendo de nada disso — disse Henry, indignado. — Mas também eu só entro no Instagram.

— Não é verdade — replicou Molly. Como poderia ser? John e ela não guardavam segredos um do outro. Obviamente eles tinham falado de casamento, mas só de brincadeira. E ele nunca a pediria em casamento assim, em público. Ele sabia que ela odiaria isso. — Nós só estamos namorando há poucos meses.

— Ah, tem quase *quatro* meses — corrigiu-a Henry. — Mas eu concordo, é muito cedo. — Ele fuzilou Patrick e Bill com o olhar. — Gente, é muito cedo.

— Bom, pessoalmente, eu acho que seria fofo — disse Patrick. — E acho que a mão esquerda dela está pedindo um belo diamante solitário de dois quilates, corte quadrado e seis garras em um aro de platina...

— Vocês podem fazer o favor de parar com isso? — pediu Molly.

— Molly!

Ao ouvir seu nome, ela olhou para o outro lado do auditório e viu a Sra. Tifton — com a cadelinha Daisy nos braços — acenando para ela. Estava sentada com Phyllis Robinette e várias outras amigas da aula de ioga em uma seção especial — que havia sido reservada porque a Sra. Tifton, ao saber por Molly que Katie ia se apresentar com as Parguitas, tornou-se uma importante patrocinadora do grupo de dança.

Uma patrocinadora bem importante, na verdade. Ela basicamente garantiu a coreografia e os uniformes do grupo pelos próximos cinco anos.

Molly acenou para a Sra. Tifton, torcendo para que a viúva não tivesse ficado tão chateada por ela ter recusado o convite para se sentar com o grupo. Os lugares reservados para a Sra. Tifton eram muito perto do palco, então Molly ficou com medo de que John pensasse que ela havia escolhido se sentar ali para orientá-lo durante seu número.

Ou, agora que Molly soubera do último boato que estava correndo sobre os dois — e, como Little Bridge era uma cidade muito pequena, já houvera vários, inclusive o do dia que ela foi trabalhar de bata e todo mundo começou a falar que ela estava grávida de gêmeos, um erro que não cometeria novamente —, tinha medo de que John pensasse que ela tinha se sentado ali pela proximidade com o palco, para que fosse mais fácil aceitar o pedido de casamento dele.

As luzes piscaram, dando à plateia um aviso de que o espetáculo começaria dali a cinco minutos. Molly olhou à sua volta, o frio na barriga se transformando em icebergs.

— Cadê a Meschelle?

Henry correu os olhos pelo auditório.

— Lá está ela. Meschelle! — gritou ele e acenou para a jornalista. — Aqui! Guardamos um lugar para você!

Meschelle se aproximou, carregando uma de suas bolsas coloridas coberta de conchas de verdade.

— Obrigada por gritar meu nome na frente de todo mundo — disse ela a Henry quando os alcançou. — Eu adoro isso.

— Ah, eu sei que você adora — disse Henry.

— Você não está cobrindo a apresentação para o jornal, está? — perguntou Molly a Meschelle, preocupada, pois viu que a jornalista estava com o telefone na mão.

— Por que não? É uma história inspiradora. As pessoas adoram esse tipo de coisa.

O coração de Molly deu um salto. Certamente Meschelle estava se referindo apenas à performance, não a algo que ela possa ter visto no Facebook.

— Sim — disse Molly —, mas você não acha que John tem sido notícia demais ultimamente?

— Por que razão? — Meschelle estava ajeitando a bolsa enorme junto a seus pés. — Já faz séculos que aconteceu aquela coisa do Ladrão do Colégio.

— Sim, mas e a história da bebê? De fazer com que ela e a mãe ficassem juntas?

— Essa também faz séculos, Molly. Acho que você não entende a rapidez que uma coisa deixa de ser notícia.

— Falando na história da bebê. — Henry apontou duas mulheres descendo o corredor mais distante do auditório. — Não é ela ali? Tabitha sei-lá-das-quantas?

Molly esticou o pescoço para olhar e ficou satisfeita ao ver que realmente era Tabitha, parecendo feliz, radiante e saudável, com a bebê Cosette presa confortavelmente ao seu peito em um *sling*. Atrás dela vinha a Sra. Brighton, parecendo um pouco menos feliz, mas melhor do que da última vez que Molly a vira, na Hora da História, na nova sede da biblioteca. Ela havia trocado o conjunto de calça e suéter e as botas por uma roupa de grife cara, joias *boho chic* e sandálias.

— Sim, é a Tabby — confirmou Molly. — E a mãe.

— Espera, ela não voltou para Connecticut? Ela está *morando* aqui agora? — Os dedos de Meschelle voavam sobre o teclado do telefone, como se já estivesse atualizando a notícia que ia publicar.

— Por enquanto. — Molly não conseguiu conter o sorriso. — Tabitha planeja ficar pelo tempo que o namorado estiver preso aqui. E, como ela ficou, a mãe também ficou, para ajudar com a bebê.

— Mas isso pode levar anos! Você sabe o quanto o sistema judiciário é lento aqui.

Depois de trocar acenos alegres com Tabitha e a mãe, que a identificaram no meio da multidão, Molly voltou sua atenção para o palco com um pequeno sorriso no rosto, enquanto se lembrava de que ela e John quase haviam derrubado a torta na mesa dele no dia em que Larry Beckwith foi preso. Desde então, eles vinham consumindo muitas tortas.

— Eu sei. As pessoas fazem loucuras por amor.

Ela só esperava que John não levasse isso ao extremo esta noite.

— E o pai da Tabitha? — perguntou Meschelle.

— O Sr. Brighton? Ah, ele voltou para Connecticut, para trabalhar e cuidar da casa. Acho que percebeu que essa coisa toda não vai durar muito. — Molly acenou com a mão, apontando Tabitha e a mãe, que haviam se sentado e não estavam olhando para ela, para indicar o que queria dizer com "essa coisa toda". — A esperança deles é que Tabby, que é uma menina muito esperta, acabe caindo em si e queira voltar para Connecticut com eles para criar a filha, e talvez até mesmo ir para a faculdade. O Sr. B está segurando as pontas até que isso aconteça.

— Bem, isso é bom — disse Meschelle, com um aceno de aprovação. — Aquele Larry é um idiota.

— Verdade — concordou Molly. — Mas ainda é o pai da filha dela.

— Os pais dele estão ajudando com a pensão alimentícia, pelo menos?

Molly assentiu, pensando nos Beckwith, que também apareceram na Hora da História.

— Eles estão tão animados com a neta quanto os Brighton.

— Que bom! Pelo menos isso — disse Meschelle com um suspiro.

As luzes do auditório da escola diminuíram, mergulhando-o inteiro na escuridão.

— Vai começar! — Entusiasmado, Henry cravou os dedos no braço de Molly.

— Ai. Se você vai ficar fazendo isso...

— Não vou. — Henry afastou a mão e a enfiou de volta no saco de pipoca. — É só que mal posso esperar para ver você como uma futura noiva ruborizada.

Molly o fuzilou com os olhos.

— É isso mesmo? Você também?

Ele lhe dirigiu um olhar de desculpas.

— Perdão. Essa história toda é só um boato, eu juro.

— É melhor que seja. — Molly não conseguia imaginar nada pior do que ser pedida em casamento em público. Era como ser flagrada pela câmera do beijo em um estádio ou em um *flash mob*. A maneira que Bill havia sugerido que John poderia fazer também a deixava apavorada.

Por favor, rezou ela. *Por favor, John, não faça isso.*

Um silêncio caiu sobre o auditório quando as cortinas de veludo azul foram abertas apenas o suficiente para que uma jovem de músculos definidos, usando collant vermelho, saia branca curta, colete branco de franjas, botas de caubói brancas e um chapéu de caubói vermelho, pudesse passar e se dirigir à plateia.

— Bem-vindos, todos vocês — disse ela numa voz alta e clara —, ao espetáculo anual Reunião de Mães e Filhas Parguitas. Este ano estamos apresentando algo que nunca tivemos antes... um pai!

Os aplausos foram estrondosos. Houve gritos e até alguns assobios. Molly começou a sentir que talvez o ânimo do teatro estivesse tão bom que, independentemente do desempenho de John, ele seria bem recebido.

A jovem — Leila DuBois, cuja mãe era dona da churrascaria aonde Molly tinha ido com John em seu primeiro jantar de verdade — esperou que os aplausos abrandassem antes de prosseguir.

— E agora, sem mais delongas... nós lhes damos as boas-vindas... de volta para o futuro!

Uma música alta e estrondeante tomou conta do auditório — tão alta que algumas pessoas, assustadas, cobriram os ouvidos — então as cortinas atrás de Leila se abriram, revelando toda a equipe de dança, dramaticamente iluminada em rosa e azul, já posicionada de costas para o público, as mãos segurando pompons no alto.

— Cinco, seis, sete, oito...! — gritou a treinadora.

Então as garotas do grupo de dança, Leila e Katie entre elas, começaram a conduzir o público em uma viagem pelas últimas cinco décadas, acompanhadas pelas mães (e, em alguns casos, avós) e outras ex-alunas que aceitaram se juntar a elas. Começaram com trechos dos maiores sucessos dos anos 1960 ("Louie Louie", "Respect") e 1970 ("Sweet Home Alabama", "I Will Survive"), passando rapidamente pelos anos 1980 e 1990 ("Celebration", "Girls Just Want to Have Fun", "Like a Virgin", "Losing My Religion" e uma versão vibrante de "All I Wanna Do"), incluindo trocas rápidas de figurino, iluminação bastante teatral e até mesmo algumas cambalhotas bem ao gosto do público.

No momento em que chegaram ao século XXI, os olhos de Henry lacrimejavam de tanto rir (ele pareceu gostar particularmente da abordagem dramática do grupo em "Losing My Religion", que o grupo interpretou literalmente, usando hábitos e crucifixos de freiras). Molly viu que tanto Patrick quanto Bill estavam sorrindo como lunáticos, e até mesmo Meschelle tinha baixado o celular e estava prestando atenção de fato, um olhar ligeiramente atordoado no rosto.

— O que é isso? — murmurou ela.

Mas é claro que nada poderia ter preparado nenhum deles para o número de John. Molly sabia o que esperar, porque ela estivera presente em vários ensaios. Ela havia parado muitas vezes na escola depois do trabalho para buscá-lo (às vezes com Katie) para jantar.

Mas será que eles tinham feito alguma mudança que ela não sabia? Se tivessem feito, Molly ficaria muito brava. O que eles haviam ensaiado estava perfeito, e o espetáculo não era para ser sobre John. Era sobre as Parguitas e a história do grupo ao longo do tempo.

Então, quando a iluminação mudou e Molly ouviu os primeiros acordes de "Single Ladies", levou as mãos ao rosto. Estava nervosa tamanha a expectativa. Sentia-se ao mesmo tempo temerosa e animada com o que estava prestes a acontecer.

A multidão gritou quando John — quase trinta centímetros mais alto que todas no palco — surgiu saltitando com as dançarinas. Embora ele não estivesse usando o uniforme tradicional das Parguitas, ainda assim parecia fazer parte do grupo com sua calça de moletom vermelha, camiseta branca com um P de lantejoulas estampado no peito e a atitude confiante. A faixa vermelha em sua testa foi ideia de Molly e, na opinião dela, dava o toque final no look.

Ela estava certa em relação a isso também. À sua volta, a plateia enlouquecia, as pessoas aplaudiam e gritavam:

— Delega-DO, delega-DO!

John, porém, não se abalou. Com o P em sua camiseta capturando a luz e brilhando, ele executou cada passo de "Single Ladies" com as garotas, no momento certo.

O que ele *não* fez durante o número foi saltar do palco e correr até Molly com um anel para colocar em seu dedo.

Graças a Deus.

Então, de repente, a plateia toda se levantou e começou a aplaudir de pé. O espetáculo tinha chegado ao fim, e Molly se sentia muito, muito aliviada, mais do que poderia imaginar.

— Eu devia te matar por ter me assustado daquele jeito — disse ela a Henry enquanto ambos aplaudiam.

Ele parecia arrasado.

— Não sei o que aconteceu. Os boatos costumam ser quentes!

— Ah, claro. Eles acertaram muito que eu estava grávida de gêmeos, né? Sendo que só coloquei uma bata e comi um hambúrguer Arpoador inteiro do Café Sereia no almoço um dia...

Henrique suspirou.

— Nunca mais vou acreditar em uma única fofoca.

— Só acredito vendo.

Todos concordaram, enquanto deixavam o auditório, que o espetáculo tinha sido excelente — a melhor apresentação das Parguitas de todos os tempos.

— O delegado estava ótimo — as pessoas ficavam dizendo a Molly.

— Era exatamente disso que a cidade precisava — diziam outros. — É bom ter uma coisa que junte todos nós, algo com que todos concordamos, apesar das nossas diferenças. E todos concordamos que as Parguitas são incríveis! E o nosso delegado também!

Molly sorriu, radiante. Era bom saber que algo que ela havia ajudado a criar com duas pessoas que ela tanto amava tivera sucesso.

Ela procurou por John e Katie no meio da multidão — eles tinham combinado de se encontrar após a apresentação para um jantar de comemoração juntos —, mas não os viu.

— Ah, Molly, você está aqui! — Joanne e Carl Larson a alcançaram no saguão. — Eu estava doida para encontrar você. Não foi maravilhoso?

— Olá! — Molly abraçou sua ex-senhoria e empregadora. — Foi. Como vocês estão?

— Estamos ótimos! Você precisa agradecer ao seu delegado por nós, Molly. — Joanne sorria enquanto apertava a mão de Molly. — Não achávamos que ninguém ia conseguir substituir você, mas o Eric Swanson está se saindo muito bem.

— Que ótimo — disse Molly. Ela se sentiu culpada por deixar os Larson, mas, quando surgiu a oportunidade de se mudar para um pequeno apartamento de um quarto em cima da Flores da Ilha, simplesmente não pôde recusar. Estava se matando trabalhando à noite na pousada enquanto cumpria horário integral na biblioteca, ainda mais agora, depois da inauguração da nova sede. Havia tanto trabalho extra a fazer...

Felizmente, John havia recomendado um de seus homens aos Larson para assumir o lugar dela na Papagaio Preguiçoso, e tudo se encaixou perfeitamente.

— Estou feliz que o Eric esteja indo bem — disse Molly.

— Ele está se saindo mais do que bem. — Carl estava explodindo de tanta felicidade. As Parguitas conseguiam fazer isso com as pessoas. — Aquele rapaz tem um tino muito bom para hotelaria. Não sei o que ele estava fazendo na polícia.

— É tão bom ouvir isso! Mas agora preciso ir, ok? Vejo vocês dois mais tarde. — Molly tinha avistado John, já em suas roupas normais, na multidão atrás de Carl e Joanne. Ele segurava o buquê de rosas que Patrick e Bill lhe deram e lançava olhares desesperados para ela enquanto tentava se esquivar de um grande grupo de pessoas que queriam parabenizá-lo.

— Ah, claro, querida. — Joanne deu-lhe um último abraço. — Dê lembranças minhas ao Peludo, o Gato. Sentimos falta dele na pousada, mas ele te amava tanto... Está melhor lá com você.

— Darei! E obrigada!

E então Molly estava do outro lado do saguão, ao lado de John.

— Você foi maravilhoso! — gritou ela, ficando na ponta dos pés para lhe dar um beijo recatado na bochecha. Não queria deixar nenhum dos "cabeças brancas", como John se referia afetuosamente aos cidadãos idosos de Little Bridge, escandalizados fazendo o que tinha vontade, que era abraçá-lo e beijá-lo na boca.

— Obrigado, Molly — disse ele, agindo tão discretamente quanto ela, mas apenas, ela sabia, porque estavam em público. — Tenho que admitir que estava muito nervoso.

— Ainda bem que não era eu lá em cima — disse Randy Jamison, o responsável pelo planejamento urbano, dando um tapa nas costas de John. — Claro que isso nunca ia acontecer, porque nem morto eu faria uma coisa dessas.

— Isso pode ser providenciado — disse Pete Abramowitz secamente.

— Como assim? — perguntou Randy.

— Deixa pra lá. — Pete piscou para Molly, que sorriu para ele.

— Quer ir embora? — John se inclinou e sussurrou no ouvido de Molly.

— Claro, se você quiser. Mas e a Katie?

— Ah, ela e as outras meninas estão indo comer pizza. Parece que estão morrendo de fome.

Molly entrelaçou seus dedos nos dele.

— Você também deve estar. Gastou muita energia lá em cima.

Ele sorriu para ela.

— Acho que ainda me resta um pouco.

— Srta. Molly! Delegado Hartwell! Srta. Molly! Aqui! — Molly virou-se na direção da voz muitíssimo familiar e viu Elijah parado ao lado do bebedouro do saguão, com a Leica do pai nas mãos.

— Oi — disse ele. — Desculpa incomodar vocês, mas posso tirar uma foto dos dois juntos?

— Elijah — começou Molly, revirando os olhos.

— É rapidinho. É para o jornal da escola. Sou o fotógrafo oficial agora. Preciso de fotos para a última edição, antes das férias de verão.

— Claro. — John, repentinamente magnânimo, passou o braço pela cintura de Molly e a puxou para ele, colando seu "sorriso de delegado" no rosto. — Que tal assim?

— Ah, ótimo — disse Elijah, clicando sem parar e usando e abusando de seu flash. — Está ótimo! Vocês dois formam um casal muito bonito... Alguém já disse isso para vocês?

— Elijah — falou Molly em tom de advertência.

— Não, estou falando sério. Tenho certeza de que muita gente fala isso, mas é o que eu acho mesmo. Vou fazer o curso de fotografia no semestre que vem, sabia, Srta. Molly? Vou ser o próximo Angel Adams.

— Ansel Adams — ela o corrigiu.

— Sim, que seja. De qualquer forma, não quero fotografar paisagens chatas como ele faz. Quero ser um fotógrafo de cenas de crime. Tudo por sua causa, delegado. E sua também, Srta. Molly. — Elijah cumprimentou Molly como se estivesse inclinando um chapéu invisível. — Não vou te ver muito na biblioteca nesse verão, Srta. Molly, porque estou indo para Tallahassee para passar umas semanas com o meu pai. Mas estarei de volta no outono. Até lá.

— Até, Elijah — disse Molly, sentindo-se aliviada quando ele saiu correndo para fotografar Katie e as amigas.

Só então ela se virou para John e disse:

— Tallahassee? O pai dele mora em Tallahassee. Não é onde...?

— É. — Os olhos muito azuis de John brilhavam, travessos. — Rich Wagner, o delegado que substituí depois que descobriram que ele estava escondendo uma segunda família em Tallahassee, é o pai do Elijah.

Molly não conseguia acreditar no que estava ouvindo.

— Mas o Elijah tem um sobrenome diferente.

— Ele passou a usar o nome de solteira da mãe depois que a verdade sobre o pai dele veio à tona. — John deu de ombros. — Ele não queria que soubessem do seu parentesco com o homem. Mas a maioria das crianças na escola sabia a verdade. Só a Katie que não. Ela estava em Miami quando isso aconteceu. Bom, nem você, que acabou de chegar.

— Ah, coitadinho. — Molly ficou observando Elijah, lembrando-se de quanto tempo ele passara na biblioteca e da preocupação da mãe com ele. — Mas ele certamente parece estar saindo da concha agora — comentou ela, enquanto o observava flertar com Katie e as amigas.

— Tudo graças a você — disse John, dando-lhe um aperto afetuoso enquanto seguia a direção de seu olhar. — Ele é um garoto diferente do que era alguns meses atrás, você não acha?

— Tudo graças a nós — disse Molly. — Foi você quem deixou o jornal publicar a foto dele. Você devolveu a ele um senso de identidade.

John sorriu.

— É, talvez. Acho que formamos uma bela equipe, hein?

Molly olhou de soslaio para ele.

— Não vai ficar se achando muito.

Depois de se despedirem das pessoas, caminharam de mãos dadas na escuridão e no silêncio do estacionamento. A escola havia sido construída a poucos metros do mar, então tudo o que Molly podia ouvir era o som das ondas batendo no quebra-

-mar e a brisa suave soprando nas folhas de palmeira perto da entrada do auditório. O ar do verão era ameno e doce, e a lua surgia acima da superfície escura do oceano, lançando reflexos azuis e brancos sobre todas as coisas.

— Você foi realmente incrível — disse ela, quando eles se aproximaram de seu enorme utilitário, que consumia muita gasolina e que tanto ela quanto Katie o haviam convencido a trocar por um híbrido assim que obtivesse a aprovação do prefeito.

— Eu fui ok. A última parte não saiu do jeito que deveria.

Molly balançou a cabeça.

— Saiu, sim. Você não errou nem um passo.

— Não, teve uma parte que as meninas e eu introduzimos no último minuto e que acabamos não fazendo.

— Por que não?

— Porque não achei que você fosse gostar.

Molly congelou, percebendo o que ele estava querendo dizer — o que ele *devia* estar tentando dizer. Ela soltou a mão dele e ficou parada no meio do estacionamento, olhando-o com desconfiança.

— Espera um pouco. Você está me dizendo que o boato é *verdadeiro*?

Ele sorriu para ela a cerca de um metro e meio de distância, uma mão no bolso da calça jeans, a outra ainda segurando as rosas.

— Por quê? O que você ouviu por aí?

Ela colocou as mãos na cintura.

— Ouvi dizer que você ia descer do palco e vir até mim, na plateia, e colocar um anel no meu dedo.

Seu sorriso se abriu, enrugando a pele ao redor daqueles olhos muito azuis.

— Esse era o plano, sim.

O coração dela pareceu falhar uma batida.

— O que aconteceu então?

— Você não é exatamente do tipo que gosta de exibição pública de afeto.

— Você está certo — concordou Molly, o coração batendo forte... mas dessa vez com prazer, e não com medo. — Não sou.

— Então pensei em fazer isso em particular. Não planejei fazer isso em um estacionamento, mas não dá para esperar mais. — Do bolso do jeans, ele tirou uma pequena caixa de veludo, abriu-a e estendeu-a para ela. — Não estou dizendo hoje, amanhã nem num futuro próximo. Eu sei que só faz alguns meses. Só estou dizendo em algum momento lá no futuro. Você aceita?

Tentando manter a dignidade e reprimir o sorriso bobo que ameaçava escapar de seus lábios, Molly deu alguns passos na direção dele e examinou o anel sem tocá-lo.

— Isso é um diamante solitário de dois quilates, corte quadrado e seis garras em um aro de platina? — perguntou ela, se controlando para não hiperventilar.

— É. — John parecia surpreso. — Como você sabe?

— Ah — disse ela. — Só um palpite. Essas rosas são mesmo para você ou são para mim?

Ele dirigiu a ela um sorriso tímido.

— Deveriam ser para você, depois que dissesse sim. Patrick ia jogá-las em cima da gente. Mas eu falei para ele... falei para todos... que esse plano não ia funcionar. Eu sei que é cedo, mas a Katie disse que eu precisava seguir o conselho da música e não deixar você ir embora, e eu concordo. — O sorriso desapareceu, e sua expressão ficou séria. — E então, Molly?

Ela parou de tentar manter a dignidade e soltou uma gargalhada feliz, que saiu alta o suficiente para assustar as gaivotas empoleiradas silenciosamente nas proximidades, bem como retardatários indo em direção a seus carros. Até John pareceu assustado.

— Isso é um sim? — perguntou ele, parecendo alarmado.

— É — gritou ela, lançando os braços em volta do pescoço dele e beijando-o na boca, sem se importar com o que as outras pessoas poderiam pensar. — Eu te amo.

Ele também não deve ter se importado, pois disse:

— Eu também te amo. — e retribuiu o beijo.

AGRADECIMENTOS

Tantas pessoas me ajudaram na criação deste livro que nem sei como começar a agradecer a todas! Mas aqui vai:

Em primeiro lugar, gostaria de agradecer a minha amiga Nancy Bender, que me deu a ideia não só deste livro, mas de toda a série da Ilha de Little Bridge.

A Michael Nelson e Allison Merkey da Biblioteca Pública de Key West, que foram muito generosos respondendo minhas inúmeras perguntas sobre a biblioteca e seu funcionamento interno. Agradecimentos especiais a Allison, que conheceu seu marido, um policial, na biblioteca de Key West, e por esse motivo é a verdadeira inspiração para esta história. (Mas é claro que este livro é totalmente fictício. Quaisquer erros ou equívocos são inteiramente meus.)

Também gostaria de agradecer à minha agente, Laura Langlie, e a todos na William Morrow, pelo apoio enérgico a este e a todos os meus livros, especialmente à minha editora, Carrie Feron; à editora assistente, Asanté Simons; à diretora de publicidade, Pam Jaffee; e à diretora de marketing, Molly Waxman.

Agradecimentos especiais aos amigos e leitores Beth Ader, Emily Bender, Jennifer Brown, Gwen Esbensen, Mark Gambuzza, Abigail Houff, Michele Jaffe, Rachel Vail e aos profissionais incríveis que cuidam das minhas redes sociais, Janey Lee e Heidi Shon.

Agradeço também aos muitos e muitos leitores, especialmente na cidade de Key West, que tão generosamente apoiaram a mim e à série da Ilha de Little Bridge.

E é claro que eu não poderia esquecer os inúmeros bibliotecários e bibliotecárias que me ajudaram ao longo dos anos, não apenas me sugerindo leituras de livros incríveis, como também colocando meus livros nas mãos de milhões de leitores. Vocês são todos verdadeiros heróis e heroínas.

E por último, mas não menos importante, a meu marido, Benjamin, que me atura há trinta anos e noventa livros!

Este livro foi composto na tipografia Berling LT Std,
em corpo 11,5/15,3, e impresso em papel off-white
no Sistema Cameron da Divisão Gráfica
da Distribuidora Record.